U0088930

古典文藝研究輯刊

初 編

曾 永 義 主編

第 4 冊

東坡文藝創作理論研究

黃 惠 菁 著

國家圖書館出版品預行編目資料

東坡文藝創作理論研究／黃惠菁 著 -- 初版 -- 台北縣永和市：
花木蘭文化出版社，2010〔民99〕
目 2+166 面；19×26 公分
（古典文學研究輯刊 初編：第 4 冊）
ISBN：978-986-254-368-9（精裝）
1.（宋）蘇軾 2. 文學理論 3. 藝術哲學
820.1   99018476

ISBN - 978-986-2543-68-9

9 789862 543689

古典文學研究輯刊
初 編 第 四 冊   ISBN：978-986-254-368-9

東坡文藝創作理論研究

作　　者　黃惠菁
主　　編　曾永義
總 編 輯　杜潔祥
出　　版　花木蘭文化出版社
發 行 所　花木蘭文化出版社
發 行 人　高小娟
聯絡地址　台北縣永和市中正路五九五號七樓之三
　　　　　電話：02-2923-1455／傳眞：02-2923-1452
網　　址　http://www.huamulan.tw 信箱 sut81518@ms59.hinet.net
印　　刷　普羅文化出版廣告事業
初　　版　2010 年 9 月
定　　價　初編 28 冊（精裝）新台幣 45,000 元
　　　　　　　　　　　　　　　　　　　　版權所有·請勿翻印

東坡文藝創作理論研究

黃惠菁　著

作者簡介

黃惠菁，臺灣省臺北縣人，一九六五年生。臺灣師範大學文學碩士、高雄師範大學文學博士。現為國立屏東教育大學中國語文學系專任副教授。主要著作有《東坡文藝創作理論研究》（碩士論文）、《唐宋陶學研究》（博士論文）、〈試論唐代文人二重心理結構的形成與特色〉、〈從朱熹等人對擬陶和陶詩作的批評看東坡學陶的審美意義〉、〈從歷史承繼與文學環境角度看陶淵明的文學淵源〉、〈論陶詩題序的特色〉……等。

提　要

　　東坡為宋代文藝發展的重要領袖人物，舉凡詩、詞、散文、辭賦、書法、繪畫，均有可觀的創作成就，足以「雄視百代」。值得注意的是，東坡在窮其畢生精力、長期的操觚執筆後，猶能將自身豐富的創作經驗，轉為其文藝理論開展的基礎。其立論不僅能夠觸及文藝本身的特質，亦能充分表述深刻的美學思想。本論文即是對東坡「文藝創作理論」的一項綜合研究，嘗試從後人對其散文、詩歌、書法、繪畫等研究的分論上，整合出坡公對文藝的宏觀態度；全面性的掌握作者是如何消彌各領域間的隔閡，完成相互滲透、補充的審美理想的建立過程。論文主要分成兩部分，一為東坡文藝創作理論形成的背景；一為東坡文藝創作理論內容的分析。後者尤其重要，乃論文之中心：首先安排為「創作基礎」的討論，再言「構思」的條件，緊接其後是「形象」、「表現」的分述，最後則是「風格」的呈現。全文深究立說，除以東坡之論為主要依據外，並佐以古人或後人之見，以彰顯其人之卓識，了解到作者對文藝美學的品尚要求。

紀念永遠的恩師——張子良 先生

不向長安路上行，卻教山寺厭逢迎。
味無味處求吾樂，材不材間過此生。
寧作我，豈其卿。人間走遍卻歸耕。
一松一竹眞朋友，山鳥山花好弟兄。

——辛棄疾〈鷓鴣天・博山寺作〉

目次

第一章 緒 論

第一節 研究動機

東坡生於北宋文風鼎盛時期，是宋代詩文革新運動的重要領袖人物。而他在詞作上所表現的豪邁傑出、淋漓酣暢風格，更爲宋詞開拓了新境界——「一洗綺羅香澤之態，擺脫綢繆宛轉之度。使人登高望遠，舉首高歌，而逸懷浩氣，超然乎塵垢之外」（胡寅《題酒邊詞》）。其藝術創作領域的寬廣，數量之鉅，質量之精，幾乎無人能出其右，乃中國文人中少有的全能創作者，對後世影響至深；誠如《宋史》所稱：「渾涵光芒，雄視百代」（〈蘇軾傳〉）。

以散文而論，東坡與其父蘇洵、弟蘇轍三人號稱「三蘇」，爲文古雅，佔「唐宋八大家」三席地位；而東坡獨能於古文創作之外，又具賦體製作之勝，一改律賦之拗口、雕琢爲行雲自然的散賦；於詩而言，爲宋代大家，與唐代詩人李白、杜甫、韓愈並稱「李、杜、韓、蘇」。詩作內容深廣，各體兼備，或寫景、或議事，恣意馳騁，與門下江西詩派鼻祖黃庭堅齊名「蘇黃」；以詞而論，其一生致力於詞境的開拓，不遺餘力，其中有些作品更是「豪放派」詞風的濫觴，與辛棄疾並名爲「蘇辛」，對後代詞風的發展，有其歷史意義；以書法而論，不出晉人古意，是繼唐代顏眞卿、柳公權之後的宋代書法巨擘，與蔡襄、米芾、黃庭堅等書法大家合稱「蘇、黃、米、蔡」〔註1〕；以

〔註1〕歷來談宋朝的四大書家，多稱「蘇、黃、米、蔡」。一般多認爲「蔡」指的是君謨（即蔡襄）；不過，也有人持懷疑的態度，認爲蔡襄與范仲淹同時，年輩在蘇、黃、米之上，似不宜列於「米」後；或「蔡」爲蔡京，此說見張丑《清河書畫舫午集》：「宋人書例稱蘇、黃、米、蔡者，謂京也；後世惡其爲人，

畫而論，與文與可同屬「文湖州竹派」〔註2〕，其殊眾的畫法，後人傳爲「玉局法」〔註3〕，受文人畫派推崇備至。因此，與其他文人但具一體之擅相較下，東坡不論是詩、文、詞、賦或書、畫，都能有非凡的創作成就，這也就是他所以能「雄視百代」的關鍵原因。

可貴的是，東坡在窮其畢生精力，長期的操觚執筆、馳騁翰墨後，還能將自身豐富的創作經驗，轉爲其文藝創作理論開展的基礎，並兼涉書畫的鑑賞及詩文的品評，如此一來，其立論不僅能夠觸及文藝本身的特質，而且也表述了全面又深刻的美學思想。這種依據實際創作經驗所發抒的理論，並非「羚羊掛角，無跡可求」（嚴羽〈滄浪詩話〉），也不至於陷入「眼高手低」的窘境當中。它具備了「落實現實」、「指導創作」雙重意義，而且這般宏觀的文藝理論，涵括了各種文藝創作的特點，溝通了彼此的歧異，具有「共通性」的特色。所以，東坡不論是從事文藝創作或進行文藝理論的架構，都是一個多層面的體現者。從他「以文爲詩」、「以詩入詞」的觀點來看，他是有著突破文藝偏狹界限的努力，試圖開創出文藝的新精神，這種企圖心也表現在他的文藝創作理論上，因此，他講「詩畫本一律，天工與清新」（〈與鄢陵王主簿所畫折枝〉）、「古來畫師非俗士，妙想實與詩同出」（〈次韻吳傳正枯木歌〉）。這一切皆在說明東坡在創作實踐和理論總結上，有一個共同的基本理想，即是從宏觀上要求文藝工作者對文藝各樣式、各部門之間做出相互滲透、相互補充的努力，消彌彼此不同領域的隔閡，整理出一條清晰的脈絡，體識到文藝「分」、「合」的眞正特點和規律。這種活脫的理念和精神，一旦要付諸實行，並不容易，這關乎到作者才識的廣博及實際創作經驗的累積、觸通，東坡的文藝成就之所以遠在他人之上，也就是這個原因。

因此，要充份確立東坡在文學史上的地位，必須在創作之外，進而一探其文藝理論的成就，才稱周全。而且，全面性的宏觀也比較能眞正窺得其中

乃斥去之而進君謨書焉，君謨在蘇、黃前，不應列元章後，其爲京無疑矣；京筆法姿媚，非君謨可比也。」此說見仁見智，未成定論。但主張「蔡」爲君謨者，仍屬多數，本文例從此說。

〔註2〕 文與可善詩畫，以畫竹著名。嘗知陵州、洋州、湖州，因卒於湖州任上，所以人稱其畫竹風格爲「湖州竹派」。東坡繪竹，多受與可啓發，在題李公麟〈憩寂圖〉時，嘗自言：「東坡雖然湖州派，竹石風流各一時。」後人遂將東坡墨竹一事，歸屬爲「文湖州竹派」，與文同相提並論。

〔註3〕 宋徽宗即位之初，東坡受詔復朝奉郎，提舉成都府玉局觀，因善畫竹，故後人傳稱其畫法爲「玉局法」。

之精神，顯現其對文藝的理想要求。這正是本論文研究目的之所在。

第二節　研究方法

　　本論文既是對東坡「文藝創作理論」的一項綜合研究，自當對其理論有全面性的掌握和觀照，嘗試從後人對其散文、詩歌、書法、繪畫等〔註4〕研究的分論中，整理出東坡對文藝的宏觀態度。

　　事實上，東坡雖然在詩、文、書、畫的品評上，發表過許多寶貴意見，不過，有別於其他理論家的地方是：東坡並非專意於系統美學理論的建構，其理論的發抒，實多淵源於自身文藝創作經驗的觸發；所以，在以「理論指導創作」的意義上，他是遠較那些純為理論之大家，更能切合「現實」的需要。為了凸顯這層意義，本論文始訂名為「東坡文藝創作理論研究」，特別拈出「創作」二字，以求符應東坡「文藝理論」形成的原創精神。

　　本論文主要分成兩部分，一為東坡文藝創作理論形成的背景；一為東坡文藝創作理論內容的分析。全文均圍繞在這兩大主題之間，後者尤其重要，乃論文之中心。

　　在理論內容的分析上，先就文藝創作過程的原則，對各章目節次，做出漸進的安排；先是創作基礎，再來是構思，接著是形象、表現，最後則是風格。雖然，東坡的立論，並沒有自覺成為一個系統，不過，在博覽他的見解之後，不難發現，這些零散的理論，在經過綜合整理後，實際已具有系統的雛形，所以，章節的安排，仍依一般「文藝理論」的架構去處理，如此，方能周全地探見出東坡「文藝創作理論」的全貌。茲就各章節的安排重點、研究方法略述如下：

　　一、為掌握時代與文學潮流的脈動，特就北宋一代前期的社會背景以及學術發展趨勢、改革思潮等三個層面的變化，進行考察，據以了解東坡理論

〔註4〕目前臺灣學術界對東坡文藝理論的研究，多採分論式，或文論、或詩論或書畫理論，鮮有做全面性的觀照者。不過，各家分論，綱舉目張，覈其是非，定其然否，直指本心，亦覺其精采殊勝，適足以做為本文之參稽；如文論方面，有黃美娥先生《蘇軾文論及其散文藝術研究》(臺灣師大國研所碩士論文，民國78年)；詩論方面，有江惜美先生《蘇軾詩學理論及其實踐》(東吳中研所博士論文，民國80年)；書畫理論方面，有戴麗珠先生《蘇東坡與詩畫合一之研究》(臺灣師大國研所碩士論文，民國63年)、陳錚先生《蘇東坡書法研究》(東吳中研所碩士論文，民國73年)等。

形成的外緣條件，藉此做爲本論文正式的開章。而在認識到大時代的殊別風貌後，再綜合其它內在因素的蘊發，如家風、師友、創作等等的條件，勾繪出東坡理論產生的背景，達到「知人論世」的研究目的。

　　二、在概論其形成背景之後，論文正式導入研究主題。首先揭示東坡對「文藝創作基礎」的要求，計有「豐富的生活閱歷」、「廣博的積學工夫」和「文藝創作的熱忱」三大項。其次是對「文藝構思」的見解。文中就構思的四個階段：虛靜、想像、靈感、物化等，循序彙整出東坡的意見。這些見解有許多是前有所承，因此，必須要「觀瀾索源」、才稱完善。不過，在「略語則闕、詳說則繁」的情形下，對此類前人之說，本文儘量做到「要而不繁」的地步，以切入東坡理論核心爲主要原則，以免有「喧賓奪主」、「倒本爲末」之嫌。

　　三、緊接文藝構思之後，則立名爲「文藝形象論」，從東坡零散的意見中，做演繹、歸納的工作，分析其人對意象的理念，並對其理論的層次性，做出合理的安排；先是「意象的塑造」，次爲「意象的感染」，最後則爲「意象的極致」。

　　四、至於「文藝表現論」方面，乃是東坡所發抒的見解中，最集中的部份，也是最能超越前人說法的地方。本章計分四節，各節均就主題詳加論述。不論是「文以達意」、「技道兩進」或「形神相依」、「不拘法度」，東坡都能自出新意，有不踐古人之處。因爲這些推陳出新的論解，具有宏觀的特色和拓展的意義，所以，對解決歷來文藝創作的矛盾，能夠發揮最大功效，也因此釐清了不少文藝觀念上的糾結。本章各節先是簡述前人之說，推究原由，之後，再對東坡的創見進行考察，希望客觀地反映出東坡表現理論上的精髓。

　　五、風格的形成，乃作家文藝創作成熟的標誌。東坡向來即主張作家要具有自主性的獨立風格，然後是不拘一格；不論是獨樹一格或不拘一格，最後均是以「自然」爲極詣；所以，本章在剖析東坡的風格理論時，也循此原則，立爲三節，深究其說，並佐以後人之見，以彰顯東坡之卓識，了解到其人對風格美學的品尚要求。

第二章　北宋前期的時代環境

第一節　社會背景

一、政治重文抑武，文士抬頭

　　西元 960 年，後周檢校太尉、歸德軍節度使趙匡胤經「陳橋兵變」而「黃袍加身」，輕而易舉奪取政權，結束五代以來鎮將爲天子的政治，國號「宋」，改元建隆，是爲太祖。

　　太祖即位之後，深知唐末五代各朝興亡，往往取決於禁兵及其將帥之向背〔註1〕，這些禁兵素具蠻霸貪婪之氣，爲求自身利益，不惜賣主求榮。太祖自己所以能「飛龍在天」，正是其中最具體之明證。因此，對這些善於翻覆朝政的禁兵，不能毫無設防或顧忌。爲鞏固軍權，杜絕後患，建隆二年七月，太祖便在大臣趙普獻計謀畫下，以「盃酒釋兵權」的溫和方式，一舉結束了五代以來禁兵作亂的根源。

　　除罷釋宿將兵權，防止其坐大外，太祖另一項政治上的相關措施，則是撤罷藩鎮，削減對方權勢，並改授以虛官。唐代藩鎮之禍起於天寶末年，其時，安史之亂雖已戡勘，然因餘孽尚夥，造成日後黨爭迭傳，官貪吏黷，朝綱蕩然無存，各節度使彷如土豪盜賊，乘時割據，互爭長短，兵革連年不息，蒼生塗地。到了五代，則成了十國分立、天下離析的局面。於是太祖又採趙

〔註 1〕　如唐莊宗被射殺，正乃禁兵小校從馬直指揮使郭從謙所爲（見薛居正《舊五代史》卷二十四，頁 11 下）。又如後周太祖郭威本爲後漢大將，也是在部將們的擁簇下，登上皇位，建立後周政權。

普之言，奪收各方藩鎮權柄，將地方軍事歸於各路州郡文臣，而所有文臣的任命，則完全聽由皇帝指派，宋代節度之名，至此，遂淪為虛銜。另外，為使權力集中於皇帝一身，太祖開始設官分職；分散各級長官事權，致使樞密有發兵之權，而無握兵之重；三衙有握兵之重，卻無發兵之權。種種集權措施，悉為之法，日趨嚴重，甚至到達「細者愈細，密者愈密，搖手舉足，輒有法禁」的程度。

宋初立國，太祖、太宗為穩定政局，一切政治和軍事制度的施行，歸結自前代統治階層的得失歷史經驗，原是件無可厚非之事，況且強幹弱枝的治國政策，不但開創宋代文治先聲，亦使宋代中央集權達到空前程度，這對當時的國勢、生產力或在安定民心上，均有正面意義。可惜這項原只適用於衰世的權宜之計，在局面穩定後，卻仍被後世所沿用，未能依情勢變化而加以修正，終使宋代國力武功，逐漸又陷入到另一場危機當中。

在所有細密法令中，值得注意的是：自太祖以文治開國後，便立訓要後代子孫優崇文臣，擴大文官任職系統，廣開知識分子治國之道。恩賞之濫，古所未有，流風所及，自然造成社會一脈「重文輕武」的價值觀，武人自輕，文士抬頭，統治階層，幾為士大夫天下，像范仲淹，便是以傑出儒臣身分，兼任儒將；而真正武人反因無用武之地，政治地位低落，社會身份亦隨之而降，看在平民百姓眼裡，更有請求將子弟武階換成文資者——這一類「見怪不怪」的奇事。

宋朝舉用文人之道，與隋、唐原是無異，乃是透過行之有年的科舉考試來加以擢拔，不同的是，科舉制度發展到宋代，已較隋、唐初創期來得嚴密、周詳及完整。因宋代具有「以文治國」的政治特色，故每次科舉考試所錄取的進士數額，自然遠超過唐代。唐代進士及第，每次約在三、四十至七十人間；至宋太宗時，因州縣缺官嚴重，於是大規模錄取進士二百三十人；其後，更有多達六百八十人次者〔註2〕。不僅如此，隋唐之際，經科舉考試而進士及第者，並不立即「解褐入仕」，委以官職，還必須通過吏部考試，方能擠身官場，否則，仍是一介布衣。反觀宋代，文士只要一登進士，就是魚躍龍門，立刻延攬入仕，而且不消幾年，便可赫然顯貴，身價百倍，俸祿之厚，恩賞之重，古所未有。因此，年年均能吸引大批知識分子不惜焚膏繼晷、摩肩接踵，競相湧入科舉試場，個個都希望經過學而優則仕的「文官考試」，成為取

───────────

〔註2〕參見《宋史》卷十九至二十二。

得官資的士大夫階層，來達到治國平天下的理想目標。

　　與唐末五代分裂割據局面相較下，宋代「強幹弱枝」的集權政治，的確維持當時社會較長時間的安定；而「重文輕武」的基本國策，亦使文士們得以抬頭，其備受朝廷禮遇的盛況，對整個宋代社會更有著領導及示範作用，藉由這些政治層面的影響及推波助瀾，宋代在文藝方面的表現，自然能夠取得更多開展的機會。

二、經濟重內輕外，積弊日深

　　宋代社會經濟發展，無論在農業、手工業或商業表現上，皆有超越唐代的跡象。

　　農業方面：就生產發展的廣度而言，由於政府鼓勵民眾返鄉耕作，適時推行獎勵墾田措施，誘使各級官員倡導墾荒，加上人口快速成長，使中國南部數萬畝沼澤區域，得以變更為良田。就深度而言：耕作制度的改進〔註3〕、技術的提高〔註4〕，局部專業化農作物的發展〔註5〕，均是宋代農業發達的關鍵。

　　商業方面：宋代繼承唐代商業的穩固基礎後，再配合農業及手工業的發展、交通設施的改進，商業活動遂日益興盛、交易頻繁。宋太宗時，一年商稅總額達四百萬貫，至仁宗時，增加為二千二百萬貫。商稅乃國家重要收入，稅額愈大，表示該城市的商業活動愈密集。北宋當時最大商業城市為首都開封，稅額約為杭州五倍，而泉州、蘇州、揚州，則尾隨其後，稅額皆高於四萬貫錢以上。

　　事實上，整個北宋初期，主事者在農業、手工業、商業等方面所採取的具體措施，無非是要刺激五代十國以來，因分裂而造成的生產衰退，而這些針對時弊的經濟措施，在當時的確發揮最大功效，使得北宋的社會經濟，甚至有凌駕漢唐之趨。但是，在北宋建國不到一百年的時間裡，這些繁榮昇平的光景，最後卻淪為一種表象，因為另一方面，新的統治集團正在不斷地擴

〔註3〕耕作制度的改進，主要表現在稻米一年兩熟制及二年三熟制，此乃十一世紀初葉，由田占城（今越南中南部）引進的早熟抗旱新品種稻穀。另外，北宋中葉以後，小麥亦蒔於蘇州，為當地交易提供超量物資。

〔註4〕耕作技術的提高，全恃先進農具的發明。如：鐵犁、秧馬、人力水車、耘爪、筒車等，不僅減輕人民勞動，具提高種植成效，一舉兩得。

〔註5〕農業因氣候、交通、技術等條件配合，便出現局部專業化的農作物。如：生長於東南濱海地區的柑橘；種植於南部丘陵的各種茶葉。此等專業經營區域的經濟作物，至宋代便早已馳名遠近。

張自我專制特權，使得中央集權的黑暗面逐漸暴露，積弊日深，無論政治或經濟，都出現各種錯綜複雜的矛盾和變化。

官俸的龐大支出，一直是國家一筆沉重負擔。由於宋代祖宗家法曾立文要子孫們優崇文臣、寵侍百僚，於是形成後來恩賞氾濫，宗室受祿溢多，官吏數目不斷增加的特殊情形，其中不乏尸位素餐，只取官俸者。因此，居其位不知其職的冗官，便自其中應運而生。宋仁宗景德年間，人口戶數不過七百三十萬，官一萬餘員，皇祐年間，戶數僅增爲一千九十萬戶，但官數卻已倍增爲二萬餘員。冗員數目比例之鉅，或可由此總數，窺見一斑。

除此，宋朝最爲人詬病的沉疴負擔，尚包括累進激增的龐大軍費。宋代實施中央集權，以文治國，其目的本欲矯革士風，安定政權，未料矯往過正，弊病叢生。由於當時士大夫長期存有褊狹心態，不顧現實，強抑武官出頭，軍職的社會地位因此滑落，軍中士氣普遍低落，遇事退縮，致使每次臨安危急之際，朝廷紛亂，束手無策，大臣、將士逃遁，無濟於事。宋太祖開寶初年，全國禁軍、廂軍人數不過三十七萬人，其中十九萬禁軍，分派駐防於各郡縣，三歲一遷，目的在於防止其日久生變，並藉以削弱各地兵權，但調防軍費年年節比高昂，使得國家財政負擔相對日益沉重，到仁宗明道年間，募兵人數則已累增到一百一十六萬人，然以此鉅數抵禦外患西夏，猶感不足，而這些冗兵所產生的冗費，卻已佔全國總歲入的六分之五強，嚴重造成宋代財政的支絀。

另外一項嚴重矛盾則是來自對外納貢的永無止境。眞宗景德元年九月，遼乘宋隙，大舉南侵，眞宗從寇準之議，率軍親征，直到兩方和議，幾經折衝，訂下「澶淵之盟」，議宋歲遣遼絹二十萬匹，銀十萬兩，宋遼爲兄弟之國。慶曆年間，此項數字則又增加爲白銀萬十萬兩，絹三十萬匹。其實，兩軍對峙，勝負未決，奈何眞宗軟弱怯戰，亟賂敵求和，始種下日後外患頻頻壓境，國勢一蹶不振，貢納永無止盡，甚至宋室南遷的命運，終使有宋一代成爲中國歷史上，最衰弱無能的王朝。

兵冗官濫及貢納無數，已經明顯成爲宋代財政之蠹，即使經由國內農工商業的發達、收益，都無法取得其中平衡，歲支似乎永遠恒高於收入。爲應付此筆龐大經費，當政者只好透過賦稅的增加及壟斷人民日常生活所需——如專賣鹽、鐵、茶、酒等，來變相刮取民脂民膏，以平衡歷年來赤字預算。但是，即使在原有夏秋二季田賦之外，巧立名目，徵收房契稅、農器稅、商

稅、住稅〔註6〕等等雜稅品目，仍然無法填補日漸虧空的國庫，只有增加民怨。積弊日深，使得上位者與平民之間，存在著更深的矛盾與衝突，劍拔弩張，各地人民爭相起事〔註7〕，反而造成社會更嚴重的危機。

三、社會承平，柔靡之風漸起

北宋前期，中原息兵，政局穩定，社會生產力提高，農業和手工業得其發展，一切生產訴求亦由多量而轉為精緻的開發，以手工業中的瓷器為例：宋代瓷器的製造，除供應國內需求外，亦同時運銷到國外，當時著名的瓷器出產地有定窯（河北曲陽）、汝窯（河南臨汝）、哥窯（河南開封）、景德鎮窯（江西南昌）、耀州窯（陝西銅川）、邛窯（四川邛崍）等等。其中有的刻花勁秀，胎土淘練潔細；有的質細、胎薄，造形秀麗；有的圖案構思巧妙，變化無窮，大大突破傳統式樣的侷限。此類精緻成品，後來便成為宋代文化高度發展的重要標誌。

事實上，農業和手工業的發達，亦為當時商業的繁富及物資的流通，提供相當有利的發展條件。北宋時期，商業區域劃分，已打破唐代「坊市制」〔註8〕，商業街道與住宅區屢有交疊，交易不限市區，臨街隨處均可開設商舖，營業時間從天色未明起，直到深夜或竟通宵，完全不受時間限制，滿足一般大眾的生活需要。

另外，游藝場及伎藝品目的興盛，亦成為都市快速成長的明顯標竿。宋·孟元老《東京夢華錄》序中，就曾生動地記錄當時京城汴梁的熱鬧盛況：

> 僕從先人宦遊南北，崇寧癸未到京師，卜居于州金梁橋西來道之南，漸次長立，正當輦轂之下，太平日久，人物繁阜。垂髫之童，但習

〔註6〕宋代商稅計有兩種：一為過稅，乃為徵收貨物的通過稅。稅務為千分之二十。因商品銷售前或須經過多個徵收站，當商品最後送達消費者手上時，其附加成本已累增數倍，故價格甚是高昂。一為住稅，乃都市中設有固定商業設施買賣的商人，所應繳納千分之三十的從價稅。

〔註7〕如宋太宗時期王小波、李順領導的農民反抗，提出「均貧富」的訴求口號，要求改變當時財富和土地佔有不均的現象。其抗爭時間雖不長，而且也僅限於四川地區，但參與之農民，卻有萬人之多。除此，宋徽宗晚年亦發生方臘和宋江事件。這些事件，雖未形成全國性內戰，不過長久下來，耗民傷財，對宋代國勢、經濟發展的影響，是相當嚴重的。

〔註8〕商業區域的劃分，唐代實行坊市制。坊乃居民區。而「市」的設置、交易時間，普受限制，與「坊」實有區別。至宋代，因商業發展及城市需要的變化，「市」逐漸衰退，改變原來性質。

> 鼓舞。斑白之老，不識干戈。時節相次，各有觀賞。燈宵月夕，雲
> 際花時，乞巧登高，教池遊苑。舉目則青樓畫閣、繡戶珠簾，雕車
> 競駐於天街，寶馬爭馳於御路。金翠耀目，羅綺飄香。新聲巧笑於
> 柳陌花衢。按管調絃於茶坊酒肆。八荒爭湊，萬國咸通。集四海之
> 珍奇，皆歸市場。會寰區之異味，悉在庖廚。花光滿路，何限春遊；
> 簫鼓喧空，幾家夜宴。伎巧則驚人耳目，侈奢則長人精神。

全書詳實記載大都市的經濟情況，人民的物質和文化生活。其他諸如汴梁內
外城的規模、河道橋梁的分布；宮內門戶殿閣的坐落；皇帝出行的儀制；百
戲表演的盛況；商店、貨攤經營的品目；以及各項食品、伎藝、酒樓、夜市
的繁富等等，均有極生動的描繪。

除孟氏之書外，宋‧吳自牧《夢粱錄》卷二十〈百戲伎藝〉，亦陳錄宋代
雜伎品目，數量之鉅，名稱之奇，令人為之咋舌：

> 雜手藝即伎藝也，如踢瓶、弄碗、踢缸、踢鐘、弄花錢、花鼓槌、
> 踢筆墨、壁上睡虛空掛香爐、弄花球兒、築球、弄斗、打硬、教蟲
> 蟻、弄熊、藏人、燒煙火、藏劍、吃鍼、射弩、端親背、攢壺瓶、
> 錦包兒、撮米酒、撒放生等藝。

由吳氏一書，可以想見宋代雜伎興盛、怪奇的情況，誠如孟氏所言，已達「驚
人耳目」的田地。

汴梁及其他大城市絃歌不輟、羅綺飄香的生活，早教皇室貴族、商人乃
至平民百姓為之嚮往，許多宮廷豪門和市井百姓的生活因漸趨優裕，便酖逸
其中各類享受，所謂「上有所好，下必甚焉」，上下從風，作者日眾，萎靡奢
侈之風，遂應運而起。不僅達官、市井小民如此，即便所謂詩人詞客，竟也
普遍過起狎妓酣歌、「新聲巧笑於柳陌花衢，按管調絃於茶坊酒肆」的放浪生
活。在如此不堪的歷史條件下，自然會產生華靡文風，其寫作內容無非是綴
風月、弄花草之類。這些作品淫巧侈麗，氣格卑下，缺乏興象，漸失本真，
遂形成形式主義的文學流派，風靡文壇一時。

第二節　學術發展趨勢

一、宋儒新學風的形成

北宋時期，儒學自身的新變、禪學的盛行、儒佛道的融合，是儒學發展

史上的一次大變化。

（一）儒學的新變

宋太祖趙匡胤因鑑於唐末五代武力亂源，所以重文輕武，倡行文治，待太宗嗣立，尊崇孔子，諡爲至聖文宣王，敕撰《太平御覽》一千卷，《文苑英華》一千卷，《太平廣記》五百卷，並詔求天下遺書。《宋史‧文苑傳序》有云：

> 自古創業垂統之君，即其一時之好尚，而一代之規廡可以豫知矣。藝祖革命，首用文史，而奪武臣之權，宋之尚文，端本乎此。太宗真宗其在藩邸已有好學之名，及其即位，彌文日增，自時厥後子孫相承，上之爲人君者，無不典學，下之爲人臣者，自宰相以至令錄，無不擢科，海內文士，彬彬輩出焉。

足見有宋君主雅好文學，倡行經術之盛。

惜中國自魏晉以降，士風即尚浮華。唐朝雖設明經、進士兩科，用以獎披讀書人，然因明經科強以《五經正義》爲據，敷衍解說，旁人難有背越，不易出人頭地；進士科則不然，其取士之則在於詩賦，詩賦習作內容寬闊，盡可抒發一己之所得。況乃當時社會，歌女教坊，亦以歌詩爲能事，上下從風，讀書人自然群趨進士，而遠明經，造成詩賦盛而明經衰之怪奇景象。發展至晚唐五代，文士輕薄，詩賦衍爲末流，空疏無物，純爲綺靡之習，亡國之音。至宋初，上位者雖倡導儒術，意改文風爲淳正，然積習已深，士大夫致力爲詩，仍專屬聲律工對，未能務實聖賢之學，面對此項流趨，當時學者孫復甚爲憂心，嘗訾言道：「天下之士，皆致力于聲病對偶之間，探索聖賢之閫奧者，百無一、二，而非挺然特出，不徇世俗之士，孰克捨彼而取此」（《孫明復小集‧寄范天章書一》）。蓋士風思變，有其不得不然之勢。

其時，持相同看法的，還有湖州教授胡瑗。其人授學，特置經義、治事兩齋，或講明六經，或專養實用之材。主張各就性近，培育其能，以此明體達用之學，傳授諸生，夙夜勤瘁，竟二十餘年。

經孫、胡二人的努力開拓，宋士治學遂變浮華之風爲樸實，盡歸純正。故《宋元學案》稱譽二人實開宋世學術鼎盛之先河，良有以也。

孫復除了在力矯浮華士風方面建立奇功外，在儒學研究的傳承上，也有突破偏執的貢獻。在此之前，儒學多偏重於名物考證，拘泥傳注。此種趨勢，令宋儒大爲不滿，孫復首開先例，著《春秋尊王發微》十二卷，不依二傳，

自成一家之見，而明孔子「尊王攘夷」之微旨。其〈與范天章書〉中，以爲儒學之所以衰沈，乃拘泥傳注之不當，意開儒學新機運：

> 專守王弼、韓康伯之說，而求于大易，吾未見其能盡于大易也。專守左氏、公羊、穀梁、杜、何、范氏之說，而求于春秋，吾未見其能盡於春秋也。專守毛萇、鄭康成之說，而求於詩，吾未見其能盡于詩也。專守孔氏說，而求于書，吾未見其能盡于書也。(《孫明復小集》)

故李燾《續資治通鑑長編》特別稱揚：「孫復治春秋，不惑傳注，其言簡易，得經之本義」。

（二）禪學的盛行

佛教傳於後漢，至晉漸爲發達，隋唐最爲昌盛。延及中晚唐，人主崇之於上，士大夫好之於下。王公士庶，競相施捨，街坊百姓，廢業破產，爭求供養，佛教徒眾之多，已嚴重影響到國家財政和社會經濟〔註9〕。至唐末以後，佛教各宗派皆相繼衰微，獨禪宗在南方一枝獨秀，歷久不衰。禪宗的興起，乃是對天台，唯識、華嚴等諸宗相理論的煩瑣的一種反動，從它標榜的「教外別傳」上來看，可知其有意疏離印度佛教的傳統，打破一切經典的權威，直接由心性上立本。其所謂「不立文字」，並非否定文字或經教，只是對一切經教不要求做客觀性的了解，主張採取「自由心證」的態度，重視自家的生活體驗，要求以簡易直接的方法，反求諸己。所謂「我心自有佛」、「見性成佛」，便是這一系統下的最高要求。這一派主張簡易的禪宗思想，對向來追求思理、簡約的宋代士大夫、知識分子而言，備受偏愛，其對宋以後的文化或美學思想，也產生了深刻的影響。熊十力先生於《讀經示要》（卷二）中，即曾提及：〔註10〕

> 宋儒確受佛教影響甚深，自魏、晉以迄宋世，佛教勢力不獨遍佈中夏，而且植根甚深。中國民族之精神生活中，殆無不爲佛教精神所浸漬，且晚唐、五代，尤爲佛氏禪宗最盛之時，兩宋諸儒承其流，

〔註 9〕 在唐代，人民擔負國家直接稅及勞役者爲「課丁」，享有免賦役之特權者爲「不課丁」，不課丁爲統治階級及僧尼、道士、女冠等宗教徒，宗教中佛教徒佔最多數，其有害國家財政，社會經濟之處亦最甚，故韓愈作〈原道〉力詆之。參見陳寅恪〈論韓愈〉文（《陳寅恪先生全集》，九思出版社，民國 66 年），頁 1286。

〔註10〕 引見自韋政通先生《中國思想史》下冊（水牛出版社，民國 76 年），頁 939。

自不得不有所吸收。

禪宗因特別重視自我主宰和自我體驗，其直指自性和本心的特性，更接近中國固有傳統，這與儒家在觀念上、精神上，有了共通之處：禪宗慧能的「我心自有佛」，與孟子的性無不善說，在肯定人有善根的基點上，可以說完全相同。而所謂「但識眾生，即能見佛」，眾生之性即佛性，這與儒家「人皆可以為堯舜」、「塗之人可以為禹」的意義亦不謀而合。除此，禪宗在心性之學的修養方法上，適時融合了傳統儒學，進而豐富補充了中國哲學與文化，從新儒家心性理論的建構過程而言，禪宗在某些部分也確實具有先驅性的地位。

（三）三教的調和

佛教與宋儒思想之間的交流，除如前面所言，表現在心性理論方面以外，宋代在發展新儒學的過程中，尚且吸收了佛教所具有的思辨精神，然大體而言，佛教發展至有宋一代，雖有禪宗行世，卻屬在野活動，其餘宗相皆淪為強弩之末，精華之屑，佛教學說至此，開始陷於衰微不振當中，失去了獨立存在的價值。在這文化轉型的過程當中，佛教為求生存，不得不向儒家思想倚靠。

當時，佛教中的高僧契嵩，在一片闢佛聲浪中，為了挽救佛教，遂進一步提倡儒釋之道一致的理論。他們吸取儒家思想精華，大講「三綱」中的君臣之道；甚至在創作之際，模仿儒經風格。除此，宋天台宗智圓在其〈閒居編〉自序中，亦曾言道：「於講佛教外，好讀周孔揚孟書，往往學為古文，以宗其道，又愛吟五七言詩，以樂其性。」不惟如此，更曾公開提倡儒家的道統：「古道者何？聖師仲尼所行之道也。昔者仲尼祖述堯舜，憲章文武，六經大備。」以為「老、莊、楊、墨異端之書」乃是「棄仁義，廢禮樂，非吾仲尼祖述堯舜，憲章文武之古道也。」（《閒居編》卷二十九〈送庶幾序〉）其立論依附於儒家道統之說，甚為明顯。

儒家道統說的濫觴，可以遠溯到戰國時代孟子：

> 由堯舜至於湯，五百有餘歲。若禹皋陶則見而知之，若湯則聞而知之，由湯至於文王，五百有餘歲，若伊尹萊朱則見而知之，若文王則聞而知之。由文王至於孔子，五百有餘歲，若太公望散宜生則見而知之，若孔子則聞而知之。由孔子而來，至於今，百有餘歲，去聖人之世，若此其未遠也。近聖人之居，若此其甚也。然而無有乎爾，則亦無有乎爾。（《孟子・盡心下》）

直到唐代韓愈起，受孟子的啓發，對道統概念又做了進一步的衍伸：

> 曰：斯道也，何道也？曰：斯吾所謂道也。非向所謂老與佛之道也。
> 堯以是傳之舜，舜以是傳之禹，禹以是傳之湯，湯以是傳之文、武、
> 周公，文、武、周公傳之孔子，孔子傳之孟軻，軻之死，不得其傳
> 焉。（〈原道〉）

文中，韓氏指明「吾所謂道」是不同於「老與佛之道」，認爲儒統中所傳之道
是仁義、先王之教。韓氏絕未料及，數百年之後，釋徒爲求生存，竟向儒學
靠攏，融儒釋思想爲一身，失去其原始的面目。這種普遍的傾向，實爲不得
不然之勢，了解個中原因，也就不足爲奇了。

　至於道教思想與儒釋兩教發生交融的情形，由典冊記載中，亦得證實。

　據〈佛祖統紀〉卷四十三及〈五燈會元〉卷八所載，五代宋初，陳摶爲
華山隱者，精於易學，作「太極圖」，是有名的道士。宋太宗時，曾賜號希夷
先生，並爲其人增葺雲臺觀。陳氏曾自言其所以鑽研易學，乃是受道士呂洞
賓的指引，而其身亦曾深修禪學，可知釋道雙修，幾乎是當時的一種必然趨
勢。

　曾被南宋以後道教奉爲宗祖的北宋張伯端，便嘗自稱「得聞達摩、六祖
最上一乘之妙旨」（〈悟眞篇〉後序）。其著作亦多摻揉有禪宗思想：「心者，
道之體也，道者，心之用也。人能察心觀性，則圓明之體自顯，無爲之用自
成，不假施功，頓超彼岸。」不僅如此，更曾公開提倡三教合一：

> 老、釋以性命學開方便門，教人修積以逃生死。釋氏以空寂爲宗，
> 若頓悟圓通，則直超彼岸，如有習漏未盡，則尚絢於有生。老氏以
> 煉養爲眞，若得其樞要，則立躋聖位；如其未明本性，則猶滯於幻
> 形。其次，周易有窮理盡性至命之解，魯語有毋意、必、固、我之
> 說，此又仲尼極臻乎性命之奧也。……教雖分三，道乃歸一，奈何
> 後世黃緇之流各自專門，互相非是，致使三家宗要迷沒邪歧，不能
> 混一而同歸矣。（〈悟眞篇〉序）

張氏以爲儒釋道思想基本上是末異而本一，三教是相互影響、滲透的。〔註11〕

　雖然，在宋代，乃至以後，三教調和已爲定勢，卻仍有不少的儒者或佛
家，是站在各自預設的立場上闢佛或反儒，但是，欲在其中劃清界線，無有

〔註11〕參見敏澤著《中國美學思想史》第二卷（齊魯書社，1989年），第五編第三十
　　　三章，頁262。

踰越者，誠非易事。因爲基本上，宋儒對佛道的態度，是採取兩極化：從政治觀點出發，則強力主張闢其所該闢；在人生態度上，則要求融其所可融。由於思觀角度的不同，立場也就迥然有別。以歐陽脩爲例，歷史殷鑑，其以爲佛教之所以能在中國爲患千年，蓋因儒學不振所致，故主張「修其本以勝之」、「禮義者，勝佛之本也，今一介之士知禮義者，尙能不爲之屈，使天下皆知禮義，則勝之矣，此自然之勢也。」（《居士集》卷十七〈本論〉上）其所以如此堅決闢佛的原因，蓋緣由於政治上的利害得失。至於在一般處世的修持上，永叔仍然難逃三教的糾葛；宋初釋僧染指文藝，篤信儒學，蔚然成風，其中不乏和歐陽永叔相與往來者，例如以詩畫傳世之名僧惠崇，其學藝地位，早受歐陽脩肯定，乃不爭事實；又如東坡一生雖浸濡三教，不過在政治立場上，他一直是主張排佛的。在〈議學校貢舉狀〉中，東坡就曾放言指責：「今士大夫至以佛、老爲聖人，鬻書於市者，非老、莊之書不售也」；治平四年，其守父喪期間所作〈中和勝相院記〉更深刻地揭示各王朝之所以殘酷剝削壓榨百姓的主要原因，乃是寺僧增多之故〔註12〕；不惟如此，元祐年間，東坡所作〈居士集敍〉，仍然維持這種看法：「自漢以來，道術不出於孔氏而亂天下者多矣。晉以老、莊亡、梁以佛亡。」但是，在人生的應對進退上，東坡則是融佛老於一身，遊走於三教間的。在這個基礎上，他認爲儒釋道者，實爲理一分殊，其用雖異，其體則一：「孔、老異門，儒、釋分宮，又于其間，鬪律交攻。我見大海，有北南東，江河雖殊，其至則同。」（〈祭龍井辯才文〉）其詩集中，更多有抒及「參禪」經驗者：

> 肩與任所適，遇勝輒留連，焚香引幽步，酌茗開淨筵。微雨止還作，
> 小窗幽更妍。盆山不見日，草目自蒼然。忽登最高塔，眼界窮大千，
> 卞峰照城郭，震澤浮雲天。深沈既可喜，曠蕩亦所便，幽尋未云畢，
> 墟落生晚煙。歸來記所歷，耿耿清不眠。道人亦未寢，孤燈同夜禪。
>
> （〈端午遍遊諸寺得禪字〉）

〔註12〕東坡在〈中和勝相院記〉中尖銳的批評佛教：「吾師之所謂戒者，爲愚夫未達者設也，若我何用是爲！剟其患專取其利，不如是而已矣，又愛其名，治其荒唐之說，攝衣升座，問答自若，謂之長老。吾嘗究其語矣，大抵務爲不可知，設械以應敵，匿形以備敗，窘則推墮滉漾中，不可捕捉，如是而已矣。吾游四方，見輒反復折困之，度其所從遁而逆閉其途，往往面頸發赤。……吾之於僧慢侮不信如此！」他認爲所謂的佛教戒律，是爲「愚夫未達者設」的；對於佛僧，他曾「反復折困」，弄得他們「面頸發赤」。全文充滿諷刺意味，幾乎可說是東坡闢佛文章中最尖刻的一篇。

當時文人不唯東坡如此，同樣享富詩名的黃庭堅，亦是遊走於三教之間的名儒：

> 柳展如，東坡甥也，不問道於東坡，而問道於山谷，山谷作八詩贈之，其間有寢興與時俱，由我屈伸肘，飯羹自知味，如此是道否之句，是告之以佛理也。其曰：咸池浴日月，深宅養靈根，胃中浩然氣，一家同化元，是告之以道教也。聖學魯東家，恭惟同出自，泝流去本遠，遂有作書肆，是告之以儒道也。（《韻語陽秋》卷十二）

經過長期的歷史變化，三教摒除爭論、敵對立場，開始進行交融，此種調和趨勢，雖使三教之間漸失其原始面目，然適巧爲宋代學術的發展，提供一個養分的補給空間，挽救了儒學的長期不振，因爲所謂新儒學的產生，除了因緣儒學內部自身的新變外，同時還吸收了釋道的精華，憑藉二者的思想資料，擴大自身的社會基礎，建立起完整的理論體系；而在同一時間內，釋道思想也從新儒學之中，汲取生存的營養，豐富自我的內涵。所以，三教調和的歷史意義，是建立在這種相反相成，彼此互動的微妙關係上。

二、宋儒新學風的內涵

（一）重理反思

新儒學興起的機運，既是對漢儒章句之學的一種反動，因此，其內涵自然有向義理之學倚靠的傾向，重理反思，便成爲此傾向下的一個必然要求。

宋初學者中，眞正可以代表新儒學精神的，除了孫復、胡瑗兩人之外，尚有歐陽脩。葉水心〈習學記言〉且云：「以經爲正，而不泥於章讀箋詁，歐陽氏讀書法也」。知永叔問學，不專佞於訓詁傳注。其人曾辨學者拾經從傳之惑，以爲「欲折其是非」、「欲斷其訟之曲直」〔註13〕，絕不可耽於傳注，果於自決，如惑於箋傳而發論，則不足以服人心。其立論之精當，或可由〈詩譜補亡後序〉中，窺得一般：

> 昔者聖人已沒，六經之道，幾熄於戰國，而焚棄於秦。自漢以來，收拾亡逸，發明遺義，而正其訛謬，得以粗備傳於今者，豈一人之

〔註13〕歐陽脩在〈詩譜補亡後序〉中，又曰：「予疑毛鄭之失既多，然不敢輕爲改易者，意其爲說不止於箋傳，而恨已不得盡見二家之書，未能遍通其旨，夫不盡見其書，而欲折其是非，猶不盡人之辭，而欲斷其訟之曲直。其能果於自決乎？其能使之心服乎？」文中可見歐陽公做學問的態度，謹慎求證，小心翼翼，而非果於自決。（此處引言，轉引自《中國近世儒學史》，頁22）

力哉。後之學者，因跡前世之所傳，而較其得失，或有之矣。若使徒抱焚餘殘脫之經，悵悵於去聖千百年來，不見先儒中間之說，而欲特立一家之學者，果有能哉？吾未之信也。然則先儒之論，苟非詳其終始而牴牾，質於聖人而悖理害經之甚，有不得已而後改易者，何必徒爲異論，以相訾也。

歐陽脩爲學，不但勇於批評傳注，且敢於疑經，即使是向來爲學者所推崇、奉爲圭臬的經典，永叔亦曾疑其眞僞，例如《春秋三傳》、《易傳》、《河圖洛書》等等。其所論抉隱發微，足見其識器不凡，雖然，這些大膽懷疑，不爲其他學者所認同〔註14〕，但歐公仍極爲自信，放言道：〔註15〕

余嘗哀夫學者，知守經以篤信，而不知僞說之僞經也。自孔子沒，至今二千歲，有一歐陽脩者爲是說，又二千歲，焉知無一人也與脩同其說也。又二千歲，將復有一人焉。然則同者至於三，則後之人不待千歲而有也。六經非一世之書，將與天地無終極而存，以無終極視數千歲，頃刻耳。是則余之有待於後者遠矣。

在眾說紛紜下，歐公仍堅持己見，恬然不動其心，這是何等自信！這樣的氣魄除了表現在做學問的堅持態度上，也同時見諸其扭轉文風、拔擢簡雅古文的堅定立場上〔註16〕。事近千年，當初歐公所疑者，部分果然爲後世所證實，難怪《四庫全書總目提要》會對他做出如此的稱譽：

自唐以來，說詩者，莫敢議毛鄭，雖老師宿儒，亦謹守小序。至宋

〔註14〕歐陽脩曾懷疑河圖洛書之眞僞，但蘇軾卻云：「著於易，見於論語，不可誣也。」曾鞏亦云：「以非所習見，果於以爲不然，是以天地萬物變，爲盡於耳目之所及也。」引見自錢穆《宋明理學概述》（臺灣學生書局，民國66年），頁13。

〔註15〕同註6，頁14。

〔註16〕東坡〈謝歐陽內翰書〉有言：「軾也遠方之鄙人，家居碌碌，無所稱道。及來京師，久不知名，將治行西歸，不意執事擢爲第二。惟其素所蓄積，無以慰士大夫之心，是以群嘲而聚罵者，動滿千百。」〈太息一首送秦少章〉亦云：「昔吾舉進士，試于禮部，歐陽文忠公見吾文，曰：此我輩人也，吾當避之。方是時，士以剽裂爲文，聚而見訕、且訕公者，所在成市。」嘉祐二年，歐陽脩主持貢舉，堅持現實主義文風，反對形式主義，引起長期習風西崑文體者之聚罵。《宋史·選舉制一》亦詳載此事之經過：「時進士益相習爲奇僻，鉤章棘句，寖失渾淳。歐陽脩知貢舉，尤以爲患，痛裁抑之，仍嚴禁抉書者。既而試榜出，時所推譽，皆不在選。澆薄之士，候脩晨朝，群聚詆斥之，街司邏卒不能止，至爲祭文投其家，卒不能其主名置於法，然自是文體亦少變。」

　　而新義日增，舊説幾廢，推原所始，實發於脩。然脩之言曰：……
　　先儒於經，不能無失，而所得固已多矣。盡其説而理有不通，然後
　　以論正之：是脩作是書，本出於和氣平心；以意逆心，故其立論未
　　嘗輕議二家，而亦不曲徇二家；其所訓釋，往往得詩人之本志。

　　自歐陽脩之後，學者們漸能越乎經傳訓詁之説，分就史學、思想等各角度，批評經典內容，甚至作者的眞僞，以這種懷疑的精神運用於自己的治學實踐中，由懷疑而發現問題，深入探討，進而解決問題，發揮一己之創見，儒學研究，由是蓬勃生氣，自具氣象：而這種重理反思的態度也就成爲當時宋代儒風所標榜的新精神。

　　經過孫復、胡瑗、歐陽脩等人的開創後，宋儒逐漸對漢朝以來以訓詁爲核心，這一派舊儒學的存在價值，進行省思：以爲漢儒專事繁瑣的章句之學，也只能得「夫子之文章」，不能悟聞「夫子之言性與天道」；只能抓取儒家經籍的表皮，不能獲取其中的精神。有了這層體悟後，新儒學便強調要依靠內省工夫，來窮究宇宙自然奧秘，以及人類道德的根源，追求所謂的窮理盡性；正因爲新儒學所要求的「明儒道以尊孔」，是指精神方面的相通，而非形式上的強合，因此整個新儒學發展的可貴處，誠如韋政通先生所言，乃在於「他們能面對遺經，戛戛自造一家之言」！〔註17〕

（二）經世致用

　　事實上，北宋諸儒除了在問學與心性認知的態度上，呈現出與漢儒截然不同的異趣外，在儒學指涉範圍內，其經世致用的思想傾向，也較任何時代，表現得更爲強烈。

　　錢穆先生曾云：「北宋諸儒，眼光開放，興趣橫逸」〔註18〕。的確，北宋諸儒除了在「明儒道以尊孔」方面，提出獨善其身的根本性精神要求外，也對兼善天下制訂出「撥亂世以返治」的追求目標。前者屬於經史博古、文章子集之學，後者則屬政事治平之學，這是北宋諸儒所表現的兩大歷史特色，所謂「撥亂世以返治」，其興起的背景，可從兩方面來看：一是對抗佛教；一是宋代國勢衰頹不振所致。

　　歷史上，唐宋諸儒之所以致力闢佛的根本原因，在於佛教自魏晉以降，鼎沸多時，嚴重影響國祚社稷，而儒學反而隱晦不彰，得不到其應有的歷史

〔註17〕引見韋政通《中國思想史》下冊（水牛出版社，民國 76 年），頁937。
〔註18〕引見錢穆《朱子新學案》第一冊（三民書局，民國 60 年），頁14。

主位。如宋太祖趙匡胤建國之初，不但沒有記取前朝教訓，甚至爲了提倡佛教，還復修廢寺，廣造佛像，遣僧去印度求法；至宋太宗時，則變本加厲，特設譯經院，並廣度僧尼；因此，到宋眞宗時，全國僧尼竟多達四十餘萬名。所以，繼韓愈之後，北宋諸儒，如宋學先河孫復、歐陽脩、李覯、東坡等人，從政治觀點出發，都有闢佛舉動。孫復以爲佛老之徒，橫乎中國，乃儒者的奇恥大辱，所以，他特別推崇韓愈，主張以仁義禮樂來對抗佛老：「夫太學者，教化之本根，禮義之淵藪，王道之所由興，人倫之所由正，俊良之所由出」(《孫明復小集・寄范天章書一》)；石介亦從「道德」、「禮樂」、「五常」等方面，指斥佛、老「以妖妄怪誕」(《石徂徠集》卷下〈怪說〉)，壞亂周、孔聖人之道；歐陽脩亦持相同意見，以爲儒家之禮義，乃「勝佛之本也」(《居士集》卷十七〈本論〉)；至於李覯，其闢佛態度，則更爲堅決。他認爲佛徒是不能「事親以教」的叛子、「事君以禮」(《直講李先生文集》卷二十〈潛書〉)的傲民；而佛教之所以能在中國大行其道，蓋因「儒失其守，教墜於地，凡所以修身正心，養生送死，舉無其柄」。補救之道，端在復禮興儒，強調「儒之強則禮可復，雖釋老其若我何」(〈答黃漢傑書〉)。爲求與佛教劃清界限，諸人所提倡的儒學，主要是站在經世致用方面特別強調的先秦孔子與荀子這一系派上，因此，「仁義禮樂」，便成爲宋儒抗佛所高舉的當然旗幟。

另外，導引北宋經世致用學風盛行的最大原動力，則是來自宋代國勢的虛弱無能。自澶淵盟約簽訂後，爲求苟安，宋朝在外患面前，一直處於卑屈地位，此舉令深思遠識之士，引以爲恨，紛紛上書，力陳富強之道，著名的像王安石〈上仁宗皇帝言事書〉、東坡〈嘉祐制策〉、〈上神宗皇帝萬言書〉、〈再上神宗皇帝書〉、〈議學校貢舉狀〉、〈論冗官箚子〉等等。於是前有慶曆新政，後有熙寧變法，一時間，經世致用思想凝聚在每位宋儒心中。二次改革，雖然相繼宣告失敗，但此一思想卻早已根植人心，影響所及，不僅對政治，連同對學術的發展趨勢，宋儒皆產生「致用」的一致要求。這種時代自覺精神，日後也就成爲宋人學風發展過程中的另一項主要特色。

第三節　改革思潮

一、政治興革的迫切要求

宋初爲鞏固政權，採重文抑武政策，削除武將兵權，限制群臣職權。《宋

史・職官志二》記載：「國朝革五代之弊，文武二柄未嘗專付一人。」孰知，矯枉過正，反而流弊橫生。

宋初本以厚祿換取武將兵權，並藉機改以文人治國，然因過份優寵文臣，士大夫遂苟且偷安，此為一弊；而重文輕武所產生的冗兵、冗費，則造成宋代長期財政危機，事後改以賦稅填充為補救，致使民生困頓，反而招惹民怨，此為二弊；三弊者，邊患連連，北有遼，西有夏，強鄰虎視眈眈，宋室國力衰退，幾度屈辱於敵人旌麾之下，國勢岌岌可及！

景德元年九月，遼乘宋隙，大舉南侵，舉國震駭。兩軍從對陣到和議，幾經折衝，訂下「澶淵之盟」。議定宋歲遺遼絹二十萬匹，銀十萬兩，宋遼為兄弟之國。

之後，真宗、章獻明肅皇后相繼崩逝，仁宗親政，政風寬和。慶曆二年七月，遼國又自恃氣盛，要求宋朝割地，仁宗派大臣富弼反覆陳說，最後才以每年增加歲幣十萬兩，絹十萬匹了事。未料，此時，另一支強悍的邊患——西夏，因眼見宋朝在軍事表現上的軟弱無能、不堪一擊，開始對宋朝發動多次大規模的襲擊，宋軍屢挫。慶曆四年十月，宋以歲賜絹十五萬匹，銀七萬兩等等，期與夏軍達成和議。不過，此種屈服，並未滿足敵軍之所需，夏軍侵略宋境如故，彼此仍然交兵不已，宋軍節節敗退，狼狽不堪。自此，宋以外患為恨，熱血澎湃有志之士，奮勇而起，倡導改革，力挽狂瀾，試圖洗雪一切深仇大恨。

（一）慶曆改革

仁宗時，宋室為外患所制，任其予取予求，經由此事件所透露的政治弊端、社會危機，令主事者甚為憂心，於是懷抱「先天下之憂而憂，後天下之樂而樂」責任精神的范仲淹，便登高一呼，主張政治革新，史稱「慶曆改革」。

范仲淹，字希文，少有志操，不以富貴貧戚動其心，慨然以天下興亡為己任。歐陽文忠公所作〈范文正公神道碑〉形容：

> 其事上遇人，一以自信，不擇利害為趨捨，其所有為，必盡其力，
> 曰：「為之自我者，當如是，其成與否，有不在我者，雖聖賢不能
> 必，吾其苟哉！」（《歐陽文忠公集》卷二十）

景祐年間，范仲淹言事切直無所規避，不為上位者所好，誣其薦引朋黨，離

間君臣〔註 19〕，慘遭降黜，然其名聲因此而愈盛，爲士林所重。康定元年，因韓琦力薦，漸爲朝廷所重用。慶曆三年二月，呂夷簡罷相。八月，仁宗急欲更新天下弊事，經歐陽脩等大臣推薦，遂以仲淹爲參知政事。仁宗信任仲淹，召對賜，坐使條奏當世急務，仲淹退而上疏，針對政治、經濟和軍事三方面，條陳時弊，舉薦十事：「明黜陟」、「抑僥倖」、「精貢舉」、「擇官長」、「均公田」、「厚農桑」、「修武備」、「減徭役」、「覃恩信」、「重命令」，此即聞名歷史的「十事疏」。

　　仲淹改革意見雖爲仁宗所接受，卻遭到大部份保守勢力的攻擊，因爲諸項改革，或侵犯士大夫的利益特權；或限制權臣豪勢的發展空間。宋朝累世對士大夫的優渥，早已令其習以爲常，既得利益，自不容仲淹有所推翻，於是謗議愈甚，攻訐不止，甚至直指范氏爲朋黨。仁宗因而疑惑不決，仲淹眼見讒言構陷，卻得不到君主強勢支持，只得上疏請求罷政。慶曆五年，范仲淹、富弼並罷，其所倡導改革諸事，夭折途中，一切又回復從前的弊端叢叢。

（二）熙寧變法

　　宋代經過百年中央集權統治後，因「累世因循末俗之弊」（《臨川先生文集》卷四十一〈本朝百年無事劄子〉），致使國家財力日以窮困，風俗日漸敗壞，法令和制度面臨空前的考驗，大有不得不順應時勢而改革更易的趨勢。仁宗本朝范仲淹的「慶曆新政」，本期可有一番作爲，可惜最後卻如曇華一現，不及一年便匆匆結束。直到熙寧二年二月，富弼爲相，王安石任參政知事，才又出現另一次政治改革的新契機。

　　王氏議論高奇，能以辯博濟其說，果於自用，慨然有矯世變俗之志。仁宗時，嘗上萬言書，極言當世之務，主張理財養士，矯俗訓兵以救其弊，卻未爲仁宗所重視。

　　神宗皇帝即位後，亟思改革，曾問安石，以何設施爲先。安石深知北宋一百年來的局勢發展，已經到了不變革就不能繼續圖存的地步，所以，他力主變法圖強，以爲：「變風俗，立法度，正方今所急也。」（楊仲良《續資治

〔註 19〕　仲淹言事切直，大臣權倖多惡之，仲淹上書宜繕修洛京以爲急難之備，仁宗曾以此事詢問宰相呂夷簡，夷簡云仲淹迂闊，務名無實。仲淹爲論，譏夷簡專權徇私，陰竊人主之柄。夷簡大怒，指仲淹薦引朋黨，離間君臣。事見《續資治通鑑長編》卷一一八景祐三年四月丙戌。

通鑑紀事本末》卷五十九「熙寧二年二月庚子」），其言深得神宗之心。於是，改擢安石爲宰相，恣其所爲。安石所主變法者，計有「均輸法」、「青苗法」、「農田水利法」、「保甲法」、「貢舉法」、「募役法」、「太學三舍法」、「市易法」、「保馬法」、「方田均稅法」、「軍器監法」諸項。這些新法立意本甚完美，然因用人不當，推行不得其人，手段過於激刻，立刻遭到韓琦、富弼、文彥博、歐陽脩、范純仁、司馬光等人的強烈反對，而安石卻譏諷彼人爲流俗，嘗回函司馬光說：「如曰今日當一切不事事，守前所爲而已，則非某之所敢知」（《臨川先生文集》卷七十三〈答司馬諫議書〉）：並謂神宗：「利害之情難識，非學問不足以盡之，流俗之人，罕能學問，故多不識利害之情，而於君子立法之意，有所不思而好爲異論。若人主無道以揆之，則必爲異論眾多所奪，雖有善法，何由而立哉」（《續資治通鑑長編》卷二二二「熙寧四年五月癸巳」）。安石之意，以爲變法度須先勝流俗，欲勝流俗，須先除異論。熙寧三年二月，韓琦諫疏青苗之害；而司馬光答詔，亦有「士夫沸騰，黎民騷動」之言，新法終爲群賢所詬病。待哲宗立，司馬光爲相，盡罷一切新法，王安石變法，宣告失敗。

二、文藝改革的全面發動

北宋繼唐代而起的文學改革運動，主要是反對以「西崑體」爲代表的浮豔文風，進而對宋初詩、文進行革新。

北宋初年，國家一統，經濟繁榮，士大夫受非常禮遇，故僅醉心於吟花弄月，歌功頌德，致使晚唐五代以來的浮豔文風得其延伸。其中代表作家乃楊億與錢惟演。

楊億爲西崑體詩歌的主要作家。性耿介，尚氣節。其於史館修書時，曾與錢惟演、劉筠等人唱和，並將唱和之詩合編爲《西崑酬唱集》，其寫作目的因是更迭唱和，故內容多雕琢用典，舖陳詞藻，講究聲律，無什價值。其文亦同。

錢惟演爲人趨炎附勢，人品不足稱道，嘗以洛陽著名牡丹品種「姚黃」供內廷玩賞。東坡所作〈荔枝嘆〉一詩，即是諷刺該事：「洛陽相君忠孝家，可憐亦進姚黃花」。錢氏作詩宗法晚唐詩人李商隱，辭采妍麗，精工穩切，內容卻貧乏可憐。

其實，西崑發展之初，氣象未必不善，歐陽脩與王安石皆曾有過取法西

崑之事實，故劉熙載《藝概‧詩概》始言：「楊大年、劉子儀學義山爲西崑體，格雖不高，五代以來，未能有其安雅」；可知後來梅堯臣、蘇舜欽、歐陽脩等人所反對的西崑詩風，其所欲改革的眞正對象，應當是那些末流弊習才是；也因此，《四庫全書總目提要》在對西崑進行評斷時，特別指出：「（西崑）宗法唐李商隱，詞取妍華，而不乏興象，效之者漸失本眞，惟工組織，於是有優伶撏撦之譏」；其說是相當客觀的。

（一）古文運動

宋初柳開，乃是率先反對五代委靡文風的進士。柳氏爲文力主復古，自稱「師孔子而友孟軻，齊揚雄而肩韓愈。」（《河東集》卷六〈上符興州書〉）以爲古文：

> 非若辭澀言苦，使人難誦讀之，在于古其理，高其意，隨言短長，應變作制，同古人之行事，是謂古文也。（《河東集》卷一〈應責〉）

又言：

> 吾之道，孔子、孟軻、揚雄、韓愈之道；吾之文，孔子、孟軻、揚雄、韓愈之文也。（《河東集》卷一〈應責〉）

足知柳氏極力推崇孔、孟、揚、韓之文，主張以孔孟文風，力矯西崑浮弊。其理論可視爲後來歐陽脩詩文革新運動的先聲。

厥後，穆修、孫復、石介等人，亦致力於文風的扭轉。石介〈怪說（中）〉一文，就曾嚴厲指斥楊億：「窮妍極態，綴風月，弄花草，淫巧侈麗，浮華纂組，其爲怪大矣。」（《徂徠集》卷五）惜因曲高和寡，未能造成既定時勢。

至宋仁宗間，范仲淹爲尹師魯《河南集》作序，序中對西崑文風的浮靡，大表不滿：

> 唐貞元、元和之間，韓退之之主盟於文而風雅最盛。懿、僖以降，寖及五代，其體薄弱。……洎楊大年（億）以應用之才，獨步當世，學者刻詞鏤意，以希彷彿，未暇及古也。其甚者，專事藻飾，破碎大雅，反謂古道不適於用，廢而弗學者久之。（《河南集》原序）

當時，除了文壇志士優先倡率，期使文風復歸於正外，朝廷亦曾表態支持。仁宗天聖七年正月，天子特爲下詔，申戒浮華，提倡散文：

> 觀其著撰，多涉浮華，或磔裂陳言，或會粹小說，好奇者，遂成於譎怪。矜巧者，專事於雕鐫。流宕若茲，雅正何在？……當念文章所宗，必以理實爲要。探經典之旨趣，究作者之楷模，用復溫純，

　　無陷媮薄。庶有補於國教，期增闡於儒風。(《宋會要輯稿·選舉
　　三》)

東坡在〈謝歐陽內翰書〉中所稱：「聖上慨然太息，思有以澄其源、疏其流，
明詔天下，曉諭厥旨。」指的正是此事。

　　之後，又有李覯挺身而出，要求「文以經世」，反對擬古和「專雕鏤以為
麗」(《旴江集》卷二十七〈上宋舍人書〉)。至此，宋代古文運動才開始勃發
興機。一直到尹師魯出，宋代古文運動始趨成熟。師魯古文，遙承韓、柳，
然其文學理念的先導，則源自穆修。當楊億、劉筠「尚聲之文」蔚然成風時，
天下學者無不翕然從之，惟穆修獨排眾議，專以古文行世，所以蘇舜欽兄弟
多從其遊。朱子《五朝名臣言行錄》嘗稱：

　　洙(師魯)學古文於(穆)修，……宋之古文實柳開與(穆)修為
　　倡，然開之學，及身而止，(穆)修則一傳為尹洙，再傳為歐陽脩，
　　而宋之文章於斯極盛，則其功亦不少矣。(《四庫全書總目》卷一五
　　三〈穆參軍集提要〉引)

文中明指尹師魯、歐陽脩的古文，實導源於穆修。而師魯自從受到穆修古文
創作的啟發後，更致力寫作簡而有法，辭約理精的古文。柳開在〈應責〉一
文中，便已指出古文所當具備的教化功能，正在於矯正時弊，立為後世之
準：

　　吾若從世之文也，安可垂教於民哉？亦自愧於心矣。欲行古人之道，
　　反類今人之文，譬乎遊於海者，乘之以驥，可乎哉？苟不可，則吾
　　從於古文。吾以此道化於民，若鳴金石於宮中，眾豈曰絲竹之音也？
　　則以金石而聽之矣！

尹氏將理論落實於作品中，比較前人則更具說服力。至於歐陽脩，則因臣服
尹氏文章的簡古，自承其說，之後，亦專工樸質的古文。

　　歐陽脩學古文，淵源於師魯，自成格局後，遂以時文改革為己任，大力
鼓吹古文運動，盡棄唐末至宋初的形式主義文風，以實際創作為其理論基礎。
嘉祐年間，歐陽脩以翰林學士的崇高地位主持進士考試，大加撻伐西崑文體，
拔擢簡雅文章。凡雕刻詭異之說，艱深難以句讀之文，一例黜落，期能恢復
古文的明白暢曉，以達變革文風的目的。試拔其間，以蘇軾、蘇轍、曾鞏的
表現，最為傑出，歐陽脩於是向朝廷推薦、揄揚，獎掖不遺餘力。除此，因
愛才，又間接提拔梅堯臣、蘇舜、蘇洵、王安石諸人。其群眾基礎所以穩固，

卒能成爲當代文風的領導者。

在散文理論上，歐陽脩提出「道勝者，文不難而至。」（〈答吳充秀才書〉）「道純則充于中者實，中充實則發爲文者輝光。」（〈答祖擇之書〉）反對「務高言而鮮事實。」（〈與張秀才第二書〉）一掃艱澀怪僻、浮靡雕琢的文辭。並主張「言以載事而文以飾」（〈代人上王樞密求先集序〉）。對自然而簡雅的文章，廣爲推崇。

（二）詩歌革新

詩歌發展到北宋初期（太祖、太宗、眞宗朝），承襲唐詩餘音，師法白居易、劉禹錫、賈島、杜牧、李商隱等人。清·葉燮《原詩》（內篇上）云：「宋初時襲唐人之舊，如徐鉉、王禹偁輩，純是唐音」。效法白居易者，以王禹偁、徐鉉爲代表；效法賈島者，主要有希晝、惠崇等人。宗杜牧者，有寇準、林逋等；宗李商隱者，主要爲西崑體作家，如楊億、錢惟演、劉筠三人。

西崑體的傳名，蓋因諸人將詩集訂爲《西崑酬唱集》之故。詩集中作者達十七人之多，其中以楊億、劉筠、錢惟演三人名聲爲最，其餘皆爲附庸。宋·葛立方《韻語陽秋》云：「西崑體大率效李義山之作，豐富藻麗，不作枯瘠語」（《歷代詩話》）；明·徐𤊧《徐氏筆精》卷四〈西崑〉亦云：「宋楊文公億、錢思公惟演、李宗諤、劉子儀，號西崑體，組織華麗，……用事皆精確，對偶森嚴，即義山丁卯，不是過也。」諸人力效李商隱用典故，尚辭藻的特色，矯枉過正，反而傷於雕琢堆砌，缺乏眞情，恰如「七寶樓臺，眩人眼目，碎拆下來，不成片段」〔註20〕。這種致力模仿的情形，時人劉攽的《中山詩話》，適有一番巧妙生動的比喻：

> 祥符天禧中，楊大年、錢文僖、晏元獻、劉子儀以文章立朝，爲詩皆宗尚李義山，號西崑體，後進多竊義山語句。賜宴，優人有爲義山者，衣服敗敝，告人曰：「我爲諸館職撏撦至此。」聞者歡笑。（《歷代詩話》）

西崑獨佔北宋詩壇，雖有半世紀之久，然其中反對者，大有人在，惜乏魄力，無法蔚爲風尚。

至仁宗慶曆朝，北宋已經過一段甚長的休養生息，一切人文制度漸漸跳脫唐典遺緒，發展出純然宋代的特色。此期，文物昌盛，人才輩出，名臣有

〔註20〕此處引用張炎對吳文英詞之評語。意指吳詞只顧堆砌辭藻，注重外形的美麗，有形式主義文學的強烈傾向。參見張炎《詞源》「清空」條。

韓琦、范仲淹、司馬光等；文豪則有梅堯臣、蘇舜欽、歐陽脩等人，史稱「慶曆之治」。當時國子監直講石介嘗著〈慶曆盛德詩九百六十言〉，稱頌其世。而在詩歌創作方面，一矯西崑浮弊、晚唐委靡，盡脫前人窠臼，自成一格，開創有宋一代面目。代表作家有石延年、梅堯臣、蘇舜欽、歐陽脩等人。

石延年字曼卿。爲文勁健，工於詩，宗法韓愈、張籍、孟郊，與歐陽脩、蘇舜欽、梅堯臣諸子往來唱和。蘇舜欽嘗序其詩集，文云：

> 祥符中操筆之士，率以藻麗爲勝，而曼卿之詩，時震奇發秀，獨以勁語蟠泊，而復氣橫意舉，灑落章句之外，其詩之豪者歟！

梅堯臣字聖俞。爲詩意新語工，不減淺俗。意境高妙，歐陽脩自以爲不及：

> 梅翁事清切，石齒漱寒瀨。作詩三十年，視我猶後輩，文詞愈清新，心意雖老大，有如妖韶女，老自有餘態。近詩尤古硬，咀嚼苦難嚵。又如食橄欖，眞味久愈在。（〈水谷夜行寄子美聖俞〉）

歐公更自言其論詩乃受梅氏之啓發：

> 嗟哉我豈敢知子？論詩賴子初指迷。子言古淡有眞味，大羹豈須調以虀。（〈再和聖俞見答詩〉）

歐公對梅氏的推崇由此可見一斑！

聖俞論詩特別強調《詩經》、《離騷》的傳統，重視文章的思想內容，要求詩緣人情，意新語工，景與意會，達「平淡」高境：

> 我於詩言豈徒耳，因事激風成小篇。詞雖淺陋頗剋苦，未到三雅未忍捐，安取唐季二三子，區區物象磨窮年。（〈答裴送序意〉）

蘇舜欽字子美。天聖中，與穆修好爲古文歌詩。歐陽脩輒爲推服：

> 其於詩最豪，奔放何縱橫，間以險絕句，非時震雷霆。（〈答子美離京見寄〉）

又言：

> 子美氣尤雄，萬竅號一噫。有時肆顛狂，醉墨灑滂霈。譬如千里馬，已發不可殺。盈前盡珠璣，一一難揀汰。（〈水谷夜行寄子美聖俞〉）

還稱頌其詩「筆力豪儁，以超邁橫絕爲奇」，與梅堯臣的「覃思精微，以深遠閒淡爲意」者，「各極其長」。〔註21〕

子美作詩，擅於揭發社會黑暗，同情民間疾苦，一反西崑的歌功頌德、

〔註21〕歐陽脩《六一詩話》曾云：「聖俞、子美齊名於一時，而二家詩體特異。子美筆力豪儁，以超邁橫絕爲奇；聖俞覃思精微，以深遠閒淡爲意，各極其長，雖善論者，不能優劣也。」（《歷代詩話》）

嘻笑怒罵，冷嘲熱諷，盡抒其中，淋漓盡致，富有強烈的感情色彩，以爲寫作詩文的根本目的，是「警時鼓眾」、「補世救失」，乃北宋詩歌中，現實主義精神的揭竿。

　　稍後於梅、蘇的歐陽脩，乃北宋詩歌革新運動的領袖。歐陽脩早年充西京留守錢惟演幕府推官，即與尹師魯、梅堯臣、蘇舜欽等人詩歌相唱和。一生對韓愈極爲尊崇，時以韓愈自命，並效法韓愈「以文入詩」：

　　　　退之筆力無施不可，而嘗以詩文章末事，故其詩曰：「多情懷酒伴，
　　　　餘事作詩人」也。然其資談笑，助諧謔、敘人情、狀物態，一寓於
　　　　詩，而曲盡其妙。（《六一詩話》收於《歷代詩話》）

詩歌創作藝術上，歐陽脩廣納韓愈詩散文化的特點，極力避免韓詩的險怪、生僻。其辭明顯意達，無西崑的脂粉富貴氣，時以平淡秀麗之語入詩，描繪詩人的眞實感受。其論詩重視美刺成功，觸事感物，曾提出「詩窮而後工」的有名論點，強調詩人生活遭遇對於創作所起的重要作用。宋・葉夢得《石林詩話》卷上云：

　　　　歐陽文忠公詩始矯西崑體，專以氣格爲主，故言多平易疏暢。（《歷
　　　　代詩話》）

清・葉燮《原詩》亦言：

　　　　歐與蘇梅本變崑體，獨倡新聲，必辭盡於言，言盡於意，發揮鋪寫，
　　　　曲折層累以赴之，竭盡乃止。

　　北宋後期詩人接受中期梅、蘇、歐等人開拓之功，遂致力創作有內容、有思想的詩歌。宋詩發展至此，始完全脫離唐詩範疇，別爲一格。

（三）書畫藝術的創新

　　與政治上的變革以及文風、詩風的改革相呼應，宋代書法、繪畫藝術一時間，亦瀰漫著創新之風。

　　在書法方面：宋書亦發展出不同於唐書的特色。中國書法史上，隋唐一變魏晉行草爲眞書，眞書具有典型性風格，有一定規律可循，因此，唐人在學習過程中，特別標榜「尚法」的重要，所謂「法」，指的是客觀的造形規律。這一系統主要著眼於書法的結構秩序，表現出書法點畫的均衡及理性秩序之美，誠如歐陽詢「八法」中所言：「點畫調勻，上下均平」〔註22〕。唐代書法

〔註22〕轉引自熊秉明先生《中國書法理論體系》（俗風出版社，民國76年），頁28。

家中，如虞世南、歐陽詢、褚遂良、顏真卿等，都是此一系統下的傑出表現者，其中，又以歐陽詢最為突出，〈九成宮醴泉銘〉一帖，結構的嚴密統一、規矩的方正平穩，後人難出其右。世傳歐陽詢有〈付善奴訣〉一首〔註23〕，恰足以說明其書之嚴謹：

> 每秉筆必在圓正，重氣力縱橫重輕，凝神靜慮，當審字勢；四面停
> 匀，八邊俱備，短長合度，粗細折中，心眼準程，疏密欹正。最不
> 可忙，忙則失勢；次不可緩，緩則骨癡；又不可瘦，瘦當形枯，復
> 不可肥，肥則質濁。細詳緩臨，自然備體。

俟宋代中期，宋人有鑑於各體書法的發展已屆完備之境，宋居其後，難有所圖，只得取徑唐賢，上追魏晉，從中求取變化，突破前古，另闢蹊徑，以開創宋代特有書風。在這一片瀰漫革新變化的氣氛中，宋人首先對唐風表示反動，以為唐人重法，無復晉人飄逸之致，主張應自由抒發個人情感，形成自我風格，不拘執於規律，先習唐法，繼之擺脫唐法，故馮鈍吟有：「晉人盡理，唐人盡法，宋人多用新意」一說。〔註24〕

事實上，宋代尚意書風的建立，並非一朝一夕所立就，而是有其長遠的蘊因，不可不然之趨。尚意書法的觀念，在漢代便已形成，蔡邕《筆論》中，嘗提到：「書者，散也，欲書先散懷抱，任情恣性，然後書之」（《中國美學史資料選編》上冊）。所謂「任情恣性，然後書之」，正乃寫意之觀。唐代孫過庭《書譜序》亦言：「凜之以風神，溫之以妍潤，鼓之以枯勁，和之以閑雅，故可達其情性，形其哀樂」（《中國美學史資料選編》上冊）。而韓愈在〈送高閑上人序〉一文中，對書法大家張旭藉草書以發洩自我情緒，筆隨意到，更有一番傳神形容：

> 往時張旭善草書，不治他技，喜怒，窘窮、憂悲、愉佚、怨恨、思
> 慕、酣醉、無聊、不平；有動於心，必以草書焉發之。觀於物，見
> 山水崖谷。鳥獸蟲魚、草木花實、日月列星、風雨水火、雷霆霹靂、
> 歌舞戰鬥、天地事物之變，可喜可愕，一寓於書。

這些「尚意」書法家，一致要求從客觀規律中解放自我，進而追求主觀表現，明顯與「尚法」書法家的壓抑個人情感，束縛個人創造的特色是對立的。

宋代書家多文學之士，自古文士即風流，意向自由，加上受禪學發達的

〔註23〕同註22，頁29。
〔註24〕見馮武編《書法正傳》（下冊），頁87。

影響，著重個人主觀頓悟，不假外求，因此，書風自然偏向「尙意」的行草發揮，形成風潮，故東坡有所謂「我書意造本無法，點畫信手須推求」之說；而黃庭堅亦有「幼安弟喜作草，求法於老夫，老夫之書本無法」之言；書法大家米芾曾表態「要之皆一戲，不當問工拙，意足我自足，放筆壹戲空」。這種「尙意」書風，宋代蔚爲風尙，乃殊別於唐書的「尙法」，後來便成爲中國書法史上，另一項新的里程標竿。

　　在繪畫方面：隋唐兩代因帝王貴族的愛好，所有文學藝術的題材與風格，遂有轉朝宮廷趣味發展的趨向，接近於富麗堂皇一路。到了五代時期，南唐和西蜀，便將畫院自翰林院中獨立，正式設置翰林圖畫院，專爲宮廷貴族提供服務。

　　至宋初，因社會安定，都市工商發達，暨活字印刷術的相繼發明，爲諸項文化藝術的開展，提供最佳條件。當時，自南唐、西蜀湧進的花鳥畫家，爲數甚夥，受到朝廷的青睞，其中許多專工富麗新巧的花鳥畫者，更能投合當局的喜好，這中間的翹楚，莫如黃氏父子（黃荃、黃居寀），因此，來自西蜀的黃居寀，後來便主掌宋初畫院。「黃氏體制」〔註25〕一時傳爲畫風，他人難以改弦更張，造成許多優秀的山水畫家如范寬、董源等人，被拒於畫院之外，如此一來，必然會扼殺藝術原創性的活潑與自由，使繪畫藝術陷於單調重覆的困境。審美理想的偏狹性，一時之間，表露無遺。

　　政治上的論爭改革，往往能直接或間接影響到藝術的審美趨向。宋神宗年間，畫院山水畫家郭熙、米芾和人物畫家李公麟、花鳥畫家崔白等人開始對院體畫的過分講究法度和強調形似提出反動，主張拋棄院畫的金碧輝煌，而追求清新、平淡有致的自然畫風。經過諸人的努力鼓吹後，宋人作畫，開始對審美怡情作用，提出進一步的要求，這其中包括傳神和寫趣的表達。當時，許多大家在實際創作之餘，還嘗試從中歸結經驗，藉以建立繪畫的理論系統，例如郭熙在《林泉高致集》中，特別拈出身歷目見對於創作的重要性，認爲師法自然，當是「飽游飫看」，將繪畫對象「歷歷羅列於胸中」，從而「取之精萃」，當操觚作畫之時，則應「注精以一之」、「神與俱成之」（〈山水訓〉）。當時做出相同對應的，還包括郭若虛。郭氏以爲創作當「本自心

〔註25〕　《宣和畫譜》有云：「（黃居寀）既隨僞主歸闕下，藝祖知其名，尋賜眞命。太宗尤加眷遇，仍委之搜訪名畫，詮定品目。一時等輩，莫不斂衽。荃、居寀畫法，自祖宗以來，圖畫院爲一時之標準，較藝者，視黃氏體制爲優劣去取。」可知，當時黃氏體制畫風主導畫壇，受當政者垂愛的之情形。

源」、「出於靈府」（《圖畫見聞志敘論・論氣韻非師》），又強調「意存筆先，筆周意內」的概念。刹那間，繪畫美學的探討，蔚然成風，如火如荼的進行者，如米芾的《畫史》、米友仁的《元暉畫跋》、黃伯思的《東觀餘錄》、宋徽宗的《宣和畫譜》；以及東坡、黃庭堅、文同、李公麟等人反映在詩文中的論畫見解。這些意見對整個宋代繪畫藝術的革新，自有一番貢獻。彼此理論的相互發明，往往助長繪畫技巧和內容的長足進步，推陳出新，將浪漫主義與現實主義做一結合，使宋代繪畫藝術超越過往，更加活潑自由，體現出高度的歷史意義。

第三章　東坡文藝創作理論的成立

第一節　傳統家風的孕育

　　就地理形態而言，西蜀屬於盤整地形，岷、瀘、雒、巴等河域，川流其間，孕育出一片肥沃的川西平原。平疇迤邐，河流穿梭。民康物豐，經濟自給，史有「陸海天府」之稱。蜀人幸因高山屏障，護衛疆土，自古便自絕於中原，並培育出堅強獨立，擅辭好理的特性，產生自成體系的「巴蜀文化」。直到五代十國，藩鎮割據，中原戰亂，王建始建都於此，定爲前蜀國，致力開發蜀地，使其維持較長的安定。這般「世外桃源」，自然吸引大批飽受戰火蹂躪的中原人士，湧入其間，其中才人濟濟，不乏文藝創作者。兩種不同背景的文化，一旦接觸，彼此相互吸收融合，立刻加速一切文藝活動的蓬勃發展，使得當時的蜀國呈現百藝爭鳴的氣象。不料，乾德二年，宋太祖發動戰事，進軍西蜀，處處焚燒掠劫，蜀國終於步上覆亡命運。爾後蜀地便戰爭不斷，人民生活陷於困窘，開始體會於不同往日的生活感受。

　　鍾靈毓秀的土地，拜日月精華所賜，一代大家生於其中者，爲數甚夥，所謂「江山代有人才出，各領風騷數百年」。如賦中之司馬相如、揚雄；詩中之李白；文中之三蘇；畫中之文同、黃荃父子，貫休禪師等等，眾人氣度、學養、胸襟、體魄的薰染、成熟，均受育於此，故往往不能忘情於蜀國子規，峨眉山月。

　　東坡生於蜀之眉州眉山縣城南紗縠行，距成都西南五十公里。蘇家世系落籍於眉山，史冊可考者，始自唐武則天之時。當時蘇味道官鳳閣侍郎，然

貶眉州刺史，再遷益州長史，尚未赴任即離世。味道有一子，因故未回趙郡〔註 1〕，而定居眉州，此乃蘇氏落籍眉州之始。《新唐書》本傳記載：味道乃趙郡欒城人〔註2〕，唐太宗貞觀二十二年生，二十歲登進士第，以文章受知於定襄道大總管裴行儉。孝敬皇帝妃父裴居道登左金吾衛將軍，託味道作謝表，味道攬筆起草，文筆「閑徹清密」，名噪一時。其為人庸祿保位，立場並不堅定，凡事模稜兩可，人稱「蘇模稜」。唐中宗神龍元年，其附權者傾敗，味道被貶眉州，留一子於眉，為眉州蘇氏始祖。

味道之子家於眉山。二百年後，至唐末五世祖蘇涇，世系始明〔註3〕。涇生釿，釿以俠氣聞名於鄉閭。釿生五子，少子蘇祐，乃蘇洵曾祖父，其為人以才幹精敏見稱。祐育六子，杲為蘇洵祖父，以孝友著名鄉里，善治生，本有餘財，然因樂善好施屢濟他人急，久致破產，田不滿二頃，房屋敝陋不堪。杲子序，字仲先，生於宋太祖開寶六年，歿於仁宗慶曆七年。蘇序性情簡易，輕財好施，不好讀書，士大夫或田父野老，均待之以禮。蘇軾曾形容：「祖父名序，甚英偉，才氣過人，雖不讀書，氣量甚偉」〔註4〕。曾鞏〈贈職方員外郎蘇君（序）墓誌銘〉亦云：「君諱序，字仲先，眉州里」。序晚歲好作詩，敏捷立成，上自朝廷郡邑之事，下自鄉閭答子孫，畋漁治生之意，皆發於詩，計得數千篇，可惜不傳。

蘇序有三子，長曰澹，字希白，未仕，早卒。次曰渙，字公群，擅文學，天聖年間登進士，為人恭儉正直。蘇渙以進士起家，對蜀人而言，與有榮焉，間接有鼓勵作用，自此，蜀人皆喜讀書，而後成為學者人者，計千餘人。

〔註 1〕 趙郡，即今河北趙縣。唐李淵改郡置州，改太守為刺史，故更名趙州，至宋升為慶源府。

〔註 2〕 欒城從戰國時代就畫屬趙郡，今為河北欒城縣。三蘇題名，慣稱趙郡蘇某，蘇轍並其名其文集曰《欒城集》者，概從其祖籍。

〔註 3〕 蘇洵《嘉祐集》卷十三〈族譜後錄〉下篇嘗云：「蘇氏自遷於眉，而家於眉山，自高祖涇，則已不詳，自曾祖釿而後稍可記」。

〔註 4〕 見《師友雜記》載：「東坡新遷相闋之第，應同李端叔、秦少游往見之。東坡曰：『今日乃先祖太傅之忌五月十一日。祖父名序，甚英偉，才氣過人。雖不讀書，而氣量甚偉。頃年在鄉里，郊居陸田不多，惟種粟。乃以稻易粟，大倉儲之。人莫曉其故。儲之累年，凡至三四千石。會眉州大飢，太傅公即出所儲，自族人次外姻次佃戶鄉曲之貧者次第與之，皆無凶歲之患。或曰：公何必粟也？惟粟性堅，能久，故可廣儲以待匱爾』。」（據顏中其先生所編《東坡軼事彙編》中〈東坡家人軼事選錄〉──「師友談記」條，岳麓書社出版，1984 年，頁 352、353）

　　季曰洵，字明允。少不長進，整日遊盪。二十五歲首次閉戶讀書〔註5〕，第一次鄉試落第後，憤然將舊稿付之一炬，取論語、孟子、韓愈、其他聖人之文，毅然從頭苦讀，時已二十七歲。〔註6〕

　　東坡八歲入天慶觀北極院，從道士張易簡讀小學，學童百人中，以東坡及陳太初學業最優；十歲，父洵離家宦游，遂由程夫人親授其書。程夫人乃眉山富豪大理寺丞程文應之女，系出名門，通達經史，持重節義。東坡文學修養的奠基，除了根植於程夫人的菇苦教育外，其中更有許多是自父親蘇洵的真傳，所以，年方十歲，便能寫出「人能碎千金之璧，不能無失聲於破釜；能搏猛虎，不能無變色於蜂蠆」這類說理極強，又甚為生動傳神的好文章。〔註7〕

　　蘇洵雖然晚學，輒取論孟聖哲之書，通經學古，以西漢文辭為宗師。立定功夫，不務時文（西崑），自絕於功名，一生重文好藝。〈上田樞密書〉提到：

> 數年來，退居山野，自分永棄，與世俗日疏闊，得以大肆其力于文章。詩人之優柔，騷人之精深；孟、韓之溫淳，遷、固之雄剛；孫兵之簡切，投之所向，無不如意。

力主為文而學文，學文益精則胸中豁然開朗，進而文思泉湧，行文浩浩蕩蕩，下筆如似有神。其文藝主張有不同於前人的見解，如提倡「實錄」，反對「諛偽」，以「得乎吾心」作為文章「善惡」的標準：

> 遇事而記之，不擇善惡，詳其曲折，而使後世得知而善惡自著者，

〔註5〕 蘇洵第一次〈上歐陽內翰書〉自云：「洵少年不常，生二十五歲始知讀書，從士君子遊。」此處從其說。見《嘉祐集》

〔註6〕 《宋史》本傳皆言其：「年二十七，始發憤讀書。」歐陽脩、張方平所撰其人墓誌，亦同此說。

〔註7〕 《王直力詩話》云：「東坡作十歲，老蘇令作〈夏侯太初論〉……老蘇愛之，以少時所作，故不傳，然東坡作《顏樂亭記》與《黠鼠賦》，凡兩次用之」（見郭紹虞輯《宋詩話輯佚》卷上《王直方詩話》──「東坡作夏侯太初論」條，華正書局出版，民國70年，頁99）。另外，王宗稷《蘇文忠公年譜》載此事於慶曆五年，與《王直方詩話》所稱十歲合；王文誥《蘇文忠公詩編注集成總案》卷一則據舊譜引秦少章說此文乃蘇軾「十來歲」作，即慶曆七年軾十二歲時所作。另外，《侯鯖錄》也記載了一段東坡少年總角之事：「東坡年十餘歲，在鄉里，侍老蘇側，誦歐公〈宣召赴學士院仍謝對衣并馬表〉，老蘇令坡擬之，其間有云：『匪伊垂之帶有餘，非敢後也馬不進』。老蘇喜曰：『此子他日當自用之』。」（同註4，引自顏書〈童年和少年時代〉──「侯鯖錄」條，頁1）

是史書之體也。(〈議修禮書狀〉)

以爲文學作品抒發情意，必求正確性、合法性，非以禮抑情，以義抑利，不近人情。嘗言：「民之苦勞而樂逸也，若水之走下。」(〈易論〉)主張文學貴適用。其〈上韓樞密書〉有言：

> 洵著書無他長，及言兵事，論古今形勢，至自比賈誼。所獻〈權書〉，
> 雖古人已往成敗之迹，苟深曉其義，施之於今，無所不可。

歐陽脩曾爲此讚譽蘇洵文辭：「不爲空言而期于有用，博于古而通於今，實有用之言。」老蘇積極用世之心，昭然若鑒。

東坡兄弟以父爲師，受父親之啓萌，其後來許多文藝理念的形成，幾乎是在蘇洵這些原有的理念上，做進一步的發揮。

蘇洵論文，主張「有爲而作」，主張取法於賈誼、陸贄，曾云：「洵著書無他長，及言兵事，論古今形勢，至自比賈誼」(〈上韓樞密書〉)。東坡在〈鳧繹先生文集敍〉中，亦寫道：

> 昔吾先君適京師，與卿士大夫游，歸以語軾曰：「自今以往，文章其
> 日工，而道將散矣。士慕遠而忽近，貴華而賤實，吾已見其兆矣。」
> 以魯人鳧繹先生之詩文十篇示軾曰：「小子識之，後數十年，天下無
> 復爲新文者也。先生之詩文，皆有爲而作，精悍確苦，言必中當世
> 之過，鑿鑿乎如五穀必可以療飢，斷斷乎如藥石必可以伐病。其游
> 談以爲高，枝詞以爲觀美者，先生無一言焉」。其後二十餘年，先君
> 既沒，而其言存。

從這段文字說明中，可以體會到蘇洵和東坡、子由兩兄弟的文藝思想的承啓關係。本著士大夫的熱忱自覺，三蘇均能體識到文學所具備的社會意義。基於這個論點，蘇氏父子不僅反對西崑之浮靡，堅決不主學「句讀、屬對聲律」(蘇洵〈送石昌言使北引〉)的「時文」，而專致力於創作「不爲空言而期於有用」之篇章。

而在寫意方面，蘇洵則強調「情眞」。他在〈太玄論〉一文中，且云：

> 方其爲書也，猶其爲言也；方其爲言也，猶其爲心也。書有以加乎
> 其言，言有以加乎其心，聖人以爲自欺。

受父親的薰染，東坡無論創作或立論，均以情眞爲出發點。他嘗稱讚孟郊：「詩從肺腑出，出輒愁肺腑」(〈讀孟郊詩〉)認爲情眞之詩，始足以動人，這也正是東坡之所以推重陶淵明的重要原因。

除此，其他像「得之心而書之紙」、「辭至于能達，則文不可勝用矣」、「文章自一家」……等等的有名論說，東坡也是在家風的耳濡目染下，得到深刻啓發的。

事實上，東坡不僅在論文過程中，承教於父親蘇洵，即使是藝術理念的形成，也同樣是在父親深刻的薰染和自身長期的藝術實踐中，逐漸完成的。蘇洵的重藝，可由其喜好書畫的情形見出一斑。東坡〈四菩薩閣記〉如是記載：

> 始五先君於物無所好，燕居如齋，言笑有時，顧嘗嗜畫。弟子門人無以悅之，則爭致其所嗜，庶幾一解其顏。故雖爲布衣，而致畫與公卿等，長安有故藏經龕，唐明皇帝所建，其門四達，八版皆吳道子畫，陽爲菩薩，陰爲天王，凡十有六軀。廣明之亂，爲賊所焚，有僧忘其名，於兵火中拔其四版以逃。……而寄死於烏牙之僧舍，版留於是百八十年矣。客有以錢十萬得之以示軾者，軾歸其直，而取之以獻諸先君。先君之所嗜，百有餘品，一旦以是四版爲甲。

另外，在〈天竺寺并引〉一文中，東坡亦言：

> 予年十二，先君自虔州歸，爲予言：近城山中天竺寺，有樂天親筆書詩……筆勢奇逸，墨跡如新。今四十七年矣，予來訪之，則詩已亡，有石刻存耳，感涕不已，而作是詩。

可知東坡詩文書畫的斐然有成，其來有自。

另外，在《嘉祐集》中，有一些蘇洵對歷代書畫家的評論，篇數雖寥寥無幾，但這些評語本身正也是一種文藝批評，故彌足珍貴：

> 枯松怪石霜竹枝，中有可愛知者誰？我能知之不能說，欲說常恐天眞非。羨君尹端有新意。……畫行書空夜畫被，方其得意猶若癡。（〈與可許惠所畫舒景，以詩督之〉）

詩中稱美文與可擅長枯木竹石，贊其畫作「有新意」，並揭示其繪畫之所以能取得重大成就，乃在於「畫行書空夜畫被」的刻苦練習。

除此，諸如〈吳道子畫五星贊〉一則，亦記載了蘇洵惜畫好藝之心；〈顏書〉一文，更推崇了顏氏的書法藝術——氣勢開張而又端莊雄勁：「有如一人身，鼻口耳目眉，彼此異狀貌，各自相結維。離離天上星，分如不相持」。

正因爲東坡年少受父親影響，浸濡文藝良久。故〈寶繪堂記〉始言：

> 始吾少時，嘗好此二者（書畫），家之所有，惟恐其失之。人之所有，惟恐其不吾予也。既而自笑曰：吾薄富貴而厚於書，輕死生而重於

畫，豈不顛倒錯繆失其本心也哉！自是不復好。見可喜者，雖時復
蓄之，然為人取去，亦不復惜也。

由此可知，東坡在文藝創作或理論架構上所具備的敏銳觀察力，是其來
有自的。探究原因，不一而足，不過，蘇氏一脈相承的家風，也是關鍵之所
在，其所以成為一代宗師，誠非偶然。

第二節　同道師友的講習

宋·張表臣《珊瑚鉤詩話》卷一記載：

> 東坡先生人有尺寸之長，瑣屑之文，雖非其徒，驟加獎借。如雲秀
> 吹將草木作天香，妙總知有人家住翠微之句。仲殊之曲，慧聰之琴，
> 皆咨嗟嘆美如恐不及。至于士大夫之善又可知也。觀其措意，蓋將
> 攬天下之英才，提拂誘掖教裁成就之耳。

元祐年間，東坡應詩，薦舉於歐陽脩，其〈謝歐陽內翰書〉中，且云：「聞之
古人，士無賢愚，惟其所遇。」知遇之恩，銘感於心，故東坡一生提攜後進，
不遺餘力，誠如前輩歐陽脩。所以文人多好接近，嗜讀坡公文札，其中以黃
庭堅、秦觀、晁補之，張耒最負盛名，時稱「蘇門四學士」。四人雖以師禮拜
東坡，東坡卻待之以兄弟，輒為讚譽，誼同手足，彼此相互酬答。

受母親程夫人影響，東坡亦心懷仁善，待人誠摯，篤於忠信。自其眼中
觀宇宙萬物，不論貧富，不分貴賤；無人不善，無事不佳。從未曾「會己則
嗟諷，異我則沮棄」。嘗自言：「上可以陪玉皇大帝，下可以陪卑田院乞兒」、
「吾眼前天下無一人不好人」（《蓼花洲閑錄》）。故蘇轍受命，親撰亡兄墓誌
銘時，這般形容東坡：

> 平生篤於孝友，輕財好施。……其於人，見善，稱之如恐不及；見
> 不善，斥之如恐不盡。勇於敢為而不顧其後，用此數困於世，然終
> 不以為恨。

雖然東坡一生仕途崎嶇，間有小人落井下石。其貶官期間，更嘗盡世態
炎涼，人情冷暖。在〈答李端叔書〉中，但言：「平生親友無一字見及，有書
與之亦不答。」〈答李昭玘書〉中，又言：「處世窮困，所向輒值墻谷，無一
遂者，獨於文人勝士，多獲所欲。」可見患難中，諸位摯友因不忍委棄，獨
能雪中送炭，正所謂「德不孤，必有鄰」。若非情誼篤厚，相知既深，必不能
如此患難與共。烏臺詩案發生之際，東坡被捕下獄，初貶黃州，此幫好友或

受牽累，相繼外放，不但毫無怨言，反而不辭往來，彼此互通消息，或傳報平安，或見示作品。這對東坡文藝思想的形成，實在有其深遠的影響。

在所有師長輩中，影響東坡一生最爲深鉅者，當推歐陽脩。

東坡八歲入鄉校，從學於張易簡道士，其時，便得知天下英傑韓琦、范仲淹、富弼、歐陽脩之名〔註8〕，心生仰慕。嘉祐年間，東坡在〈上梅龍圖書〉中，即曾提到：「軾七、八歲時，始知讀書。聞今天下有歐陽公者。其爲人如古孟軻、韓愈之徒。」嘉祐二年東坡至京師應試，因張方平引介，得見歐陽脩。當時歐陽脩方知貢舉，力矯浮靡時風，排詆險怪之文，因賞識東坡、曾鞏簡雅文采，故廣爲拔取。事後，歐陽脩接獲子瞻謝啓，嘗慨然道：「讀軾書，不覺汗出，快哉！快哉！老夫當避此人，放出一頭地」〔註9〕。與兒子歐陽奕論文時，提到東坡，則不禁又嘆道：「汝記吾言，更三十年，無人道著我也」（朱弁《風月堂詩話》卷上）。

東坡之文，自受知於歐陽脩，經其提拔後，世人爭相傳誦，所以〈上歐陽內翰書〉中，東坡感言道：

> 軾也遠方之鄙人，家居碌碌，無所稱道。及來京師，久不知名，將治行西歸，不意執事擢爲第二。惟其素所蓄積，無以慰士大夫之心，是以群嘲而聚罵者，動滿千百。亦惟恃有執事之知，與眾君子之議論，故恬然不以動其心。猶幸御試不爲有司之所排，使得撜笏跪起，謝恩於門下。聞之古人，士無賢愚，惟其所遇。蓋樂毅去，燕不復一戰，而范蠡去越，亦終不能有所爲。軾願長在下風，與賓客之末，

〔註8〕 見東坡〈范文正公文集敍〉：「慶曆三年，軾始總角入鄉校，士有自京師來者，以魯人石守道所作〈慶曆聖德詩〉示鄉先生。軾從旁竊觀，則能誦習其詞，問先生以所頌十一人者何人也？先生曰：『童子何用知之？』軾曰：『此天人也耶，則不敢知；若亦人耳，何爲其不可！』先生奇軾言，盡以告之，且曰：『韓、范、富、歐，此四人者，人傑也。』時雖未盡了，則已私識之矣。嘉祐二年，始舉進士至京師，則范公歿。既葬，而墓碑出，讀之至流涕，曰：『吾得其爲人。』蓋十有五年而不一見面，豈命也歟」（《蘇軾文集》卷十）。可見東坡年幼時，就對范仲淹、韓琦、富弼、歐陽脩等名人風範，已經不勝嚮往之至；其一生也因未能一睹范文正公之風采，而感到莫大遺憾。

〔註9〕 見歐陽脩〈與梅聖俞〉一文。而東坡在〈送晁美叔發運右司年兄赴闕〉一詩中，亦言道：「我年二十無朋儔，當時四海一子由。君來扣門如有求，頎然鶴骨清而修。醉翁遣我從子遊，翁如退之蹈軻丘。尚欲放子出一頭，酒醒夢斷四十秋。病鶴不病骨愈虹，惟有我顏老可羞。醉翁賓客散九州，幾人白髮還相收。我如懷祖拙自謀，正作尚書已過優。君求會稽實良籌，往看萬壑爭交流。」（《蘇軾詩集》卷三十五）。

使其區區之心，長有所發。

其時，歐陽脩以文章獨步當世，親執文柄，要求爲文簡雅自然，反對艱澀怪僻，浮靡雕琢的文辭。這些文學理念，東坡本已初具，然在親炙歐陽脩之後，受其薰陶，咀嚼精華，其視野遂爲開闊，而據李廌《師友談記》記載，東坡嘗言：「名士，相與主盟，則其道不墜。」知歐陽脩將文壇主盟重任交予東坡，他自不敢鬆懈，後天的努力再加上先天才華橫溢及器識宏偉，東坡終能繼歐陽公之後，成爲當日文壇盟主。

嘉祐年間，東坡雖經歐陽脩的提薦，聲名大噪，卻未曾以此自滿，葛立方《韻語陽秋》形容：「東坡喜獎與後進，有一言之善，則極褒賞，使其有聞於世而後已。故受其獎拂者，亦踴躍自勉，樂於修進，而終爲令器。」所以文人多喜與往來酬唱，其中又以「蘇門四學士」最負盛名。

「蘇門四學士」指的是黃庭堅、秦觀、晁補之，張耒四人。諸人均以詩文見長，東坡屢次稱譽，成就美名，不遺餘力：

> 軾蒙庇粗遣，每念處世窮困，所向輒値牆谷，無一遂者。獨於文人勝士，多獲所欲。如黃庭堅魯直，晁補之無咎，秦觀太虛，張耒文潛之流，皆世未之知，而軾獨先知之。（〈答李昭玘書〉）

四人以師禮待東坡，東坡卻回以兄弟之誼，愛護甚深，彼此互切互磋，傳爲美談。

黃庭堅字魯直，擅長詩文，下開「江西詩派」。其詩與東坡齊名，人稱「蘇、黃」。二人訂交出於相互愛慕，又因志趣相類，同好文藝，故過從甚密，書信往來相當頻繁，或稱頌詩作：「〈谷風〉二首，托物引類，眞是古詩人之風」〔註10〕；或討論學問：「凡人文字，當務使平和；至足之餘，溢爲奇怪，蓋出於不得已爾」〔註11〕；或記敘交誼：

〔註10〕事見東坡〈答黃魯直書〉。黃庭堅曾連同書信寄給東坡二首詩，即〈古風〉二首，其一曰：「江梅有佳實，托根桃李場，桃李終不言，朝露借恩光。孤芳忌皎潔，冰雪空自香。古來和鼎實，此物升廟廊。歲月坐成晚，煙雨青已黃。得升桃李盤，以遠初見嘗。終然不可口，擲棄官道傍，但使本根在，棄捐果何傷。」其二曰：「青松出洞壑，十里聞風聲。上有百尺絲，下有千歲苓。小草有遠志，相依在平生。醫和不并世，深根且固蒂。人言可醫國，何用太早計。大小才則殊，氣味固相似。」

〔註11〕引見東坡〈與魯直書〉。蓋時下讀書人在創作時，一意追求奇僻文句，東坡基於愛護人才的心理，故採用討論切磋的方式，來說明他堅持現實主義文風的立場，盼能扭轉當時卑弱文勢。

　　軾始見足下詩文於孫莘老之坐上，聳然異之，以爲非今世之人也。
莘老言：此人，人知之者尚少，子可爲稱揚其名。軾笑曰：此人如
精金美玉，不即人而人即之，將逃名而不可得，何以我稱揚爲？然
觀其文，以求其爲人，必輕外物而自重者，今之君子莫能用也。其
後過李公擇於濟南，則見足下之詩文愈多，而得其爲人益詳，意其
超逸絕塵，獨立萬物之表，馭風騎氣，以與造物者遊，非獨今世之
君子所不能用，雖如軾之放浪自棄，與世闊疏者，亦莫得而友也。(〈答
黃魯直書〉)

　　秦觀，字少游，詩各體皆擅長，其詞尤爲殊勝。與東坡訂交於徐州。《四
庫全書總目提要》以爲他：「視詩格不及蘇、黃，而詞則情韻兼勝，在蘇、黃
之上。」東坡亦稱美其有「屈宋之才」，時時不忘勉勵。當時，秦觀屢舉不第，
頗受人嘲笑，蘇軾對他慰勉並至，〈答秦太虛書〉：「竊爲君謀，宜多著書。如
所示論兵及盜賊等數篇，但似此得數十首，皆卓然有可用之實者，不須及時
事也。但旋作此書，亦不可廢應舉。此書若成，聊復相示，當有知君者。」
此信肯定秦觀詩文的進步，並引導他發憤著述，有機會則薦舉於朝廷，故兩
人情誼深篤，互相切磋，文壇傳爲佳話：「東坡嘗以所作小詞示無咎、文潛，
曰：何如少游？二人皆對曰：少游詩似詞，先生詞似詩」(宋‧胡仔《苕溪漁
隱叢話》前集卷四十二引《王直方詩話》)。

　　晁補之，字無咎，其詩幽婉俊逸，東坡任杭州通判時，與無咎父親晁端
有爲同事，故待無咎如同兄弟子姪，厚愛有加，嘗稱其文：「博辯雋偉，絕人
遠甚，必顯於世。」

　　張耒，字文潛，《瀛奎律髓》卷二十九稱其詩：「大抵不事雕琢，自然有
味。」而《曲洧舊聞》亦曾記載一段有關東坡對文潛詩的評價：「秦少游、張
文潛，才識學問爲當世第一，無能優劣二人者。少游下筆精悍，心所默識而
口不能傳者，能以筆傳之。然而氣韻雄拔，疏通秀朗，當推文潛」。稱譽之高，
鮮人能比，不惟如此，在〈答張文潛書〉中，東坡又表示同樣的看法：「惠示
文編，三復感嘆，甚矣，君之似子由也。……其文如其爲人，故汪洋澹泊，
有一唱三嘆之聲」〔註12〕。由此可見，東坡見賞張氏之文，其來有自。

〔註12〕引見東坡〈答張文潛縣丞書〉(《蘇軾文集》卷四十九)。張耒受知於東坡，在
　　　　政治立場上，同東坡共進退，情誼深厚。文中，東坡贊譽文潛文風類同子由，
　　　　有一唱三嘆之聲。

　　除了蘇門四學士與東坡維持亦師亦友的切磋關係外，在書畫方面，東坡亦有許多知己，如米芾、文同等等，大家精研畫理，互通見解，間有新意產生。這些文藝家名重一時，與東坡過從甚密，志同道合，乃東坡精神上的益友。

　　米芾，字元章，平生傲骨，不爲俯仰，故仕途困阻。喜穿唐人服飾，神情蕭散，音聲清曉和暢，所到之處，人人爭相目睹。生活癖好潔淨，行徑詭異顛放，別於常人。《侯鯖錄》形容：

> 蘇長公在維揚，一日召客十餘人，皆一時名士，米元章亦在座。酒半，元章忽起立自贊曰：「世人皆以芾爲顛，願質之子瞻」，長公笑答曰：「吾從眾」。

而其詩文出爲奇險，不蹈襲前人軌轍，尤善書畫，宋史但言元章「妙於翰墨」、「沈著飛翥，得王獻之筆意，畫山水人物，目名一家，尤工臨移，至亂眞不可辨」。《清波雜誌》所言可爲佐證：「米老酷嗜書畫，嘗從人借古畫自臨，併以眞贋本歸之，俾其自擇而莫辨也」。以此方法，元章得人古書畫甚多，故東坡嘗有詩譏誚：「錦囊玉軸來無趾，粲然奪眞疑聖智」（〈次韻米芾二王書跋尾二首〉其二）、「巧偷豪奪古來有，一笑誰似癡虎頭」（〈次韻米芾二王書跋尾二首〉其一）。

　　元祐年間，米芾識見東坡於黃州，二人相見如故，東坡特招待其暫住雪堂，並出示家中珍物之一──〈吳道子畫釋迦佛〉眞蹟，供其鑑賞，此乃東坡出守徐州時，得於鮮于子駿家。元章晚年作《畫史》曾記述當時觀後印象：

> 蘇軾子瞻家收吳道子畫佛及侍者誌公十餘人，破碎甚，而當面一手，精彩動人，點不加墨口淺深暈，故最如活。

　　蘇米二人自訂交於黃州後，時有書信往來，或互通問候，或以詩文見示，或標舉文藝概念。《畫史》即曾詳記當時往來細節：

> 子瞻作墨竹，以地一直起至頂，余問何不逐節分？曰：竹生時何嘗逐節生？

東坡向來強調畫竹必畫成竹，反對枝枝葉葉的逐一細繪，這正是所謂的「胸有成竹」之見。

　　文同，字與可，善詩、文、篆、隸、行、草、飛白，文彥博守成都時，驚爲奇才，致書與可：「與可襟韻灑落，如晴雲秋月，塵埃不到。」諸項才華

中，文同尤專畫竹，初不自貴重，四方人士持縑，請畫者，接踵而來，文同卒厭之，投縑於地，罵曰：「吾將以爲韤。」好事者傳爲口實，競相謗毀（《宋史》本傳）。

與可與東坡交誼篤厚，世所知悉。神宗元豐二年二月，東坡知徐州，任上得文同訃告，於祭文中痛言：「嗚呼哀哉！余尚忍言之，氣噎悒而填胸，淚疾下而淋衣，忽收淚以自問，非天人之爲慟，而誰爲乎」（〈祭與可文〉）。初聽與可死訊前三日，東坡無法置信，深夜無眠，忽而坐立嘆息，疲倦則小睡，卻又爲夢魘所驚，夢醒，棺席均爲眼淚所濕。同年七月七日，東坡於湖州曝書畫，見文同所贈篔簹谷偃竹畫，睹物思情，立刻「廢卷而哭失聲」（〈文與可畫篔簹谷偃竹記〉）。兩人至情至性，友誼親厚無間，塵緣難得！

東坡嘗論文同有四絕：詩一。楚辭二。草書三。畫四；引與可爲知己。與可亦云：「世無知我者，惟子瞻一見，識吾妙處」（〈書文與可墨竹并敍〉）。宋人葉少蘊《石林詩話》嘗記載兩人情感之深：

> 文同字與可，蜀人，與蘇子瞻爲中表，兄弟相厚。……時子瞻數上書論天下事，退而與賓客言，亦多以時事爲譏誚，同極以爲不然，每苦口力戒之，子瞻不能聽也。出爲杭州通判，同送行詩有「北客若來休問事，西湖雖好莫吟詩」之句。

文同憂心東坡耿直，知無不言，故寄詩相送，告誡殷殷。知音難尋。文同因視子瞻爲知己，故所作之畫，或有預留空白者，囑咐：「勿使他人書字，待蘇子瞻來，令作詩其側」（〈題文與可墨竹并敍〉）。

蘇文兩人因性情相近，時假書信往來，討論畫理，輒有精闢見解。〈文與可畫篔簹谷偃竹記〉中，東坡通過與可創作經驗，說明畫家的「胸有成竹」，乃藝術創作成功的關鍵。以文與可畫竹爲例，強調精神活動須高度集中於「竹」身，自身與竹融合成一體，達自我遺忘境界，方能產生意境無窮，風格清新之竹。東坡因深悟其中之理，故其畫竹，亦師法於與可，然心手不相應，故言：「與可之教予如此，予不能然也」。

除以上諸家與東坡相知相惜外，再者，如陳師道、李薦、李公麟、王詵、王鞏、陳慥等文藝家，名重一時，亦與東坡交誼深重。諸人和東坡非但懷抱相類，情性相近，即仕途遭遇，亦有不謀而合處，而在文藝創作方面，又各有所勝。彼此致力創作，時時交換自我藝術領域的認知意見，繼而從中尋繹出文藝創作的規律。所以，東坡一生文藝理論的萌芽及成熟，洵得此幫好友

之助，不可謂不深。

第三節　時代環境的影響

因祖法立訓及政治制度的獎掖，宋代文士逐漸抬頭，朝廷禮遇儒林有加，讀書風熾，所以，宋代學藝得以蓬勃發展，表現出文人進爲人臣，退爲學問之師的特有風格。這些士大夫居廟堂之高，則爲宰輔之才；退隱在野，則以文章傳世。換言之，宋代文人本色，在文藝方面不僅有傑出表現，在政治事功上，他們也往往能夠有所建樹。對這些熱愛文藝、時時懷抱「致君堯舜」的士大夫而言，維繫國家民族的安定，便隱然成爲一種不可抗拒的自覺責任。而北宋在經過百年的休養生息後，弊端輒露，爲求富國圖強，這些士大夫便開始從長遠利益考量，認爲當時社會有推進文化、教育、科技、經濟發展的必要，於是倡議改革，其間或以爲循序漸進，或主立刻改弦更易，手段的行使雖有歧異，然改革必需的共識卻相當一致。

在政治方面的改革，前有慶曆新政，後有熙寧變法；在科技方面，火藥、印刷術、指南針的相繼發明；在教育方面，白鹿洞、岳麓、應天、嵩陽等書院的創設，開後世書院講學制之先河；在史學方面，考證方法的創新，實事求是的科學精神，另闢近代史學研究之新徑；至於文藝方面，宋人所取得的高度成就，更是有目共睹。因此，整個北宋中期的時代精神，可以說瀰漫著極爲濃厚的改革氣氛，而且也是這種時代精神的趨動，真正決定了東坡成爲古文、詩歌乃至許多文藝革新運動的積極參與者。

在古文運動方面：唐代古文運動雖經韓愈、柳宗元的開拓，形成一股強勢力量，唯嫌不夠深入及普遍，遂由李商隱的駢儷文體所取代，風靡晚唐及宋初文壇達百年之久。待歐陽脩出，登高一呼，丕變於前，東坡繼起，踔屬於後，一掃長久以來萎靡頹敗之文風，扭轉卑劣文勢，其功偉厥，故同登「唐宋八大家」之列。

在詩歌革新方面：東坡繼歐陽脩之後，爲當日詩壇盟主，與手足、友人時相唱和，應聲相求，一時俊彥，齊攏門下。東坡詩作內容，主要是抒發個人情感或歌詠自然景物，反映人民生活，重視文學社會作用，盼「緣詩人之義，託事以諷，庶幾有補於國。」宋詩本重傳統，至東坡出，盡脫前人窠舊，具革新意義，無論思想內容或藝術表現，均有全新的開拓及創造。

　　在書法方面：宋初書風發展本守唐典，拘泥法則，形似規矩，精神略遜，自去唐風益遠。逮蔡襄、東坡、黃山谷、米芾四大家出，取前人之長，由唐入晉，遠追秦漢，用力於二王、魯公，一改唐「尚法」書風爲「尚意」。靈活運用法度，自出新意，不踐古人，振弊起衰，另闢宋代書風之蹊徑，與晉唐諸賢得以輝映。

　　在繪畫方面：東坡以書入畫，意在筆先，技法神超，極富創造性。其人擅墨竹、石木，與文同並譽爲「文湖州竹派」之中堅。宋徽宗即位之初，東坡嘗受詔復朝奉郎，提舉成都府玉局觀，故後人傳稱其畫法爲「玉局法」，以彰顯其繪畫成就。

　　除了在革新精神上，有所吸收、傳承外，在學術發展的趨勢上，東坡同樣表現出更寬闊的包容力和客觀性。

　　繼唐代韓愈之後，北宋中期抨斥佛老的呼聲再度大作，勢若排山倒海；或舉儒家道統之旗來對抗佛老二教，如孫復〔註13〕；或以儒家仁義禮樂治國治民入世抱負來批判佛老逃避現實的出世思想，如歐陽脩〔註14〕；或揭露佛老二教對社會經濟所造成的嚴重危害，如范仲淹〔註15〕；或申明華夷大防，所謂「貴中華而賤夷狄」，如曾鞏〔註16〕；或授引史實，證明奉佛無效，如蔡襄〔註17〕。在這場反宗教的儒學思想運動中，東坡不例外的，也成爲其中一

〔註13〕孫復〈儒辱〉但云：「儒者之辱始於戰國，楊朱、墨翟亂之於前，申不害、韓非雜之於後，漢魏而下則又甚焉？佛老之徒橫乎中國，彼以死生禍福虛無報應爲事，千萬其端，紿我生民……觀其相與爲群，紛紛擾擾，周乎天下，於是其教與儒齊驅並駕，峙而爲三，吁可怪也。……聖人不生，怪亂不平，故楊墨起而孟子闢之，申韓出而楊雄距之，佛老盛而韓文公排之」。（《孫明復小集》）

〔註14〕歐陽脩〈本論〉上篇且云：「堯舜三代之際，王政修明，禮義之教充於天下，於此之時，雖有佛，無由而入。及三代衰，王政缺，禮義廢，後二百餘年而佛至乎中國。由是言之，佛所以爲吾患者，乘其缺廢之時而來，此其受患之本也。補其缺，修其廢，使王政明而禮義充，則雖有佛，無所施於吾民矣。」

〔註15〕范仲淹天聖五年〈上執政書〉則言：「其天下寺觀，每建殿塔，盡民之賚，動踰數萬。」

〔註16〕曾鞏〈說非異〉嘗道：「浮屠崛起西陲荒忽梟亂之地，假漢魏之衰世，基僭跡，文詭辯，奮醜行。至晉梁，破正擅邪，鼓行中國。……妄然使天下混然不知是非治亂之所存，爲言動居處皆變諸夷狄」。（《南豐先生集外文》卷上）

〔註17〕蔡襄〈乞罷迎舍利疏〉極言：「奉佛無效，前世甚多。臣竊見唐文宗時，常令僧百人於宮中念誦，謂之內道場。每有西蕃入寇，令講仁王經，以至人事不修，羌戎犯闕。至今言大曆紀綱弛壞，皆由事佛之致也」。（《端明集》卷十六）

名悍士，不過，與以上諸人相較，東坡在立論態度上，似乎顯得更爲理性。他是主張闢其所當闢，融其所可融的。

　　從政治、民生經濟的觀點出發，東坡始終是主張闢佛的。其在〈議學校貢舉狀〉中，便指責：「今士大夫以佛老爲聖人，鬻書於市者，非老莊之書不售也」。而治平四年，其守父喪期間所作〈中和勝相院記〉，更一針見血地指出，上位者對黎民百姓的殘酷剝削，追究原因，乃是寺僧增多之故。不唯如此，其元祐年間所作〈居士集敘〉，仍一本初衷，堅持闢佛老之原則：

> 自漢以來，道術不出於孔氏而亂天下者多矣。晉以老莊亡，梁以佛亡。

不過，在人生應世的態度上，東坡則以爲儒釋道三教的確有其相通之處。〈莊子祠堂記〉一文，可以說是東坡這方面理論的最佳說明：

> 謹按史記、莊子與梁惠王、齊宣王同時，其學無所不闚，然要本歸於老子之言。故其著書十餘萬言，大抵率寓言也。作漁父、盜跖、胠篋，以詆訾孔子之徒，以明老子之術。此知莊子之粗者。余以爲莊子蓋助孔子者，要不可以爲法耳。

其實，在貶官黃州之前，東坡關於三教相通的觀點便比比皆是。其所以在京城與淨因大覺璉師往來密切，乃因璉師溝通了儒釋道三教：

> 北方之爲佛者，皆留於名相，囿於因果，以故士之聰明超軼者皆鄙其言，詆爲蠻夷下俚之說，璉獨指其妙大與孔老合者。其言文而眞，其行峻而通，故一時士大夫喜從之游。（〈宸奎閣碑〉）

而在貶官黃州之後，東坡關於儒釋道三教可相通的言論則更鮮明：

> 道家者流，本於黃帝老子，其道以清靜無爲爲宗，以虛明應物爲用，以慈儉不爭爲行，合於周易不思不慮、論語仁者靜壽之語。（〈上清儲祥宮碑〉）

> 舜禹之心以奉先爲孝本，釋老之道以損己爲福田。（〈賀儲祥宮成降德音表〉）

貶官嶺南時，亦言：「相反而相爲用，儒與釋皆然」、「宰相行世間法，沙門行出世間法，世間即出世間」、「儒釋不謀而同」（〈南華長老題名記〉）。

　　當時，東坡除與璉師過從甚密外，餘如參廖、辯才禪師、佛印等等，概爲東坡知己好友，彼此書信往來相當頻繁〔註18〕。而東坡諸多藝文思想的產

〔註18〕　《蘇軾文集》卷六十一，均是與佛僧往來之尺牘，其頻繁可見一斑。

生，如「非詩能窮人，窮者詩乃工」(〈僧惠勤初罷僧職〉)、「靜故了群動，空故納萬境」(〈送參廖師〉)，均是受僧友之啓發。可見三教融合，對東坡文藝思想的形成，確有其積極的意義。

另外，儒學史上疑經思潮的湧現，也同樣帶給東坡深刻的影響。

自宋仁宗慶歷年間開始，宋儒往來中，瀰漫著一股重理反思風潮，「疑經」風氣特別盛行，東坡便是這股風潮下的傑出表現者。

東坡一生，向以獨立思考，勇於創新著稱，對於前人，甚至同時代之人，在問題認知上，既不盲從，也不遷就，他不僅善於發現問題，更敢於提出自我意見。其青年時期〈上曾丞相書〉中，即嘗表示：

> 軾不佞，自爲學至今十有五年。以爲凡學之難者，難於無私。無私之難者，難於通萬物之理。故不通乎萬物之理，雖欲無私，不可得也。己好則好之，己惡則惡之，以是自信則惑也。是故幽居默處而觀萬物之變，盡其自然之理，而斷之於中。其所不然者，雖古之所謂賢人之說，亦有所不取。雖以此自信，而亦以此自知其不悅於世也。

文中，東坡提出做學問要能無私，並通達萬物之理，靜觀萬物變化，藉以了解客觀事物之理，切忌「己好則好之，己惡則惡之」，因爲「自信則惑也」。

由上可知，北宋的大時代環境，舉凡社會背景、學術發展趨勢、改革思潮等等，對東坡文藝創作理論的成立，皆產生深刻的影響，其卒能脫穎而出，成爲一代宗師。

第四節　多方創作的體悟

東坡生於北宋文風鼎盛時期，因外在環境的激發，加以內在因素的催化，成就其爲中國文人中，少有的全能創作者；其傳世的詩作就有二千七百多首，詞則三百四十多闋，賦體也有數十篇；數量之鉅，質材之精，鮮人可以匹駕。凡能成爲一位大家，必不能以一副筆墨去設想，東坡亦然，他的文藝風格也是多彩多姿；舉凡詩文、詞賦、書畫，均能各具特色，各擅勝場。而在兼涉多方的文藝創作層面以後，東坡深深地體悟到文藝創作的美學原理，這種經由親身經歷，所參透出的理論心得，是豐富且周延的。所以，東坡不僅是在創作領域上，表現出大家的泱泱風範，即使在理論的構設過程中，

其眼界也是相當開闊的，正如同他的創作一般，既有繼承，亦有創新。所以，明人李卓吾才會在傾服、評賞東坡胸懷磊落之際，也對其創作成就百般推崇：「蘇長公片言隻字，與金玉同聲，雖千古未見其比，則以其胸中絕無俗氣，下筆不作尋常語，不步人腳步故耳」（《李溫陵集》卷十五）。有關東坡經由創作過程中所體悟的理論，自下一章起，有較全面且深刻的探討，本節僅就其各方創作，進行簡略歸結，以見其人之成就！

一、古文方面

唐代古文運動雖經韓愈、柳宗元的開拓，形成一股強勢力量，唯嫌不夠深入及普遍，遂由李商隱之駢麗文體所取代，風靡晚唐五代及宋初之文壇達百年之久。待歐陽脩出，登高一呼，丕變於前，東坡繼起，踵屬於後，一掃長久以來委靡頹敗的文風，扭轉文勢，其功偉厥。

東坡所作古文，或類莊子，凌雲超塵；或追陸、賈，議論雄放，眾家之長，齊聚一身。論文題材不拘，或序跋、或奏議、或策問、或碑銘、或頌贊、或書函、或遊記，直抒胸臆，一洗「錦心繡口，駢六驪四」的浮艷文風。嘗自評己文：

> 吾文如萬斛泉源，不擇地皆可出。在平地滔滔汩汩，雖一日千里無難。及其與山石曲折，隨物賦形，而不可知也。所可知者，常行於所當行，常止於不可不止，如是而已矣。其他雖吾亦不能知也。（〈自評文〉）

文中東坡但言其作文時，下筆文思泉湧，信手拈來，飄逸變化，姿態橫生，一瀉千里，自然流暢，長短自如。書成，恰如其分，無需增減。傳世名文如〈記游定惠院〉：

> 黃州定惠院東，小山上，有海棠一株，特繁茂。每歲盛開，必攜客置酒，已五醉其下矣。今年復與參寥師二三子訪焉，則園已易主。主雖市井人，然以予故，稍加培治。山上多老枳，木性瘦韌，筋脈呈露，如老人項頸，花白而圓，如大珠纍纍，香色皆不凡。此木不為人所喜，稍稍伐去；以予故，亦得不伐。既飲，往憩于尚氏之第。尚氏亦市井人也，而居處修潔，如吳越間人；竹林花圃皆可喜，醉臥小板閣上。稍醒，聞坐客崔成老彈雷氏琴，作悲風曉月，錚錚然，意非人間也。晚乃步出城東，鬻大木盆，意者謂可以注清泉、瀹瓜

李。遂夤緣小溝，入何氏，韓氏竹園。時何氏方作堂竹間，既闢地
矣，遂置酒竹陰下。有劉唐年主簿者，餽油煎餅，其名爲「甚酥」，
味極美。客尚欲飲，而予忽興盡，乃徑歸。道過何氏小圃，乞其藂
橘，移種雪堂之西。坐客徐君得之，將適閩中，以後會未可期，請
予記之，爲異日拊掌。時參寥獨不飲，以棗湯代之。（《文集》卷七
十一）

文字平和清新，一如風吹水面，自然成文。且個性分明，意趣勃生。感時觸
物，油然興發，得味外之味，言有盡而意無窮。又如〈記承天寺夜游〉：

元豐六年十月十二日，夜，解衣欲睡；月色入戶，欣然起行，念無
與爲樂者，遂至承天寺，尋張懷民，懷民亦未寢，相與步于中庭。
庭下如積水空明，水中藻、荇交橫，蓋竹柏影也。何夜無月，何處
無竹柏，但少閑人如吾兩人者耳。（《文集》卷七十一）

文筆簡煉，融敘事、寫景、抒情於一身，密結無礙，乃小品文中的殊勝。

　　東坡文集中，另收錄數十篇賦體，其中不乏千古名作〈前赤壁賦〉、〈後
赤壁賦〉、〈後杞菊賦〉等，狀物寫景，議論抒情，或談古論今，或奇妙聯
想，均富理趣，此乃宋代「散文賦」的特有風格，殊異於漢賦的摛藻華麗，
亦別於唐賦的鋪陳聲律，開創賦體新局面，藝術新成就。後來者，無出其
右。

　　其實，東坡文學成就在北宋時期，即受肯定，詩文一落筆，輒爲人所傳
誦。宋室南渡之初，蜀地人士以讀東坡文辭爲盛，其時有句諺語廣爲流傳：「蘇
文熟，喫羊肉；蘇文生，吃菜羹。」由是而知，東坡文重士林，歷久彌堅，
歷代諸賢詠嘆，卒不忍釋手。

二、詩歌方面

（一）東坡詩

　　東坡之詩與江西詩派鼻祖黃庭堅齊名，人稱「蘇黃」。其詩復如散文，有
行雲流水之妙，語言暢達，氣勢縱橫，自成一體。於唐詩外，另闢宋詩蹊徑，
開拓宋詩新境界及新成就。故清代學者汪師韓《蘇詩選評箋釋‧序》一文，
對東坡詩評價至高：

詩自杜、韓以後，唐季、五代纖佻薄弱，日即淪胥。宋初楊億、劉
筠、錢惟演之徒，崇尚昆體，祗是溫、李後塵。嗣是蘇舜欽以豪放

自導，梅堯臣以高談爲宗，雖志于古矣，而神明變化之工少，未有能駙駕韓、杜，卓然自成一家而雄視百代者，必也其蘇軾乎！軾之器識學問見于政事、發于文章，史稱言足以達其有猷，行足以遂其有爲，節義足以固其有守，皆志與氣爲之也。惟詩亦然。其詩地負海涵，不名一體。……前之曹、劉、陶、謝、後之李、杜、韓、白，無所不學，亦無所不工，同時歐陽、王、黃，獨俱遜謝焉。洵乎獨立千古，非一代一人之詩也。

東坡習詩，嘗效白居易，劉禹錫、李太白，晚年則最愛陶淵明。其詩體完備，其中最足以代表其詩歌成就者，乃五、七言古體，絕句次之，律詩又次之。七古尤勝。仁宗嘉祐六年十二月，東坡初任鳳翔簽判，謁孔廟，見石鼓，遂作〈鳳翔八觀‧石鼓歌〉：

> 冬十二月歲辛丑，我初從政見魯叟。舊聞石鼓今見之，文字鬱律蛟蛇走。細觀初以指畫肚，欲讀嗟如箝在口。韓公好古生已遲，我今況又百年後！強尋偏旁推點畫，時得一二遺八九。我車既攻馬亦同，其魚維鱮貫之柳。古器縱橫猶識鼎，眾星錯落僅名斗。模糊半已隱瘢胝，詰曲猶能辨跟肘；娟娟缺月隱雲霧，濯濯嘉禾秀稂莠。漂流百戰偶然存，獨立千載誰與友？上追軒頡相唯諾，下揖冰斯同轂轂。憶昔周宣歌鴻雁，當時籒史變蝌蚪。厭亂人方思聖賢，中興天爲生耇耇。東征徐虜闞虓虎，北伏犬戎隨指嗾。象胥雜沓貢狼鹿，方召聯翩賜圭卣。遂因鼓鼙思將帥，豈爲考擊煩朦瞍！何人作頌比嵩高？萬古斯文齊岣嶁。勳勞至大不矜伐，文武未遠猶忠厚。欲尋年歲無甲乙，豈有名字記誰某。自從周衰更七國，竟使秦人有九有。掃除詩書誦法律，投棄俎豆陳鞭杻。當年何人佐祖龍：上蔡公子牽黃狗。登山刻石頌功烈，後者無繼前無偶。皆云皇帝巡四國，烹滅強暴救黔首。六經既已委灰塵，此鼓亦當遭擊掊。傳聞九鼎淪四上，欲使萬夫沈水取。暴君縱欲窮人力，神物義不污秦垢。是時石鼓何處避，無乃天工令鬼守。興亡百變物自閑，轗軻一朝名不巧。細思物理坐嘆息：人生安得如汝壽！

全詩六十句，以七言古體行文，文字曲折動人，議論滔滔，波瀾壯闊。而王文誥評騭斯作，一針見血。其案語云：

> 雖四句煞尾，而興亡分結中二段。「物閑」收起一段，只七字了當，

故其餘意無窮。詩完而氣猶未盡，此其才局天成，不可以力爭也。起敘見鼓，極力鋪排，仍不犯實。忽用「上追」、「下揖」二句一束，乃開拓周、秦二段之根，其必用周、秦分段者，不但鼓之盛衰得失可興可感，本意以秦之暴虐形周之忠厚，秦固有詩書之毀，而文字石刻獨盛於周，明取此巧，以周、秦串作，一反一正之間，處處皆〈石鼓文〉地位矣。「歌鴻雁」句開拓中興全段，緊接史籍，其法至密。此係大篇，斷無逐句皆石鼓之理，且此句借點歌字，順手又開發作歌，並非閑筆，故通篇歌字不再見也。

再如神宗熙寧四年，東坡自請外調杭州，路過潤州金山寺，訪寶覺、圓通二僧，作〈遊金山寺〉：

我家江水初發源，宦游直送江入海。聞道潮頭一丈高，天寒尚有沙痕在。中冷南畔石盤陀，古來出沒隨濤波。試登絕頂望鄉國，江南江北青山多。羈愁畏晚尋歸楫，山僧苦留看落日。微風萬頃靴文細，斷霞半空魚尾赤。是時江月初生魄，二更月落天深黑。江心似有炬火明，飛焰照山棲鳥驚。悵然歸臥心莫識，非鬼非人竟何物。江山如此不歸山，江神見怪驚我頑。我謝江神豈得已，有田不歸如江水！

（《詩集》卷七）

全詩二十二句，亦以七古行文，氣勢宏肆，浩浩蕩蕩，令人嘆爲觀止。清·紀昀嘗評此詩：「首尾謹嚴，筆筆矯健，節短而波瀾甚闊。」（《蘇文忠公詩集》）

　　東坡詩的成就，由上揭櫫一般，所惜者，南宋張戒、嚴羽卻病其「以文爲詩」，使歷來批評者，不免以詩中的議論化、散文化，斷其優劣。此說或失於偏頗，因爲東坡天資橫溢，以千鈞萬馬之勢，取徑作文寬廣，題材無施不可，融文入詩，增拓詩歌內容的理趣，無妨詩歌的形式規律。此積極創新精神不必不容，更無須嚴峻苛責。如趙翼《甌北詩話》所言，則爲精當：

至東坡益大放厥詞，別開生面，成一代之大觀。今試平生讀之，大概才思橫溢，觸處生春，胸中書卷繁富，又足以供其左旋右抽，無不如志。其尤不可及者，天生健筆一枝，爽如哀梨，快如并剪，有必達之隱，無難顯之情。此所以繼李、杜爲一大家也。

（二）東坡詞

　　清代陳廷焯以爲世人但以東坡詩文爲最，殊不知其詞作成就遠高於詩文之上：

> 人知東坡古詩古文，卓絕百代，不知東坡之詞，尤出詩文之右。蓋
> 仿九品論字之例，東坡詩文縱列上品，亦不過上之中下，若詞則幾
> 為上之上矣。此老生平第一絕詣。惜所傳不多也。(況周頤《蕙風詞
> 話》卷二)

文中對東坡詞備極推崇，毅然定為東坡文藝創作中，成就最高者。

詞發展至宋代，乃承襲晚唐、五代花間之遺緒，內容不外乎倚紅偎翠、
豔意別情。形式則多呈短小，個性十分混淆。柳永一出，始變小令為長調，
鋪敘繁華，然內容或嫌太盡，氣格不高。至東坡填詞，始突破傳統之限，大
大開拓與提高詞的內容與境界。《四庫全書提要》云：

> 詞自晚唐五代以來，以清切婉麗為宗，至柳永而一變，如詩家之有
> 白居易，至蘇軾而文又一變，如詩家之有韓愈，遂開南宋辛棄疾等
> 一派。尋源溯流，不能不謂之別格，然謂之不工則不可，故今日尚
> 與花間一派並行而不能偏廢也。

而宋・王灼《碧雞漫志》卷二亦指出東坡詞開創之功：

> 東坡先生以文章餘事作詩，溢而作詞曲，高處出神入天，平處尚臨
> 鏡笑春，……長短句雖至本朝盛，而前人自立與真情衰矣，東坡先
> 生非心醉於音律者，偶爾作歌，指出向上一路，新天下耳目，弄筆
> 者始知自振。

東坡填詞除強調其文學性大於音樂性外，自身亦以清新雅正字句，縱橫
奇異氣象入詞，形成詩化詞風。並抉發「調下加題」，使事實見呈，個性分明，
更屬創舉。考其寫作題材，不受限制，說理言情，弔古傷今，山水田園，嬉
笑怒罵，皆可盡抒其中，妙趣盎然，洵如袁宏道《雪濤閣集・序》所形容：「于
物無不收，于法無不有，于情無不物，于境無不取。」東坡此舉不僅擴大詞
的意境，亦形成多樣性的風格，或豪放雄渾，抑婉約韶麗，東坡均擅勝場。

豪放詞風者，如神宗熙寧八年，密州上任所作〈江城子・密州出獵〉：

> 老夫聊發少年狂，左牽黃、右擎蒼，錦帽貂裘千騎卷平岡，為報傾
> 城隨太守，親射虎，看孫郎。　　　酒酣胸膽尚開張，鬢微霜，又何
> 妨，持節雲中何日遣馮唐，會挽雕弓如滿月，西北望，射天狼。

此詞以粗獷豪壯氣勢顯示東坡獨特風格，奠定蘇詞豪放的基調，突破風花豔
情的限圍，開南宋辛棄疾一派豪放大家。

婉約詞風者，如神宗元豐元年，任徐州知州，做〈永遇樂・彭誠夜宿燕

子樓，夢盼盼，因作此詞〉：

> 明月如霜，好風如水，清景無限。曲港跳魚，圓荷瀉露，寂寞無人
> 見。紞如三鼓，鏗然一葉，黯黯夢雲驚斷，夜茫茫重尋無處，覺來
> 小園行遍。　　天涯倦客，山中歸路，望斷故園心眼。燕子樓空，
> 佳人何在，空鎖樓中燕。古今如夢，何曾夢覺，但有舊歡新怨。異
> 時對黃樓夜景，爲余浩歎。

詞中「燕子樓空，佳人何在，空鎖樓中燕」三句，便說盡關盼盼事，後人引
爲佳話──貴神情不貴跡象，所謂「用事不爲事所使」。此詞即景抒情，情景
相生，言外有言，餘味不盡，乃後來婉麗詞作的圭臬。

　　東坡詞作題材的繁富，風格的多樣，世人蔚爲一代宗師，其中或多只推
崇東坡豪放之詞雄，殊不知其婉約之詞美，故周濟《介存齋論詞》始發此言：
「人賞東坡粗豪，吾賞東坡韶秀。韶秀是東坡佳處，粗豪則病矣。」周氏所
說「粗豪則病」，雖亦淪於偏執之狹，然矯俗之心，良有以也。

三、書法方面

　　宋初書風的發展，本墨守唐典，拘泥法則，形似規矩，精神略遜，自去
唐風益遠。故歐陽脩始悵嘆：「書之盛莫盛於唐，書之廢莫廢於今。」至李建
中起，其書既可上追二王（王羲之、王獻之），書風亦富晉人古意，故歐陽脩、
黃山谷均嘗著言以爲善。逮蔡襄、東坡、黃山谷，米芾四大家出，取前人之
長，由唐入晉，遠追秦漢，更用力於二王、魯公，一改唐「尚法」書風爲「尚
意」。靈活運用法度，自出新意，不踐古人，振弊起衰，另闢宋代書風的蹊徑，
與晉唐諸賢得以輝映。

　　東坡臨習書法，不專主一人，俱納各家精華，轉益多師，自成一家之體，
風格異於旁人，黃山谷最爲推崇，以爲獨占鰲頭：

> 東坡道人少日學蘭亭，故其書姿媚似徐季海；至酒酣放浪，意忘工
> 拙，字特瘦勁，迺似柳誠懸；中歲喜學顏魯公，楊風子書，其合處
> 不減李北海；至於筆圓而韻勝，挾以文章妙天下，忠義貫日月之氣，
> 本朝善書，自當推爲第一。（《山谷題跋》卷五）

而東坡雖自言：「我書意造本無法，點畫信手煩推求。」人或以爲東坡寫字未
嘗循法，其實不然。其字自然奔放，瀟灑無礙，不務奇險，暗合天機。與宋
人一味拘執唐人之法，盡失自我個性的特徵相對映，功力自現。其所以如此

發言的目的，主要是在反對習書者墨守成規，不求變化。

北宋四家，均以眞行草書名世，而東坡嘗言：「知書不在於筆牢，浩然聽筆之所之，而不失法度，乃得爲之。」意拈「神韻」二字。東坡的書法，落筆多佐以濃墨，故眞蹟墨彩豔染，韻味迴繞。其各體中，以行草最勝，而行草工夫的奠定，實肇於眞（楷）書的循序漸進，方收事半功倍之效，經驗所積，其理愈明，遂發乎文字：「書法備於正書，溢而爲行書，未能正書而能行行草，猶未能莊語而輒放言，無足道也。」又云：「眞生行，行生草，眞如立，行如行；草如走，未有未能行立而能行走者也」。

東坡墨寶至今已是罕見，因北宋末年蔡京當權，嘗命毀除：「東坡翰墨之妙，既經崇寧、大觀焚毀之餘，人間所藏，蓋一二數也。至宣和間，內府復加搜訪，一紙定也值萬錢。」（何薳《春渚紀聞》）現藏於臺北「故宮博物院」的〈寒食帖〉，正乃東坡眞跡中的極品，當年倖免祝融之災，今日視之，彌足珍貴。此帖氣勢蒼勁，筆法流暢自然，頗受歷代書法家的鍾愛，摧崇爲甲觀，聲名自此喧嚇不已。

總言之，東坡書法乃擷取眾家之長，遵循法度，繼而超越其中，看似無法卻又暗合於法，故成一大家。不論大楷或大小行書，均爲個中翹楚，其筆畫肥厚，不流于呆板；字體微斜，惟不流于怪誕，令人觀賞再三。天才高邁雖是個中成功的因素，卻非必要條件，況且才氣是無法力強而致的．細審之，東坡眞正成就的關鍵，當是在勤學而多爲！

四、繪畫方面

東坡書法造詣極高，以書入畫，意在筆先，技法神超，富創造性。擅墨竹、石木、與文同並譽爲「文湖州竹派」的中堅。而宋徽宗即位之初，東坡受詔復朝奉郎，提舉成都府玉局觀，故後人傳稱其畫法爲「玉局法」，以彰顯其繪事成就。

由於深諳書法之道，東坡進行繪畫時，落筆用墨，均異於常人，「中鋒迴腕」、「骨法用筆」等書法技巧，運之其中，氣韻特出。加以讀書萬卷，筆下有神，畫作靈活而不呆滯。畫面陰陽向背，層次分明。

後人雖視東坡與文同的竹畫相近，成就一般，然東坡卻有自知之明，謙稱自己雖得文湖州之法，但受「內外不一，心手不相應」之累，故寫竹功力，略遜於與可，云：「與可之教予如此，予不能然也，而心識其所以然，夫即心

識其所以然而不能然者，內外不一，心手不相應，不學之過也」。

不過，東坡非僅知一己之所蔽，亦察覺其中之所長，但云：「吾竹雖不及，而石過之。」其所作枯木，枝幹蟠屈無端，石皴硬奇，如其胸中之盤郁。米芾於元豐年間，往見東坡時，兩人酒酣耳熱之際，東坡遂起作兩枝竹，一枯樹一怪石，以遺米芾，世人傳爲美談。

由是可知，東坡藝術創作領域非惟寬廣，亦能從中取得非凡成就、雄視百代。這些豐富的創作經驗，適足以成爲其文藝創作理論開展的基礎，進而引領後來的文藝創作更臻於成熟。

第四章　文藝創作基礎

第一節　豐富的生活閱歷

　　任何一件文藝作品，都是作家思想、情態的傳達，是作家某項特定的社會生活的展現，即使是抒情作品，其中作者的主觀之情，也都是一定的客觀社會生活的再現。所以，創作者只要離開了生活源泉，就彷如置身空中樓閣，懸蕩施設，難以有所作爲。劉勰《文心雕龍‧情采》云：

　　　　蓋風雅之興，志思蓄憤，而吟詠情性，以諷其上，此爲情而造文。

這裡明指出：作家敷采摛文，要貴乎稱情，而眞情亦因文采得當獲得彰顯。所謂「情以物遷，辭以情發」。（《文心雕龍‧物色》）物以動情，情往感物，情物相融，發而爲辭，乃能成就千古佳構。

　　文藝創作源於生活，貴於情眞，歷朝均有論述，早爲藝文學界所共同認定。《春秋左傳》：「詩人感而有思，思而積，積而滿，滿而作」。揚雄《法言‧君子》：「或曰：『君子言則成文，動則成德，何以也？』曰：『以其弸中而彪外也』」。諸家以爲文藝作品當注重生活的眞情實感，胸中性情的流露，以人生自然爲表現主體。唐代畫張璪就曾以一己經驗，指出創作應「外師造化，中得心源」〔註1〕。所謂「造化」，指的是作家生活天地間的萬物萬事，而創作正是這些事物與作家情志相互作用的結果。所以說，文藝創作乃是作者因

〔註1〕關於「師造化」的問題，是唐代畫松大師張璪首先提出的。張彥遠《歷代名畫記》（卷十）中，簡述了他這方面的見解：「初，畢庶子宏，擅名於代，一見驚嘆之，異其唯用禿筆，或以手摸絹素。因問璪所受？璪曰：『外師造化，中得心源』。畢宏於是擱筆」。（《中國美學史資料選編》上冊，頁286）

「江山之助」〔註2〕而「感於哀樂，緣事而發」〔註3〕的一種藝術成果。因此，明人李贄在談到有關創作源於生活的問題時，特別以精采的形象化敘述，來說明這種「緣事而發」、不得不為的深刻感受：

> 且夫世之真能文者，比其初皆非有意於為文也。其胸中有如許無狀可怪之事，其喉間有如許欲吐而不敢吐之物，其口頭又時時有許多欲語而莫可所以告語之處，蓄極積久，勢不能遏。一旦見景生情，觸目興嘆；奪他人之酒杯，澆自己之壘塊；訴心中之不平，感數奇於千載。即已噴玉唾珠，昭回雲漢，為章於天矣，遂亦自負，發狂大叫，流涕慟哭，不能自止。寧使見者聞者切齒咬牙，欲殺欲割，而終不忍藏於名山，投之水火。（《焚書》卷三〈雜說〉）

可見文學作品要達到「真」、「似」，必須擁有豐富的生活基礎，乃是不容置疑的事實。這也就是為何陸機會在〈感丘賦〉中，發言道：「必妙代以遠覽兮，夫何徇乎陳區」，強烈主張對外在廣大的宇宙萬物的極覽盡觀的真正原因。

而在歷代畫家中，由於重視生活、深入生活，而成功地創造出優秀作品者，韓幹是最典型的例子之一。韓幹雖然師承畫馬名家曹霸，但是，他所真正學習的對象，卻是畫中的主體對象。據羅大經《鶴林玉露》記述：

> 唐明皇令韓幹觀御所藏畫，幹曰：不必觀也。陛下廄馬萬匹，皆臣之師。

張彥遠《歷代名畫記》亦載：

> 上（指唐玄宗）令韓幹師陳閎，怪其不同。幹曰：臣自有師，陛下內廄馬，皆臣師也。

韓幹以活馬為師，並不專以名家或作品為師，而從直接的生活中學習，非刻板地取樣於間接的既成經驗，這也就是韓幹所以能夠獨擅畫壇的關鍵原因。

不惟韓幹如此，即使後來的藝術家，如宋代畫家李公麟、文與可等人的成就，也是置基在這種自我生活經驗的真實層面上。

〔註2〕 《文心雕龍·物色》提到文學佳作的完成，許多時候是依恃「江山之助」：「是以詩人感物，聯類不窮。流連萬象之際，沈吟視聽之區。寫氣圖貌，既隨物以宛轉；屬采附聲，亦與心而徘徊……山林皋壤，實文思之奧府，略語則闕，詳說則繁。然屈平所以能洞監風騷之情者，抑亦江山之助乎！」

〔註3〕 班固在論樂府民歌之興時，認為其源乃「感於哀樂，緣事而發」：「自孝武立樂府而采歌謠，於是有代趙之謳，秦楚之風，皆感於哀樂，緣事而發，亦可以觀風俗，知厚薄云。」事見《漢書·藝文志》。

《鶴林玉露》中，也提到李公麟畫馬情形：

> 伯時工畫馬，曹輔為太僕卿，太僕廄舍，御馬皆在焉。伯時每過之，
> 必終日縱觀，至不暇與客語。大概畫馬者必先有全馬在胸中，若能
> 積精儲神，賞其神駿，久則胸中有全馬矣。

而東坡在〈文與可畫篔簹谷偃竹記〉中，亦載有文與可畫竹的情狀：

> 竹之始生，一寸之萌耳，而節葉具焉。自蜩腹蛇蚹，以至于劍拔十
> 尋者，生而有之也。今畫者乃節節而為之，葉葉而累之，豈復有竹
> 乎？故畫竹必先得成竹于胸中。

這兩段文字裡，分別提到了「胸有全馬」、「胸有成竹」的論題，這與莊子所言庖丁解牛「目無全牛」的觀點，實際是一致的，均是強調藝術家必須在觀察現實生活中，徹底掌握對象的客觀全貌。這種審慎性的觀點，明顯是對立於那些未曾熟諳事物之理而率爾操觚者。所以，東坡才會稱譽與可對於創作對象的「竹」，「真可謂得其理者矣」。

近代學者梁啓超先生也曾對文同的「成竹于胸」說，發表了以下的看法：

> 美術家雕畫一種事物，總要在未動工之前，先把那件事物的整體實
> 在完全攝取，一攫攫住它的性命。(《飲冰室文集》卷三十八〈美術
> 與科學〉)

藝術家經過長期深察物理後，臨文之頃，心中便能構思一幅清晰的藝術形象，這形象一旦成熟，呼之欲出時，在不能自已的創作激情下，形之筆端，輒能創作出形神兼備的優秀作品。

誠然，東坡的文藝思想基礎，從重視文藝的內容出發，也是著眼在這種客觀現實的反映、表現上：

> 夫昔之為文者，非能為之為工，乃不能不為之為工也。山川之有雲，
> 草木之有華實，充滿勃鬱而見於外，夫雖欲無有，其可得耶？自少
> 聞家君之論文，以為古之聖人有所不能自已而作者。故軾與弟轍為
> 文至多，而未嘗敢有作文之意。已亥之歲，雜然有觸於中，而發於
> 詠嘆。(〈南行前集敘〉)

這裡東坡很明白地表示，反對為寫作而寫作，強調所謂創作乃是主體心靈與現實生活、客觀世界的遇合，必須是「取目之所接者，雜然有觸於中」，始不能不「發於詠嘆」。所以，真正創作，乃是主觀心靈面對客觀世界時，作者對

客觀事物有了深刻感受，繼而激發起寫作之衝動情況下所產生的。東坡所謂「有所不能自已」，正是在這寫作激情的促發下，產生創作靈感，故不得不援筆立就。而他之所以反對「未有甚得於中而張其外」，強調「充滿勃鬱而現於外」，這與韓愈主張「養其根而俟其實」（《昌黎先生集》卷十六〈答李翊書〉）的用意，其實是相同的。東坡以為，個人文章道德修養，與客觀生活的觸發及作者閱歷等因素，對文學「充滿勃鬱」是有絕對必要的影響，所以說：「游遍錢塘湖上山，歸來文字帶芳鮮」（〈送鄭戶曹〉）。畫家也是如此：「古來畫師非俗士，摹寫物象略與詩人同」（〈歐陽少師令賦所蓄石屏〉）。可見任何一種文藝表現，都必須仰助於豐富的生活閱歷，透過生活經驗的累積，才能心有所觸，從而激發起真情感應，藉以傳達到每一個作品的骨肉裡。因而又云：

> 吾聞之夫子，求益非速成。譬如遠遊客，日夜事征行。今年適燕薊，
> 明年走蠻荊。東觀盡滄海，西涉渭與涇。歸來閉戶坐，八方在軒庭。
> （〈張寺丞益齋〉）

他深刻原及了文藝源於生活的美學原理，指出應當「閱世走人間，觀身臥雲嶺」（〈送參寥師〉），虛懷若谷，胸納萬境，積累豐富的生活素材，才能在「歸來閉戶坐」時，有「八方在軒庭」的親臨感；能在「幽居默處」時，盡「觀萬物之變」（〈上曾丞相書〉），切實把握事物特徵，做到「敘事精致」（〈答舒堯文書〉）的地步。

社會生活的客觀反映既是根植於社會現實的土壤上，因此，文藝作品都是當時特定的生活環境的產物，是作者經由社會真實生活所引發的創作物。不同的生活閱歷，帶給詩人的是不同的生活感受。杜甫〈三吏〉、〈三別〉是唐代政局趨於動盪，黎民疾苦、流離失所的切身寫照〔註4〕；李煜〈虞美人〉（春花秋月何時了）是他亡國不堪之痛的悲嘆；東坡〈水調歌頌〉（明月幾時有）是他政治生活上長期與兄弟別離的反映，這些作品之所以感動人心，正因為其中具有真性情，是現實生活的一種反映。從早先，屈原放逐而著《離騷》；左丘明失明「厥有《國語》」，司馬遷下獄坐腐刑，發憤成《史記》，到歐陽脩以為詩者「窮而後工」〔註5〕，古人便已意識到創作是與作者本人遭

〔註4〕 謝榛在論作詩須有生活積累時，曾云：「子美不遭天寶之亂，何以發忠憤之氣，成百代之宗。」（見《四溟詩話》）

〔註5〕 歐陽脩曾有兩段話論述這種「詩窮而後工」的觀點：「予聞世謂詩少達而多窮。夫豈然哉？蓋世所傳詩者，多出於古窮人之辭也。凡士之蘊其所有而不得施於世者，多喜自放於山巔水涯，外見蟲魚草木風雲鳥獸之狀類，往往探其奇

遇息息相關的，當此之際，東坡接受了前人見解，進一步摻合自己經驗，指出：

> 非詩能窮人，窮者詩乃工。此語信不妄，吾聞諸醉翁。（〈僧惠勤初罷僧職〉）
>
> 詩人例窮苦，天意遣奔逃。……失意各千里，哀鳴聞九皋。（〈次韻張安道讀杜詩〉）
>
> 詩人例窮寒，秀可出寒餓。（〈病中，大雪數日，未嘗起觀，虢令趙薦以詩相屬，戲用其韻答之〉）
>
> 謫仙竄夜郎，子美耕東屯。造物豈不惜，要令工語言。（〈次韻和王鞏〉）
>
> 天憐詩人窮，乞與供詩本。（〈僧清順新作垂雲亭〉）
>
> 遣子窮愁天有意，吳中山水要清詩。（〈和晁同年九日見寄〉）

這裡所闡發的觀念，講的是生活環境對創作的美成，從擴大生活閱歷的角度來看，東坡認爲游歷、行役、流放、耕田等生活體驗，均有益於提高作者的文藝成就；窮困的境遇，的確可以促發詩人寫出好的作品，這中間最具體的例子莫過於東坡自己。他一生宦海浮沈，晚年憶及過去貶謫生活，以爲雖是失意事，卻亦爲其功業成就之所在：

> 心似已灰之木，身如不繫之舟，問汝平生功業，黃州，惠州、儋州。
> （〈自題金山畫像〉）

蓋閱歷益多，感悟益深，在這樣特定的生活條件下，作家飽經憂患，其心靈感受必是十分深刻的，一旦將這種切身之痛，轉化爲文字，自然要搖撼著每位受苦的心靈！

再者，東坡在要求作家必須深入生活，認識生活的同時，他還特別強調親自實踐和目見耳聞的重要，所以要目見耳聞，無非是要眞實地反映現實。

怪：內有憂思感憤之鬱積，其興於怨刺，以道羈臣寡婦之所嘆，而寫人情之難言；蓋愈窮則愈工。然則非詩之能窮人，殆窮而後工也。」（《居士集》卷四十二〈梅聖俞詩集序〉）、「君子之學，或施之事業，或見於文章，而常患於難兼也。蓋遭時之士，功烈顯於朝廷，名譽光於竹帛，故其常視文章爲末事，而又有不暇與不能者焉。至於失志之人，窮居隱約，苦心危慮，而極於精思，與其有所感激發憤，惟無所施於世者，皆一寓於文辭。故曰，窮者之易工也。」（《居士集》卷四十二〈薛簡肅公文集序〉）

這一觀點，其實在蘇洵〈與楊節推書〉中，即已被提出，楊氏本託洵爲其父親撰寫墓誌銘，然洵卻以「耳目未相接，未嘗輒交談笑之歡」、「不知其爲人」等理由，委婉拒絕。同樣的，東坡也有類似的經驗，據洪邁《容齋三筆》記載，東坡晚年，從南海遇赦北歸，過英州，郡守何智甫請他爲新造石橋立文，他說：「軾未到橋所，難以想像落筆」。後來，何智甫與他「同載而出」，到橋上一行，才寫出四言銘詩〈何公橋〉〔註6〕。不惟東坡如此，即使後來的許多文藝家，像元好問、王夫之、劉熙載等人，對創作源於豐富的生活基礎，且必須「身歷目見」的看法，也有著一致的見解。〔註7〕

由上可知，「目見耳聞」對爲文的重要，所謂「一耳目可以盡天下」（《東

〔註6〕《容齋三筆》記載：「英州小市，江水貫其中，舊架木爲橋，每不過數年，輒爲湍潦所壞，郡守建安何智甫，始壘石爲之，方成，而東坡還自海外，何求文以記，坡作四言詩一首，凡五十六句，今載後集第八卷。予侍親居英，與僧希賜遊南山，步過橋上，讀詩碑。希賜曰：『眞本藏於何氏，此有石刻，經黨禁亦不存，今以板刻之』，及希賜所書也。賜因言：『何公初請記時，坡爲賦此詩。既大書矣，而未遣送郡，何復來謁。坡曰。軾未到橋所，難以想像落筆。何即命具食，拉公偕往。坡曰：使君是地主，宜先升車。何謝不敢，乃並轎而行。即至，坡曰：正堪作詩。抵暮送與之。坡公作詩時，建中靖國元年辛巳』。予聞希賜語時，紹興十七年丁卯，相去四十六年。云云」。東坡所作〈何公橋〉詩，原詩如下：「天壤之間，水居其多。人之往來，如鵜在河。順水而行，雲馳鳥疾。維水之利，千里咫尺。亂流而涉，過膝則止。維水之害，咫尺千里。沿彼濫觴，蛙跳鰷游。溢而懷山，神禹所憂。豈無一木，支此大壞。舞於盤渦，冰折雷解。坐使此邦，畫爲兩州。雞犬相聞，胡越莫救。允毅何公，其勇於仁。始作石梁，其艱其勤。將作復止，更此百難。公心如鐵，非石則堅。公以身先，民以悅使。老壯負石，如負其子。疏爲玉虹，隱爲金隄。直欄橫檻，百貫所栖。我來與公，同載而出。謹呼填道，抱其馬足。我歡而言，視遄滔滔。未見剛者，孰爲此橋。願公千歲，與橋壽考。持節復來，以慰父老。如朱仲卿，食於桐鄉。我作銘詩，子孫不忘。」

〔註7〕元好問論作家創作須有生活基礎時，也強調「親臨」的重要性：「眼處心生句有神，暗中摸索總非眞。畫圖臨出秦川景，親到長安有幾人！」（《元山詩集箋注》卷十一〈論詩絕句〉）王夫之則強調身歷目見是創作不可不具備的重要條件之一：「身之所歷，目之所見，是鐵門限。即極寫大景，如『陰晴眾壑殊』、『乾坤日夜浮』，亦必不逾此限。非按輿地圖便可云『平野入青徐』也，抑登樓所得見者耳。隔垣聽演雜劇，可聞其歌，不見其舞：更遠則但聞鼓聲，而可云所演何出乎？前有齊、梁，後有晚唐及宋人，皆欺心以炫巧」（《夕堂永日緒論‧內編》）。劉熙載亦主張詩人應身入閭閻，目擊其事：「代匹夫匹婦語最難，蓋飢寒勞困之苦，雖告人人且不知，知之必物我無間者也。杜少陵、元次山、白香山不但如身入閭閻，目擊其事，直與疾病之在身者無異」。（《藝概‧詩概》）

坡易傳》卷三），難怪東坡要慨嘆：「布算以步五星，不如仰觀之捷；次律以求中聲，不如齊耳之審」（〈眞一酒歌〉并序）。而在著名的〈石鐘山記〉一文中，東坡更以親身經歷來說明這其中的重要性：

> 事不目見耳聞而臆斷其有無，可乎？……士大夫終不肯以小舟夜泊絕壁下之下，故莫能知，而漁工水師雖知而不能言，此世所以不能傳也。而陋者乃以斧斤考擊而求之，自以爲得其實。余是以記之，蓋嘆酈元之簡而笑李勃之陋也。

東坡到石鐘山作實地考察，以驗明歷來酈道元與李勃說法的正確性。從這些實地體驗得出了文藝的源泉乃在生活中的認識，主張凡事要「耳聞目見」，反對任何的「臆斷」。其實這種經由生活閱歷所引發的深刻體悟，在東坡其它詩文中，是當相普遍的，諸如：

> 陶靖節云：「平疇交遠風，良苗亦懷新」。非古之耦耕植杖者，不能道此語，非余之世農，亦不能識此語之妙也。（〈題淵明詩〉）

> 「兩邊山木合，終日子規啼」，此老杜之雲安縣詩也，非親到其處，不知此詩之工。（〈書子美雲安詩〉）

> 「棋聲花院靜，幡影石壇高」，吾嘗游五老峰，入白鶴觀，松陰滿庭，不見一人，惟聞棋聲，然後知此句之工也。（〈書司空圖詩〉）

> 僕爲吳興，有游飛英寺詩云：「微雨止還作，小窗幽更妍。盆山不見日，草木自蒼然」。然非至吳越，不見此景也。（〈自記吳興詩〉）

在這些文字裡，東坡不僅指出「耳聞目見」對文藝創作的重要，而且也反映了文藝鑑賞之精，是有賴於這種切身的體會，因爲，生活體驗愈敏銳，愈眞切的人，就愈能爲文藝創作與欣賞，構築一個良好的基礎；反之，愈是缺乏生活閱歷、細心觀察者，不但無法表達出深度作品，對讀者而言，亦將因自己的膚淺，貧乏，導致無法欣賞到他人詩文的妙處，這也就是爲什麼當杜甫發出「更覺良工心獨苦」的慨嘆時，東坡會有「用意之妙，有舉世莫之知者，此其所以爲獨苦歟？」〔註8〕的回應！

　　在對現實生活的感受過程中，東坡還特別強調認知的客觀性：

〔註8〕典出《蘇軾文集》卷七十一〈書林道人論琴棋〉一文：「元祐五年十二月一日，游小靈隱，聽林道人論琴棋，極通妙理。余雖不通此二技，然以理度之，知其言之信也。杜子美論畫云：『更覺良工心獨苦』，用意之妙，有舉世莫之知者。此其所以爲獨苦歟」。

> 求物之妙，如繫風捕影，能使是物了然於心者，蓋千萬人而不一遇
> 也。

欲求是物了然於心，就必須求物之妙，得物之理，主體應當力圖排除認識上的主觀和片面，對客體進行全面性的觀照。今人余秋雨先生便曾對這種主客體感知、遇合的過程，做了相當精彩的解釋：

> 因遇合，主觀心靈創造出了新質（不同性感），客觀世界也創造出了
> 新質。這兩種新質歸為一體，這就是藝術創造的成果。……為了創
> 造出素質優良、各具個性形態的作品，必須加強結合的力度，既提
> 高主體心靈的品位，又加重客觀世界的厚度，造成「兩強相遇」的
> 態勢。……創造的活躍性，也就出現在這種「兩強相遇」的態勢中。
> （《藝術創造工程》）

所以，在認識客觀世界的過程中，如何打破僵硬的規則和慣例，排除認識的片面性，是十分重要的課題。換言之，作家如能通過親身經驗，長期實踐，保持主體的「靜而清明」，便可通達萬物之理，掌握到客觀世界的規律性。東坡的兩首游廬山詩，即充分地傳達了這方面的美學思想：

> 要識廬山面，他年是故人。（〈初入廬山〉）

> 橫看成嶺側成峰，遠近高低各不同，不識廬山真面目，只緣身在此
> 山中。（〈題西林壁〉）

前一首點出必須是「故人」，才能真正識得廬山面，可見反覆的親近觀察，對認識事物的本質，有著決定性的作用；至於後一首，則指明「片面性」的觀察所受到的限圍，所謂「知之未極，見之不全，是以有過」（《東坡易傳》卷七）。唯有全面觀照，才能認識事物的全貌，方能知周萬物。所以，文同在經過多年的長期實踐和反覆觀察，「朝與竹乎為游，暮與竹乎為朋，飲食乎竹間，偃習乎竹陰，觀竹之變也多矣」（蘇轍〈墨竹賦〉）後，能夠深明「竹」理，得「竹」之妙，從而成為北宋墨竹大家。

東坡在〈日喻贈吳彥律〉文中，也以游泳為喻，說明這種長期生活上的躬親實踐，對認識物理之妙有決定性的影響：

> 南方多沒人，日與水居也，七歲而能涉，十歲而能浮，十五而能沒
> 矣。夫沒者豈苟然哉？必將有得於水之道者。日與水居，則十五而
> 得其道。生不識水，則雖壯見舟而畏之。故北方之勇者，問於沒人，
> 而求其所以沒，以其言試於河，未有不溺者也。

這裡的「道」，指的是客觀事物的規律。東坡認爲此「道」，是不能通過「達者告之」而掌握的，必須長期深入生活，體悟生活，才能眞正認識其本質。所以說，「道」是「可致而不可求」！

可見，作品的感染力是否強烈，往往取決於作者是否具備豐富、眞實的生活閱歷，如果審物不精，就會導致作品流於虛妄，無什價値。在東坡文集中，就有兩段評畫的文字，適足以說明這種粗心：

> 黃筌畫飛鳥，頸足皆展，或曰：飛鳥縮頸則展足，縮足則展頸，無兩展者，驗之，信然。乃知觀物不審者，雖畫師且不能，況其大者乎？（〈畫黃筌畫雀〉）

> 蜀有杜處士，好書畫，所寶以百數。有戴嵩牛一軸，尤所愛，錦囊玉軸，常以自隨。一日曝書畫，有一牧童見之，拊掌大笑，曰：此畫鬥牛也，牛鬥力在角，尾搐入兩股間。今乃掉尾而鬥，謬矣！處士笑而然之。古言有云：耕當問奴，織當問婢。不可改也。（〈書戴嵩畫牛〉）

這說明了畫家所以沒能掌握鳥飛的規律；所以不及牧童，就在於其缺乏對客體的全貌認識，欠缺生活的觀察能力。因此，不能掌握「物理」，卻妄自成文者，不過是徒增笑柄罷了！難怪詩人在總結以上經驗後，會做如此的感嘆：「常形之失，人皆知之，常理之不當，雖曉畫者，有不知」（〈淨因院畫記〉）。

第二節　廣博的積學工夫

文藝創作是有賴於作者長期的蓄積準備。《文心雕龍‧神思》篇云：

> 是以陶鈞文思，貴在虛靜，疏瀹五藏，澡雪精神；積學以儲寶，酌理以富才，研閱以窮照，馴致以繹辭。

才氣、學習之間的關係，在《文心雕龍》一書中，有著許多相當精闢的討論。曹丕《典論論文》就率先以爲才氣天成，「雖在父兄，不能以移子弟」；陸機也跟進，以爲先天的才性是「譬舞者赴節以投袂，歌者應絃而遺聲，是蓋輪扁所不得言，亦非華說之所能精」（《文賦》）。到了南北朝，劉勰則以爲才氣、學習各有其功，然唯有二者合德，文采始霸：

> 屬意立文，心與筆謀，才爲盟主，學爲輔佐。主佐合德，文采必霸，才學褊狹，雖美少功。

才氣，乃是天賦情性，學習則爲後天陶染，「才有天資，學愼始習」(《文心雕龍‧體性》)，正因才氣是屬於先天的稟賦，故非力強可致；而學習則歸後天之努力，故可困勉以求，所以，如能以「學」輔「才」，學飽才富，便能免除「迍邅於事義」，或「劬勞於辭情」之苦(《文心雕龍‧事類》)

東坡本身也是相當重視後天的學習。他在〈鹽官大悲閣記〉中，就說道：

> 孔子曰：「吾嘗終日不食，終夜不寢，以思，無益，不如學也」。由
> 是觀之，廢學而徒思者，孔子之所禁，而今世之所尚也。

由於當時士人讀書，多廢學而徒思，空談性理，「束書不觀，游談無根」(〈李君山房記〉)，所以，東坡才特別指出，即使是聖人如孔子，也是崇尚學習的；因爲「廢學而徒思」這類輕浮、不切實際的想法，是前人所不屑爲的，藉此標舉出後天學習的重要性。這種重要性，因爲才高者，只要不學，也可能會遇到所謂「心識其所以然，而不能然者，內外不一，心手不相應」的窘境(〈文與可畫篔簹谷偃竹記〉)，所以，「百工居肆，以成其藝，君子學以致其道」(〈日喻〉引子夏語)。在文藝創作過程中，技巧的學習與生活經驗的累積，是同等重要的，欲使理想的藝術形象「達之於口與手」(〈答虔倅俞括奉議書〉)，作家就非得掌握高度的創作技巧不可。否則，縱使「物形於心」，亦會淪於「不形於手」(〈書李伯時山莊圖後〉)的困境。所以東坡特別提醒人們：「凡有見於中而操之不熟，平居自視了然而臨事忽焉喪之」(〈文與可畫篔簹谷偃竹記〉)的這種情形，是不獨獨對畫家而已，任何一個文藝創作者，都當引以爲鑒。而致力積學，才是根本的解決之道。所以，從這個觀點出發，東坡認爲後天的努力是可以彌補先天才性上的不足：

> 東坡與陳師道書云：知傳道日課一詩，甚善。此技雖是高才，非甚
> 習不能工，蓋梅聖俞法也。(邵博《聞見後錄》)

這說明即使才氣奔放如東坡者，仍然認爲文藝創作單憑才性是不行的，平日若不下工夫，是不能達到工妙的地步。像詩人梅聖俞，正是以每天寫一首詩的方式，來錘鍊自己臨文的敏捷度。不惟聖俞如此，東坡之所以能夠成爲宋代四大書法家之一，也是與他「幼而好書，老而不倦」(蘇轍〈亡兄端明墓誌銘〉)的好學精神分不開的。他嘗對舒堯文說：「作字之法，識淺、見狹、學不足三者，終不能盡妙，我則心目手俱得之矣」(〈答舒堯文書〉)。雖然，他也說過：「我書意造本無法，點畫信手煩推求」(〈石蒼舒醉墨堂〉)，但是，要

達到這種信筆寫來看似無法的境界，還是必須通過長期的依「法」練習，而不泥於「法」；蓄積學問後，再染指筆墨，才可以盡情揮灑，酣暢淋漓，無所滯礙的。無怪乎山谷會極力推崇東坡的書法成就，認為其中蘊含有鬱鬱芊芊的學問之氣，旁人是望塵莫及的。〔註9〕

而同樣的情形，也發生在東坡對他人文藝成就的肯定上。在〈石蒼舒醉墨堂〉中，東坡就指出石蒼舒的書法之所以能「興來一揮百紙盡，駿馬倏忽踏九州」，乃是因經歷了多少「堆墻敗筆如山丘」的艱苦歷程；而吳道子繪畫之所以「覺來落筆不經意，神妙獨到秋毫顛」，也是與他不斷磨鍊技藝，繩墨規矩「逆來順往，旁見側出，橫斜平直，各相乘除，得自然之數，不差毫末」有著很大的關聯。所以，許多優秀的藝術家，其成功看似容易，其實，這中間的努力、刻苦，豈是旁人所能想像的！

此外，在〈送任伋通判黃州兼寄其兄孜〉一文中，東坡也表達了「學習」對創作的重要性：「別來十年學不厭，讀破萬卷詩愈美」。無疑地，他這項觀點是對杜甫「讀書破萬卷，下筆如有神」（〈贈韋左丞詩〉）的一種認同。正因杜詩的成就是建立在平時積學的工夫上，故有規矩可循。後之學者，只要注意平時工夫，多讀書，日積月累，亦可斐然成章，不讓古人專美於前，所謂「腹有詩書氣自華」（〈和董傳留別〉），杜甫本身的用功，正是其中最好的師習榜樣：

> 杜詩、韓文、顏書、左史，皆集大成者也。子美之詩，退之之文，魯公之書，皆集大成者也。學詩當以子美為師，有規矩，故可學。退之於詩，本無解處，以才高而好耳。淵明不為詩，寫其胸中之妙爾。學杜不成，不失為工；無韓之才與陶之妙而學其詩，終為白樂天爾。（〈論學詩〉）

「君子之於學，百工之於技，自三代歷漢至唐而備矣」（〈書吳道子畫後〉），文學藝術乃至各種技藝，在表現純熟境界的過程上，其道理是相通的，都必須依賴「勤學」這項不變的千古法則。以宋四大書家中的米芾為例，他的書法在宋朝佔有很高的地位，東坡甚至將他比諸鍾、王。雖然米芾的成功，有「天分」之使然，不過，嚴格說來，仍和他不斷的努力研習是分不開的，

〔註9〕《山谷集‧書遠景樓賦》嘗稱：「東坡書，隨大小真行皆有嫵媚可喜處。今俗子喜譏評東坡，彼蓋用翰林侍書之繩墨尺度，是豈知法之意哉！余謂東坡書學問文章之氣，鬱鬱芊芊，發於筆墨之間，此所以他人終莫能及爾！」

因爲他「自少至老，筆未嘗停」(《避暑錄話》)，自云：「一日不書，便覺思澀，想古人未嘗片刻廢書也」。因此，東坡在〈與元老姪孫〉一文中，才特別勉人多讀書，切勿趨時求速：

> 始孫近來爲學何如？恐不免趨時，然亦須多讀書史，務令文字華實相副。

蓋勤能補拙，多讀書史，方能厚植根基，並獲致正確的行文之道。針對此點，《滄浪詩話》的作者嚴羽，亦嘗發言，以爲：

> 詩有別才，非關書也；詩有別趣，非關理也。然非多讀書，多窮理，則不能極其至。(卷一)

沒有「多讀書」、「多窮理」等必要條件，就不足以達到「別才」、別趣」的美學要求。前人所謂「讀破萬卷書」，意即多讀書，蓋胸有洪鑪之後，金銀鉛錫，始能「皆歸鎔鑄」(沈德潛《說詩晬語》)。一旦「胸有成竹」，「腹有千駟」後，再形諸於文藝，便彷如「風濤借筆力，勢逐孤雲掃」(〈迨作淮口遇風詩，戲用其韻〉)，氣勢滂礴，文思煥發，銳不可當。所以，東坡在安慰落第秀才安惇時，但言：「故書不厭百回讀，熟讀深思子自知」(〈送安惇秀才失解西歸〉)，希望他能繼續努力，不要灰心懈怠，因爲「退筆如山未足珍，讀書萬卷始通神」(〈柳氏二甥求筆跡二首〉其一)，只要多吸收前人留下的智慧結晶，其所累積的知識，就彷如囤積建材，日後必可成爲文設意掇取之資：

> 凡人爲文，至老多有所悔，僕嘗悔其少作矣。然著成一家之言，則不容有所悔，當且博觀而約取，如富人之築大第，儲其材用，既足而後成之，然後爲得也。(〈答張嘉父書〉)

而在宋人許顗的《彥周詩話》中，同樣記載了東坡對學習的看法：

> 季父仲山在揚州時，事東坡先生，聞其教人作詩曰：「熟讀毛詩國風與離騷，曲折盡在是矣」。僕嘗以謂此語太高。後年齒益長，乃知東坡之善誘也。

東坡教人做詩，不取終南捷徑，逕要學者熟讀《詩經》、《離騷》，其中看似無方，仔細思省後，不難發現其理之所在，所謂「讀書百遍，而義自見」(《三國志‧魏志》註)。詩文創作原理向來相通，均強調必須勤於磨鍊技巧，下筆方無蹇澀之病；而誦讀他人文章，參悟古人的前言往行，則可深體其中神髓精氣，有助於自己日後之行文，東坡本身就是最好的說明。黃庭堅在〈跋東坡樂府〉一文中，嘗提到東坡在黃州所做之詩「語意高妙」，看似「非吃煙火、

食人語」。其實這一切，如非作者「胸中有萬卷書」，其筆下又怎能「無一點塵俗氣？」所以，在〈答李昭玘書〉中，東坡便嘗自謂：

> 然少年好文字，雖自不能工，喜誦他人之工者，今雖老，餘習尚在。

而在〈記歐陽公論文〉中，他也載錄了歐陽脩所發表的一段有關如何提昇寫作能力的經驗之談：

> 頃歲孫莘老識歐陽文忠公，嘗乘間以文字問之。云：「無他術，唯勤讀書而多爲文，自工。世人患作文字少，又懶讀書，每一篇出，即求過人。如此少有至者。疵病不必待人指摘，多作自能見之」。此公以其嘗試者告人，故尤有味。

由上可知，文藝創作之道無他，但求多讀多學多寫。作者必得多識前言往行，才能充實創作內涵，藉以提高創作能力。所以，對師學者而言，最具效力的學習方法，莫過於取涉經典：

> 夫經典沈深，載籍浩瀚，實群言之奧區，而才思之神皋也。揚、班以下，莫不取資，任力耕耨。縱意漁獵，操刀能割，必列膏腴。是以將贍才力，務在博見，狹腋非一皮能溫，雞蹠必數千而飽矣。（《文心雕龍‧事類》）

大抵餐經饋史、飽讀詩書後，學問自可豁然清明。蘇洵在〈上歐陽內翰第一書〉中，便曾以自身經歷，來驗證此中之道：

> 盡焚曩時所爲文數百篇，取論語、孟子、韓子及其他聖人賢人之文而兀然端坐，終日以讀之者七八年。……讀之益精而其胸中豁然以明，若人之言固當然者，然猶未敢自出其言也。時既久，胸中之言日益多，不能自制，試出而書之，已而再三讀之，渾渾乎覺其來之易也。

洵早年因四處游盪，荒怠於學，之後覺悟，取資古籍，欲叩功名之門時，年已二十又七，然終日苦讀，絲毫不敢懈怠，遂能讀之益精，而胸中豁然以明，故當其操觚執筆之際，遂有「致思於心也，若或起之；得之心而書之紙也，若或相之」（〈上田樞密書〉）等如有神助的輕易感覺。

東坡雖也認同從經典上去涉獵知識的方法，但是，在某些態度上，他卻有了堅持。他強力批評了那些將古籍視爲輕薄無用的迂腐者，認爲「若出新意而棄舊學，以爲無用，非愚則狂而已」（〈書楞伽經後〉）；另外，也對近世學者「務從簡便，得一句一偈，自謂了證」（〈書楞伽經後〉）誇傲，表示了相

當程度的不滿。矯枉過正，都不是正確的對待態度，他對典籍所堅持的一貫認知，是要「忘言取意」，因為「堆幾盡埃簡，攻之如蠹蟲，誰知聖人意，不在古書中」（〈嘲子由〉）；他反對像漢儒一樣，墨守章句，繩行矩步，奉若神明，而不敢踰越：

> 古之知言者，忘言而有取意，故言無不通。後之學者，於言而責其
> 必然，故多礙。……故觀書者，取其意而已。（《東坡書傳》卷三）

在學習的途徑上，東坡主張要博學多識：「博觀而約取，厚積而薄發」。（〈稼說〉）「務學」以「自養」「使「弱者養之以至於剛，虛者養之以至於充，流於既溢之餘，而發於持滿之末」，反對束書不觀，必如此，始能寫出「精金美玉」的好文章。

為學貴能明理通識，廣其聞見，所以，在博觀的基礎上，東坡還對學者提出了進一步的要求：「博學而不亂，深思而不惑」（〈孟軻論〉），蓋「學以明理」、「思以通其學」，古人所以學，正是希望能「道其聰明，廣其聞見」（〈送人序〉）所以，學而不思則殆，思而不學則罔，所謂「廢學而後思，孔子所禁」（〈鹽官大悲閣記〉），唯學思並重，始能真正無惑。因為典籍浩繁，富如百川，人之精力豈能俱納，所以，東坡鼓勵學者要「每次作一意求之」，以簡馭繁，以少總多，千萬不可貪多務得，心欲吞象，必須要在博觀總覽的基礎上，截取精華，約取所需：

> 書富如入海，百貨皆有，人之精力，不能兼收盡取，但得其所欲求
> 者爾。故願學者每次作一意求之，如欲求古今興亡治亂，聖賢作用，
> 但作此意求之，勿生雜念。又別作一次，求事跡故實典章文物之類，
> 亦如之。他皆仿此。此雖迂鈍，而他日學成，八面受敵，與涉獵者
> 不可同日而語也。甚非速化之術。

作文之法「實無捷徑必得之術」，即使「高才強力者，也必須「積學數年」，才能「自身可得之道」，如此，他日學成後，縱然「八面受敵」，也與泛泛涉獵者，不可同日而語。另外，東坡也曾以生動的比喻，說明「天下之事散見在經、子、史中，不可徒使，必得一物以攝之，然後為己用，所謂一物者，意是也」（葛勝之《韻語陽秋》卷二引東坡語）。這個工夫也就是《文心雕龍・事類》所言：

> 是以綜學在博，取事貴約，校練務精，據理須核，眾美輻輳，表裡
> 發揮。

所謂「博」、「約」，就是要在一片粗糙叢雜之中，去其糟粕，取其精華，唯有如此，文藝才能達到「眾美輻輳，表裡發揮」之極致。

第三節　文藝創作的熱忱

　　有宋一代由於實行右文抑武政策，喚醒了士大夫的自覺精神，這種精神不僅體識在儒家「先天下之憂而憂，後天下之樂而樂」的淑世理想上，也適時地呈現在學術文藝發展的領域中，所謂「進為人臣，退為人師」。在政治、經濟、文化等層面的影響下，宋朝自然成了一種有別於他朝的文人士風。

　　這種「以天下為己任」的自覺精神，也涵括了文化的責任感，其中不乏有著「捨我其誰」的當仁不讓：像張載的「為天地立心，為生民立命，為往聖繼絕學，為萬世開太平」的氣勢；像陳亮的「推倒一世之智勇，開拓萬古之心胸」的豪情；像陸九淵的「學苟知本，《六經》皆我注腳」的氣魄等等，知識份子間隱然存在著這一種大時代的自覺精神，這種精神，其實就是莊嚴的責任感，也就是對生命的一種熱愛，而將這種責任、熱忱轉化到文藝中，自然形成一種「不能不為」的創作激情。

　　文藝的產生本在於表達人類的思想感情，所謂「情以物遷，辭以情發」(《文心雕龍‧物色》) 物動情性，情往感物，情物相融，發而為辭，成千古絕唱。所以，創作是在主觀心靈面對客觀世界時，作者對客觀事物有了深刻感受，繼而激發起寫作激情的情況下所產生的。這種因為「不能不為」的激情下所形成的作品，有著對生命光和熱的發揚和同情，它是有別於那些「無病呻吟」的造情之作，而具有現實主義的精神。

　　這種「不能自已」的創作熱忱，其實是來自於作者對天地萬物的強烈感知，在這一方面，東坡的體驗是深刻的。他在〈南行前集敘〉中，就曾對這種強烈的創作意圖，提出一己心得：

> 夫昔之為文者，非能為之為工，乃不能不為之為工也。山川之有雲，草木之有華實，充滿勃鬱，而見於外，夫雖欲無有，其可得耶？自少聞家君之論文，以為古之聖人有所不能自已而作者。故軾與弟為文至多，而未嘗敢有作文之意。己亥之歲，侍行適楚。舟中無事，博弈飲酒，非所以為閨門之歡；山川之秀美，風俗之樸陋，賢人君子之遺跡，與凡耳目之所接者，雜然有觸於中，而發於詠嘆，蓋家

> 君之作，與弟轍之文皆在，凡一百篇，謂之《南行集》。將以識一時
> 之事，爲他日之所尋繹，且以爲得於談笑之間，而非勉強所爲之文
> 也。時十二月八日。

之所以「不能不爲」，乃是情感蓄積於中，不得不發，此爲情而造文，所以不是「勉強所爲之文」。這般「不得不然」的強烈創作慾望是成就一篇好作品的重要條件。東坡自己對文藝創作，一直是有著相當大的熱忱，雖然他曾說過：「文章小技安足程」（〈戲子由〉）、「文章何足云，執技等醫卜」（〈和王晉節〉），但是，這僅僅只是一時的牢騷語，實際上，他是傾注畢生精神力在從事創作，即使在生死攸關之際，他還是有著不可遏制的創作衝動〔註 10〕，就是最好的說明。

　　創作既然是因爲「雜然有觸於中，而發於詠嘆」，所以，只有在眞情性的流露之下才能感動人心。東坡既然強調文藝是「不能自已」下的產物，所以他對於那些追求「游談以爲高，枝詞以爲觀美者」的純形式之作，自然要表示不滿，進而主張文藝在許多時候，更應該注重內容，如五穀，藥物一樣，裨益於社會。這類關懷社會的創作，在東坡文集中，也是屢有所見的。他滿腔的文藝創作熱忱，即使在明知會「吐之則逆人，茹之則逆己」的情形下，他仍選擇了「寧逆於人」的可能，將滿腹的心事，付諸於字裡行間。這些作品中，雖不乏具有濟世於用的特色，不過卻都是出於自然之作，由此可以看出，東坡的文藝觀絕無宋初形式主義的傾向，也沒有理學家一意認爲文事是「道」的附庸的偏差。他的文藝思想，是一種「眾美輻湊」的宏觀美，是一種出於情性而不僞飾的自然美。這也就爲什麼東坡會特別稱賞那些「沖口而出，縱手而成，初不加意」，卻反有「自然絕人之姿」（〈跋劉景文歐公帖〉）的佳作原因。

　　爲了達到「風行水上，自然成文」的目的，作家除了豐富自我的生活閱歷和蓄積一己的知識外，也必須培養自己對文藝的喜好熱忱，如果沒有這種「不可回」的創作慾望，是無法進行創作的，因爲這種熱忱，是促成創作的衝動的關鍵，有了它，才能將胸中積累的素材，一一轉化爲文藝的表現。換言之，熱忱是隱隱存在於作者的心靈奧府，它必有待於外緣條件的激發，才

〔註10〕元豐二年，東坡以詩入獄（烏臺詩案），其後出獄，餘悸猶存下，仍不免忘我而言：「卻對杯酒渾是夢，試拈詩筆已如神」（〈十二月二十八日蒙恩責授檢校水部員外郎、黃州團練副使復用前韻二首〉）。斯可謂「不以一身禍福」，易其文藝之熱忱。

能發揮最大的表現潛力。因此，只有創作熱忱，而缺乏技能條件，也只能望筆興嘆；而有外緣條件（如生活閱歷、積學等等），卻失於創作熱忱，怕也無法渙然成文；換言之，有了熱忱後，尚須要外在條件的充備，才能在關鍵時候，恃機而發，不自為文，而華實相副，無意於言，而有意於世；誠如東坡所說的：「生於所激而不自為力，故不勞形；生於所遇而不自為力，故不窮」（〈清風閣記〉）。

第五章　文藝構思論

　　所謂構思，即作者的創作意圖。任何一位創作者，都必須從客觀生活中取得素材，加以周密思考，來決定文藝的表現內容；經由內容再確立表現的形式，以達文藝創作的效果。所以，在整個文藝創作過程中，最首要的便是藝術構思問題，它就像是人體中的腦中樞神經，操控著身體各部位功能，無足尚能立，無頭則難存。而這段動筆前的經營、醞釀過程，是相當複雜、艱辛的，它往往是文藝創作成敗的重要關鍵。杜甫曾云：「意匠慘淡經營中」（〈丹青引〉）。東坡亦道：「經營初有適，揮灑不應難」（〈文與可畫篔簹谷偃竹記〉）。兩人皆深知文藝創作的甘苦，故發為此言，真得文藝之三昧。

第一節　虛　靜

　　藝術構思的基本前提，乃在創作者是否保持虛靜的精神狀態。這種不受任何主觀或客觀因素干擾、專心致志的精神傾向，是任何一種文藝創作的必要條件。藝術家唯有在虛靜的狀態下，才能「洞鑒冗理，細觀毫髮」〔註1〕。東晉書法名家王羲之就曾對書法的創作，提出這樣的心得：

　　　欲書者，先乾研墨，凝神靜思，預想字形大小、偃仰、平直、振動、

─────────────

〔註 1〕明代吳寬在《書畫筌影》中，具體分析了唐代著名詩人兼畫家王維的創作，他說：「右丞詩云：『凤世謬詞客，前身應畫師』。蓋自道也。右丞詩與李杜抗行，畫追配吳道子、韋偃弗敢平視。至今讀右丞詩者則曰有聲畫，觀畫者，則曰無聲詩。以余論之，右丞胸次灑脫，中無障礙，如冰壺澄澈，水鏡淵渟，洞鑒肌理，細觀毫髮，故落筆無塵俗之氣，孰謂畫詩非合轍也。」（轉引自張少康先生所著《中國古代文學創作論》，北京大學出版社，1983 年，頁 6）

令筋脈相連、意在筆前，然後作字。(〈筆陣圖後〉)

蓋藝術家只有在虛靜精神狀態下，才能把平日積累的豐富生活經驗，予以澄汰集中，從而進行思想分析，發揮天馬行空的想像能力，創造出生動的藝術形象。《西京雜記》嘗形容司馬相如創作〈子虛〉、〈上林〉賦時的精神狀態：

> 意思蕭散，不復與外事相關，控引天地，錯綜古今，忽然如睡，煥然乃興，幾百日而後成。

只有在不受外物干擾的情形下，作者才能反覆思索平日生活閱歷及知識學問，將這一切幻化爲文字，築構成一篇篇有機體的文藝作品。

我國古代早有許多文藝理論批評家，把「虛靜」視爲藝術構思進行當中的最重要前提條件。陸機便是第一個自覺把虛靜說運用於文學創作理論的批評家。《文賦》開篇即言：「佇中區以玄覽，頤情志于典墳。」李善注：「老子曰：『滌除玄覽。』河上公曰：『心居玄冥之處，覽知萬物，故謂之玄覽』」。由河上公所言設想，欲求覽知萬物，唯有滌除心靈之慾，以虛靜之心應於人，始能遍觀萬物，無有遺漏。故沿波討源，「虛靜」實爲文學創作的基本條件。今人李澤厚與劉綱紀先生所編《中國美學史》第二卷中，對陸機以此說爲《文賦》的發端，有一番精闢的見解：

> 一是強調對外在的無限廣大的宇宙萬物的極覽盡觀；另一是強調通過對典籍的閱讀，對含有深刻理性的內在情感體驗的培育陶養。只有在這兩方面都得到發展，並使兩者結合起來的時候，陸機認爲才會有文思，從而也才會有創作。

緊接其後，陸機又說：「其始也，皆收視反聽，耽思傍訊。」陸氏體悟到「虛靜」在藝術構思中，乃居樞紐之要，認爲作家從構思到作品完成時，一直是在進行著形象思維，中間如到「岨峿不當，文思蹇塞」之時，就必須「罄澄心以凝思，眇眾慮而爲言」。

晚陸機約兩百年的劉勰，在《文心雕龍》一書中，亦將虛靜視爲藝術構思中極爲重要的前提。劉氏主張臨文之頃，內心虛靜，不存雜念：「是以陶鈞文思，貴在虛靜，疏瀹五藏，澡雪精神」(〈神思〉)、「清和其心，調暢其氣」(〈養氣〉)、「紛哉萬象，勞矣千想」(〈養氣〉)。這些意見與老子主張「致虛極，守靜篤」，才能觀照事物情理的看法，可以說是相當一致的。

在老子與陸機、劉勰之間虛靜理念的承繼與過渡者，正是莊子及荀子。在〈知北游〉一文中，莊子特別揭示了認識至高的「道」的方法：「汝齋戒，

疏淪而心，澡雪而精神，掊擊而知。」唯有透過虛靜，才能打破一切人為的障礙，達到認識上的「大明」境界。為加強說服力，莊子又運用一個巧妙的比喻，說明心靈能達到虛靜，就會有真知灼見之得，如同水波歸於平靜，塵物下沈，清明具現：

> 聖人之靜也，非曰靜也善，故靜也。萬物無足以鐃心者，故靜也。水靜則明燭鬚眉，平中准，大匠取法焉。水靜猶明，而況精神？靜乎天地之鑒也，萬物之鏡也。夫虛靜恬淡，寂寞無為者，天地之平，而道德之至，故帝王聖人休焉。

至於荀子對虛靜的看法，主要也是表現在認識外在事物的客觀態度上。〈解蔽〉篇一文中，即有「虛壹而靜」之說，要求在認識客體的當時，必須排除心中的雜念，鎮靜專一，達到大清明境界，使理性認識得以充分發揮。

事實上，除了道家、儒家以外，佛家也都是講究虛靜精神的。劉禹錫在〈秋日過鴻舉法師寺院便送歸江陸引〉中，有云：「自近古而降，釋子以詩名聞于世者相踵焉」，其原因即在於「因定而得境，故脩然以清；由慧而遣詞，故粹然以麗」。這種「由定生慧」的要求，與老子所講的由虛靜而至「大明」是相類的。因此，不論是儒、道、釋那一家，都是強調虛靜在藝術構思過程中所起的重要作用。

經過老子、莊子、荀子的開拓；陸機、劉勰等人的理論發揮，有關文藝創作過程中的構思問題，尤其是虛靜說，在後來便有了更多更切合事理的研究與開發。

就藝術創作過程而言，虛靜主要是為藝術形象思維活動的開展，提供積極條件；它能使藝術家的心胸更寬闊，足以容納現實中的千萬景象，讓想像的翅膀更加自由遨翔。在文藝上，向來主張三教調和東坡，不僅接受前人對「虛靜」一詞所貫注的生命涵義，並在自己多方創作的基礎上，豐富了此一理念的可利用空間。在〈次韻吳傳正枯木歌〉中，東坡寫道：「東南山水相招呼，萬象入我摩尼殊」，強調惟有虛靜，始能將一切影象納入腦海版圖中，提供藝術想像的驅遣，創作出匠心獨運的神品。

事實上，虛靜不僅可使藝術家心容萬物，還可以提高藝術家概括能力，掌握物象的本質及規律，故東坡在〈送參寥師〉一詩中，即言：「欲令詩語妙，無厭空且靜；靜故了群動，空故納萬境。」所謂「空」、「靜」，是指一種內心超脫，空明寂靜的狀態，其義與「虛靜」相當。分開解釋，所謂的「靜」，是

從觀察角度而言，強調思維活動的高度集中，這與陸機所言「收視反聽」、「罄澄心以凝思」，司空圖「素處以默，妙機其微」（〈沖淡〉），是一脈相承的；而「空」是從構思角度發言，強調攝取外物的虛懷與自覺性，是對陸機「課虛無以責有，叩寂寞而求音」；司空圖「虛佇神素，脫然畦封」（〈高古〉）的一種發揮。蓋靜則可以觀動，空則可以納境，以達體物賦情的最高效應。東坡以為創作之時，唯有像僧人「空且靜」，方能洞察萬物，掌握萬物動態變化，曲盡物性之妙，達到「其神與萬物交，其智與百工通」（〈書李伯時山莊圖後〉）的境界。以東坡〈前赤壁賦〉為例，文中形容清風臨水、月上東山、白露橫江、水光接天等等，果無其情或無空靜的審美心態，必不能道出「縱一葦之所如，凌萬頃之茫然。浩浩乎如馮虛御風，而不知其所止，飄飄乎如遺世獨立，羽化而登仙」的清韻佳趣。〔註2〕

　　東坡在〈書黃道輔品茶要錄後〉，嘗揭示「學者觀物之極而游于物之表，則何求而不得」的重要概念。要求從對事物表象的體視進而深入其本質，這是類合莊子「庖丁解牛」、「輪扁斫輪」的「以神遇而不以目視，官知止而神欲行」的特徵。如此，藝術家便能集中精神，以適當的形象表達其所反映的事物的本質及規律。

　　在主張心靈虛靜的認知過程中，東坡還強調認識主體的客觀態度，這一脈主張，正是荀子「虛壹而靜」說的承繼與發展：

> 心至靜而清明，故不善觸之未嘗不知，知之未嘗復行。知之而復行
> 者，非眞知也。世所以不食烏喙者，徒以知之審也，如使知不善如
> 知烏喙，則世皆顏子矣。所以不及聖人者，猶待知爾。（《東坡易傳》
> 卷八）

東坡以為主體的「靜而清明」，才是排除片面性或主體性認知誤差的不二法門。因為心靈「正則靜，靜則定，定則虛，虛則明」。心目清明，則不致「神亂于中而目眊于外」，不能「見物之正」，而淪於「見物之似」（《東坡易傳》卷二），得到似是而非，以偏概全的錯誤觀念。

　　雖然，創作是極其艱鉅的歷程，從物象觸發的構思到風格的形成、表現，有人甚至營度經歲，誠如一項工程。但是，維持心志的絕對空靜，不受干擾，以助其進入沈思冥想的境地，是任何一項成功之文藝創作所必備的條

〔註2〕本段多據王向峰先生所著〈論蘇軾的美學思想〉（收錄在《文藝理論研究》，
　　　　1985年第四期）改寫而成，頁81～88。

件。而且，也只有全然的虛靜，才能夠促發藝術想像力及創作靈感發生的可能。明代謝榛曾在前人虛靜說的基礎上，向上推進一步，以親身經歷解說虛靜與靈感間的關係，認爲當詩人精神進入虛靜後，靈感便會自然湧現〔註3〕。所以，將虛靜視爲一切創作的源泉，乃歷來創作家與理論家所共同確認的事實。

第二節　想　像

在藝術構思的過程中，虛靜若視爲一個精神基礎，則想像就是一項思維活動，是創作藝術形象的主要手段。通過想像，作家對各種生活素材進行分析、提煉、加工，創作出新的藝術形象，這相當於是在過去知覺的基礎上對新的形象進行再創造。因此，想像或可視爲伴隨感情及思想而產生的一種聯想或幻想作用。

欲進入聯想空間之前，首先必須保持自我的精神虛靜，唯有擺脫私欲束縛，高度集中注意力，藝術想像力方能運生。莊子言：「用志不分，乃凝於神」（〈達生篇〉）。「出入六合，游乎九州」（〈在宥篇〉）。正表示意念必須清明，才有進入藝術想像的可能。

我國古代文藝理論家，向來即十分重視藝術想像的作用。《西京雜記》卷二記載司馬相如「賦心」之說：「賦家之心，包括宇宙，總覽人物，斯乃得之於內，不可得而傳」。同書引揚雄曰：「長卿賦不似從人間來，其神化所至耶」。「神化」的意義類於想像，由此可知，早在漢代，文人們便已注意到想像在文學創作中的引導作用。演變到了魏晉南北朝，遂以「神思」做爲想像的專用概念，正式將想像納入文學創作領域來加以討論。

陸機《文賦》在前人思想的基礎上，提出：「精鶩八極，心遊萬仞」；「觀古今於須臾，撫四海於一瞬」；「籠天地於形內，挫萬物於筆端」之說，認爲作家身心進入高度集中的想像後，便可把天地萬物籠罩於心內；萬物可以爲

〔註3〕　明代謝榛在《四溟詩話》中，曾寫道：「凡作文，靜室隱几，冥搜邈然，不期詩思遽生，妙句萌心，且含毫咀味，兩事兼舉，以就興之緩急。予一夕欹枕面燈而臥，因詠蜉蝣之句；忽機轉文思，而勢不可遏，置彼詩草，率書嘆世之語云：『天地之視人，如蜉蝣然；蜉蝣之觀人，如天地然；蜉蝣莫知人之有終也，人莫知天地之有終也』」。謝榛以個人經歷來說明詩人進入虛靜狀態後，會產生不可抑制的創作衝動，靈感一來，妙句橫生。（轉引同註1，頁17）

作家的筆鋒所趨役，藝術創作在此時，可說達到了極其自由的境界。

到劉勰《文心雕龍‧神思》的發表，則對想像活動的現象，有更具體的分析說明，這使「神思」說在當時，成爲最具系統的藝術想像論：

> 古人云：形在江海之上，心存魏闕之下，神思之謂也。文之思也，其神遠矣！故寂然凝慮，思接千載，悄然動容，視通萬里。吟詠之間，吐納珠玉之聲；眉睫之前，卷舒風雲之色，其思理之致乎？夫神思方運，萬途競萌，規矩虛位，刻鏤無形；登山則情滿於山，觀海則意溢於海，我才之多少，將與風雲而並驅矣。

劉勰認爲「神思方運」可「思接千載」、「視通萬里」，很顯然這是一種想像的神奇力量。當藝術家進入藝術構思時，想像一旦活躍，可能含有超越時空限制的意義，所以「登山則情滿於山，觀海則意溢於海」。甚至可以「規矩虛位，刻鏤無形」，通過想像，便可將這些無狀、無形、不定的事物予以規範化、形體化，就像陸機《文賦》所說的：「課虛無以責有，叩寂寞而求音」。

就字面上的理解，想像雖是任我遨遊，無方無位，無所限制的，但事實上，誠如李澤厚先生所分析的一般，藝術想像還是同主體情感與外物的相互作用分不開的：

> 藝術家要把心中不可見的意念化爲可見的藝術形象，離不開對外物形象的感知。但這種感知又不同於一般的感知，而是要通過對外物形象的感知，創造出表達藝術家心中某一意念（當然是屬於藝術範圍的，而不是其他的意念）的可見的藝術形象，因此，這種感知是與主體對外物的情感態度密切相聯的。（《中國美學史》第二卷下，頁830）

由於主體感知與外物相互作用始能產生想像，而此項活動主要是充分表達藝術家的思想感情，因而容有超出「常情」、「常理」之作。惠洪《冷齋夜話》曾言：

> 今人之詩，例無精彩，其氣奪也。夫氣之奪人，百種禁忌，詩亦如之。富貴中不得言貧賤事，少壯中不得言衰老事，康強中不得言疾病死亡事。脫或犯之，人謂之詩讖，謂之無氣，是大不然。詩者，妙觀逸想之所寓也，豈可限以繩墨哉！如王維作畫雪中芭蕉詩，法眼觀之，知其神情寄寓於物，俗論議以爲不知寒暑。

文中特別拈出「詩者，妙觀逸想之所寓也，豈可限以繩墨」的重要概念。所

謂妙觀逸想，指的正是作者豐富的想像力，這種藝術的想像力和科學的想像是根本不同的，前者屬於精神層次，後者則歸於物質要求。以詩畫爲例，王維繪畫的主題，王安石、東坡寫詩抒志的文辭，雖或超乎「常情」，可是卻傳世千古，這是因爲詩畫所表達的意象，乃是想像的結果，即使不符現實，但在「詩以奇趣爲宗，反常合道爲趣」（〈評柳詩〉）的審美標準下，雖是「反常」，只要「合道」，實不妨害其藝術價值的。

　　比惠洪略早的沈括，也曾在《夢溪筆談》中，發表過類似的概念：

書畫之妙，當以神會，難可以形器求也。世之觀畫者，多能指摘其間形象位置，彩色瑕疵而已；至于奧理冥造者，罕見其人。如彥遠評畫，言王維畫物，多不問四時。如畫花往往以桃杏芙蓉花同畫一景。予家所藏摩詰畫袁安臥雪圖，有雪中芭蕉。此乃得心應手，意到便成，故造理入神，迥得天意，此難可與俗人論也。

可見藝術想像的空間是相當寬闊，不受任何形框的束縛，西洋的抽象繪畫作品，適可以做最好的說明。

　　審美主體既是通過聯想和想像，對審美客體進行加工、改造，所以任何一種文藝表現，其對審美情趣的要求，幾乎都是一致的。東坡就曾提出：「古來畫師非俗士，摹寫物象略與詩人同。」（〈歐陽少師令賦所蓄石屏〉）的重要意念：

何人遺公石屏風，上有水墨希微蹤。不畫長林與巨植，獨畫峨眉山西雪嶺上萬歲不老之孤松。崖崩澗絕可望不可到，孤煙落日相溟濛。含風偃寒得眞態，刻畫始信天有工。我恐畢宏、韋偃死葬號山下，骨可朽爛心難窮。神機巧思無所發，化爲煙霏淪石中。古來畫師非俗士，摹寫物象略與詩人同。願公作詩慰不遇，無使二子含憤泣幽宮。

石屏上本無圖畫，東坡卻根據隱約石紋，幻想成一幅萬歲不老的雪嶺孤松圖，藉由孤松聯想到已故的畫家畢宏及韋偃的「神機巧思」和不幸遭遇。這種無中生有的表現方法，乃是東坡運用想像的突出表現。

　　除此，在〈次韻吳傳正枯木歌〉，東坡也傳達了與上面相同的概念：

天公水墨自奇絕，瘦竹枯松寫殘月。夢口疏影在東窗，驚怪霜枝連夜發。生成變壞一彈指，乃知造物初無物。古來畫師非俗士，妙想實與詩同出。龍眠居士本詩人，能使龍池飛霹靂。君雖不作丹青手，

詩眼亦自工識拔。龍眠胸中有千駟，不獨畫肉兼畫骨。但當與作少
陵詩，或自與君拈禿筆。東南山水相招呼，萬象入我摩尼珠，盡將
書畫散朋友，獨與長鋏歸來乎。

他認爲「詩畫本一律」，兩者具有多方面相通的藝術創作特徵，而想像便是詩
人畫家描繪對象時，所共同使用的一種手法。東坡口中的「妙想」，指的就是
所謂的「想像」，與惠洪的「妙觀逸想」，其義相當。而在東坡自己的詩文創
作中，亦屢有提及「想像」一詞者，如：「聞道石最奇，窹寐見怪狀，峽谷富
奇偉，得一知幾喪，苦恨不知名，歷歷但想象」（〈山峽〉）、「洪荒無傳記，想
像在羲媧，此事今安有，遺蹤我獨嗟（〈游洞之日，有亭吏乞詩，既爲留三絕
句于洞之石壁，明日至峽州，吏又至，意若未足，乃復以此詩授之〉）等等。
在其豐碩的文學遺產中，甚至有許多是充滿奇想，極富浪漫色彩的文學作品，
〈後赤壁賦〉一文，正乃其中殊傑者。經由想像力的點化，該文充滿著「羽
化登仙」的奇趣，如幻似眞，使得文藝的審美張力，達到至高境地，讓人望
塵莫及，可謂境開〈遠遊〉的另一章。又如〈書李公擇白石山房〉一詩：「偶
尋流水上崔嵬，五老蒼然一笑開，若見謫仙煩寄語，康（匡）山頭白早歸來。」
〈和子由記園中草木〉：「不愛當夏綠，愛此及秋枯。黃葉倒風雨，白花搖江
湖。……安得雙野鴨，飛來成畫圖。」可見，透過作者的像力，不僅可以昇
華意象的美感及增加氣韻，也帶給欣賞者一種特別的審美享受，給讀者一個
充分想像的餘地。

　　東坡不僅在自我作品中，表現出想像的無限張力，他在評論詩畫的當時，
也經常運用這種思維能力和表現方法，題畫詩〈續麗人行〉即是一例。此詩
之作，乃是在品覽唐代名畫家周昉的背面欠伸宮女圖和杜甫〈麗人行〉詩之
後，所引發的聯想，誠如吳枝培先生所形容：「見畫生情，緣情吟詩，又是詩
隨情遷，詩中有畫。詩情畫意，躍然紙上。不僅拓展了畫的內容，並且深化
了畫的主題。」〔註4〕

　　除了〈續麗人行〉一詩充滿聯想奇趣外，在東坡另一首題畫詩裡，也表
現了同樣的藝術手法。〈郭祥正家醉畫竹石壁上，郭作詩爲謝，且遺二古銅
劍〉：「空腸得酒芒角出，肝肺槎牙生竹石。森然欲作不可回，吐向君家雪色
壁。」作者因空肚飲酒，一時腸腹內、肝肺彷彿長了芒刺的竹子和槎牙的竹

〔註4〕 參見吳枝培先生所撰〈讀蘇軾的題畫詩〉（收錄在《古代文學理論研究》第九
　　　 輯），頁195。

石。引發他起身做畫的動機；在創作欲望衝動下，蜇想聯翩，不吐不快，遂趁著酒興，將心中意象具體地形諸朋友家宅的牆壁上，想像力的無遠弗屆，令人不得不稱奇。

　　想像向來是中國古代文藝理論研討的重點之一。雖然它是主體感知與客觀外物相互作用所產生的活動，但是細審之，不難發現，主體感知之間卻有其不可忽視的差異性存在。換言之，不同的主體，就會產生不同的感知，它是沒有絕對的固定模式，其中的變數主要是決定在每個主體的先天氣質、生活閱歷及學習環境等因素上；所以生活閱歷愈深廣，腹笥愈豐厚的審美主體，往往能夠保持想像能力的常新，浮想客體的各種奇趣，在想像世界裡滲透自我的品格和情趣，讓讀者所認識的審美客體，有了更深刻的再現意義。在這方面，東坡確實做出了傑出的貢獻，他把想像做為聯繫詩情與畫意的中間橋樑，又在自己創作領域中，充分發揮了想像的巨大空間，這對後代文藝理論形成的周延性，無異是具備了啟發的意義！

第三節　靈　感

　　所謂靈感，指的是藝術創作過程中的興會作用。它往往出現在想像力最活躍、最豐沛的階段，是神思活動進行到最高潮時，藝術家所展現的一種高度興奮狀態。其湧現具有相當的偶然性，事先無法預測，常常是不期而遇，故司空圖《詩賦》如此形容：「神而不知，知而難狀。」正因為它具有「恍然而來，不思而至」的瞬間特性，所以，創作者永遠無法掌握它的存在，只能說它是可遇而不可求。但是，一旦時機成熟，靈感爆發，創作者趁興揮筆，卻即能成就一篇篇栩栩如生的傑作。

　　最早提出藝術創作的靈感問題並對其進行具體分析及生動描繪者，乃是晉朝的陸機：

> 若夫感應之會，通塞之紀，來不可遏，去不可止。藏若景滅，行猶響起。方天機之駿利，夫何紛而不理。思風發於胸臆，言泉流於唇齒。紛葳蕤以馺遝，唯毫素之所擬。文徽徽以溢目，音冷冷而盈耳。及其六情底滯，志往神留，兀若枯木，豁若涸流，攬營魂以探賾，頓精爽於自求。理翳翳而愈伏，思軋軋其若抽。是以或竭情而多悔，或率意而寡尤。雖茲物之在我，非余力之所戮。故時撫空懷

　　而自惋，吾未識夫開塞之所由也。(《文賦》)

文中所稱「應感之會」即靈感，指的是心靈對外物事理的感應作用。陸機對藝術創作中靈感現象的存在，有相當客觀、眞實及生動的描繪。他認爲靈感暢達無阻時，文思泉湧，再繁富的景象，也能書之筆端；反之，如果感應阻塞，六情停滯，則文思抽引自然艱澀，所以，藝術的創作，即使用力再多，也可能「耗盡情思多遺恨」；而有時率意爲之，卻又「反少過尤」，這其中的關鍵，便在於有無靈感的興發。

　　靈感問題自陸機提出之後，漸漸受到文藝理論家的重視，咸認爲作文的成功與否，受靈感興發的影響很深，如沈約在《宋書‧謝靈運傳論》中，稱謝氏詩歌能有自然清新之美，蓋因其爲「興會標舉」之物〔註5〕；而顏之推在《顏氏家訓‧文章》中，亦持相同看法，他特別指出所謂的文章，實乃「標舉興會，發引性靈」的具體表現〔註6〕。到了齊梁劉勰，不單重視創作靈感的湧現，更進一步注意到靈感的培養問題。《文心雕龍‧養氣》開首便道：

　　昔者王充著述，制養氣之篇，驗己而作，豈虛造哉！夫耳目鼻口，
　　生之役也；心慮言辭，神之用也。率志委和，則理融而情暢；鑽礪
　　過分，則神疲而氣衰；此性情之數也。

在這篇文章中，劉勰以爲人唯有在神氣、精力充沛之時，才可能產生興會作用。因爲，靈感作用是經過長時間的神思，而在最高潮時才迸發的，如果心氣過於疲累，神情蕭索，就不太可能興發靈感。以此觀點參照同書〈神思〉篇，則見：「秉心養術，無務苦慮，含章司契，不必勞情」之說。清人紀昀便據此評述〈養氣〉篇云：「此非惟養氣，實亦涵養文機，神思篇虛靜之說，可以參觀。彼疲因躁擾之餘，烏有清思逸致哉！」所謂「涵養文機」指的就是培養靈感，而培養的方法乃是「清和其心，調暢其氣」，也惟有讓藝術家進入

〔註5〕《顏氏家訓》卷上〈文章〉云：「夫文章者，原出五經：詔命策檄，生於《書》者也；序述論議，生於《易》者也；歌詠賦頌，生於《詩》者也；祭祀哀誄，生於《禮》者也；書奏箴銘，生於《春秋》者也。朝廷憲章，軍旅誓誥，敷顯仁義，發明功德，牧民建國，施同多途。至於陶冶性靈，從容諷諫，入其滋味，亦樂事也。行有餘力，則可習之。然而自古文人，多陷輕薄……每嘗思之，原其所積，文章之體，標舉興會，發引性靈，使人矜伐，故忽於持操，果於進取」。」見《中國歷代文學論著精選》上冊（華正書局，民國73年），頁312。

〔註6〕《宋書》卷六十七〈謝靈運傳論〉有言：「爰建宋氏、顏、謝騰聲，靈運之興會標舉，延年之體裁明密，並方軌前秀，垂範後昆。」見《中國歷代文學論著精選》上冊，頁171。

最佳的心神狀態，才有迸發靈感的可能。

事實上，創作靈感的興發，經由保神養氣的途徑外，現實生活經驗的累積，亦是產生靈感的重要基礎。藝術家在長期生活磨鍊之後，才能從容引發創作靈感。關於這一點，清代文學家袁守定曾有十分精闢的論述：

> 文章之道，遭際興會，攄發性靈，生於臨文之頃者也。然須平日餐
> 經饋史，霍然有懷，對景感物，曠然有會，嘗有欲吐之言，難遏之
> 意，然後拈題泚筆，忽忽相遭。得之在俄頃，積之在平日。昌黎所
> 謂有諸其中是也。舍是雖刳精竭慮，不能益其胸之所本無。猶探珠
> 於淵而淵本無珠；采玉於山而山本無玉，雖竭淵夷山以求之，無益
> 也。（《占畢叢談》第五卷〈談文〉）

這段話說明作家生活經驗的累積，是靈感產生的源泉，所以，靈感的爆發雖具偶然、智暫的特性，但其淵源於作家平日生活的多方累積，卻是不容忽視的事實。

中國古代文藝家向來強調「讀萬卷書，行萬里路」，這是因為「觀物有感」也是誘發靈感的一項重要因素。因為人類心靈受到宇宙事物萬象的牽引，產生興會，感動愈深，興會愈濃。劉勰《文心雕龍・物色》篇說得好：

> 是以詩人感物，聯類不窮。流連萬象之際，沈吟視聽之區；寫氣圖
> 貌，既隨物以宛轉；屬采附聲，亦與心而徘徊。……若乃山林皋壤，
> 實文思之奧府，略語則闕，詳說則繁。然屈平所以能洞監風騷之情
> 者，抑亦江山之助乎！

因為萬里路的景象與萬卷書的蘊藏，彼此間環環相應，靈感瞬間勃發，只要把握這種不期然的巧遇，便可錘煉成一篇篇美文佳作。蘇洵〈上歐陽內翰第一書〉也談到：

> 讀之益精而其胸中豁然以明，若人之言固當然者，然猶未敢自出其
> 言也。時既久，胸之言日益多，不能自制。

唯其「胸中之言日益多，不能自制」，才會有神來之筆以助成之。以這種不能自制的強烈感情，將豁然以明的客觀事物表達出來，方所謂「得之心而書之紙」（蘇洵〈上田樞密書〉）！

至於東坡，除了根據自己和他人的創作經驗外，也在蘇洵「不能自制」說的基礎上，全面地論述了創作中的靈感問題。

他認為靈感的發生，主要是建立在對客觀現象「熟視」的基礎上，是客

觀事物有觸於中而激發起來的強烈創作慾望、創作衝動。從「意在筆先」的
觀念出發，東坡談到了創作靈感湧現的問題。他認爲任何優秀文學作品的產
生，決非作家有意力強而致，而是無意中，不得不然的觸發：

> 山川之秀美，風俗之樸陋，賢人君子之遺跡，與凡耳目之所接者，
> 雜然有觸于中，而發於詠嘆，非勉強所爲之文也。（〈南行前集敘〉）

所以，他特別強調「不能自已」的創作激情，也就是靈感的迸發。

東坡對靈感的重視，尚可由其主張爲文要胸懷千駟，不吐不快，才可秉
筆，反對腸枯思竭、向壁虛設的立場上，窺見一斑。任何文藝的創作，如果
缺乏靈感的興發，則其艱苦性是可以想像的。在〈次韻孔毅父集古人句見贈
五首〉中，東坡寫道：「詩人雕刻閑草木，搜抉肝腎神應哭。」詩人爲營造形
象、境界，嘔心瀝血，不斷「搜研物情，刮發幽翳」（〈祭張子野文〉），努力
挖掘創作素材、內容，其探索過程是艱辛、痛苦的。倘若這一切是出於靈感
興發，「充滿勃鬱而現于外」（〈南行前集敘〉），得之心而書之紙，文章便可弸
中而彪外，其艱苦性自然減弱許多，而且氣勢恢宏，遠非強力爲文、掏盡心
思者，所能比擬。所以，在描述畫家郭忠恕作畫情景時，東坡再次表現了他
一貫「不得不然」的經驗和立場：

> 有求者，必怒而去；意欲畫，即自爲之，郭從義鎮岐下，延至山亭，
> 設絹素粉墨于座。經數月，忽乘醉就圖之一角，作遠山數峰而已。（〈郭
> 忠恕畫贊敘〉）

敘中，對於郭忠恕任自然、反勉強的創作態度，十分推重，這正與他重興會
的見解，是不謀而合的。

事實上，對於這種靈感湧現當時的創作激情，在東坡其他詩文作品中，
有著許多相當精彩的形容：

> 新詩如彈丸，脫手不移晷。（〈次韻王定國謝韓子華過飲〉）
> 新詩如脫兔，脫手不暫停。（〈次韻答王鞏〉）
> 好詩眞脫兔，下筆先落鶻。（〈送歐陽惟官赴華州監酒〉）
> 興來一揮百紙盡，駿馬倏忽踏九州。（〈石蒼舒醉墨堂〉）
> 當其下手風雨快，筆所未到氣已吞。（〈王維吳道子畫〉）
> 子舟之筆利如錐，千變萬化皆天機。（〈戲詠子舟畫兩竹兩鸜鵒〉）
> 覺來落筆不經意，神妙獨到秋毫顚。（〈見吳道子畫……子駿以見遺
> 作詩謝之〉）

從以上描述中可知，東坡於靈感興發當時，影響到創作的種種現象，有著深切的體會和關注。雖然早在魏晉南北朝陸機、劉勰等人，已注意到這種現象存在的要，但諸人也只作形象性的括敘述，未能形成一個統一的概念，因此，才會對其發生與消失的具體原由，感到困惑不解——「時撫空懷而自惋，吾未識夫開塞之所由也」。到了東坡，他不僅是從創作甘苦角度發言，強調如何積極捕捉靈感，甚至還以實際體驗來梳理這項文藝創作的特殊規律。

東坡深刻的理解到靈感的湧現是有其偶然性的限制，不能長期持續，因為它是精神高度集中的表現、激情的突然爆發，所以不可能持久。因此，它特別強調藝術家要善於掌握時機，努力捕捉稍縱即逝的藝術形象：「茲游淡薄歡有餘，到家恍如夢蓬蓬。作詩火急追亡逋，清景一失後難摹」（〈臘日游孤山訪惠勤惠思二僧〉）。東坡游賞孤山，為其景色所吸引，產生強烈的創作慾望，歸來急忙動筆，深怕腦中「清景」褪色，稍縱即逝，記憶呈現模糊。正因為詩人深刻了解到審美客體的意象把握，是有其時間限制，一旦事過境遷，便難以再掌握，所以，東坡曾在〈湖上夜歸〉一詩中，再度提出「清吟雜夢寐，得句旋已忘」的深刻體會，詩人於夢寐中，吟詠作詩，一覺醒來，原有的詩句，立刻遠颺，不復可尋。這種好不容易捕捉到意象，隨即又失卻的情況，一直是歷來文人創作的痛苦經驗。而在描述蜀人孫知微作畫情景時，詩人仍然表示了相同概念：

> 始，知微欲於大慈寺壽寧院壁作湖灘水石四堵，營度經歲，終不肯下筆。一日，倉皇入寺，索筆墨甚急，奮袂如風，須臾而成，作輸瀉跳蹙之勢，洶洶欲崩屋也。（〈書蒲永升畫後〉）

孫知微在「營度經歲」後，仍不肯下筆，直到一日，忽然靈感湧現，不敢耽誤，連忙入寺，操觚執筆，立即畫就。所謂「倉皇」、「甚急」、「如風」、「須臾」，正是靈感爆發時，創作激情高漲的特色表現；因為繪畫如同寫作，需要靈感的激發，使作者「奮袂如風，須臾而成」，迅速捕捉到對象的強烈特徵，得心應手地將它轉化為動感的藝術成果。在〈答謝民師書〉中，東坡嘗形容：「求物之妙，如繫風捕影」。指的便是藝術形象捕捉之難，如風如影，忽隱忽現，轉瞬即逝，捉摸不定；故能掌握、捕捉者，便能得物之妙，使是物了然於心，而不是浮光掠影，一閃而過，茫然無動於心。

另外，東坡在〈文與可畫篔簹谷偃竹記〉中，也具體談到靈感湧現時的創作情形：

> 故畫竹必先得成竹於胸中，執筆熟視，乃見其所欲畫者，急起從之，
> 振筆直遂，以追其所見，如兔起鶻落，少縱即逝矣。

據了解，文與可在平日，即過著與竹息息相關的生活──「朝與竹乎爲游，暮與竹乎爲朋，飲食乎竹間，偃習乎竹蔭，觀竹之變也多矣」（蘇轍〈墨竹賦〉）。故其創作的靈感，許多是來自生活的體驗。因此，就繪竹一事而言，文與可可以說是早已「胸有成竹」，隨時掌握竹的整體意象。直到其「執筆熟視」的經營安排後，形象則更清晰可見，於是靈感勃發，立刻「急起從之，振筆直遂，以追其所見」，速度之迅捷，有「如兔起鶻落」，否則，稍有延宕，靈感便會「少縱即逝矣」。

東坡除了對旁人創作靈感的來臨有著生動的描繪外，亦曾自述其繪畫靈感的衝動：「空腸得酒芒角出，肺肝槎牙生竹石，森然欲作不可回，吐向君家雪色壁」（〈郭祥正家醉畫竹石壁上〉）。藉酒助興，靈感瞬間勃發，在勢「不可回」的強烈創作激情下，藝術家傾注所有的美感知覺，捕捉住刹那閃光，從事渾然忘我的創作。

由於深刻意識到靈感「如兔起鶻落，少身即逝矣」、「清景一失後難摹」的特點，所以，東坡一再強調一旦「有觸於中」，就必須「急起從之，振筆直遂」，將「了然於心」的藝術形象，盡快「達之於口與手」，創造出有意境的作品。由此可知，在東坡靈感論中，注意到技巧的學習與生活的累積是同樣重要，如果其中有所忽略，便會造成「心識其所以然，而不能然」、「凡有見於中而操之不熟者，平居自視了然，而臨事忽喪焉」等等心手不一的憾恨，屆時，縱有靈感之來，也是枉然的。

第四節　物　化

「物化」乃藝術構思的最高境界，是藝術家的主體與創作對象的客體合而爲一時的一種精神狀態。物化理論最早是從哲學上的概念發展而來，所謂「不知所以生，不知所以死，不知就先，不知就後，若化爲物」（《莊子·大宗師》）。莊子以爲只要對人世的是非得失採取超功利的態度，那麼物與我自然能達到高度的和諧統一；〈達生〉篇亦談到：「工倕旋而蓋規矩，指與物化而不以心稽，故其靈台一而不桎。」在此，莊子借工匠倕在制訂器物過程中技藝高妙、心手與對象之間沒有任何障礙爲喻，說明從「心與物化」到「手

與物化」，可以「因物施巧」，由於「心」「物」之間無有距離，無得滯礙，故主體可在兩者「一而不桎」的思想狀態中自由創作，進入「神化」境地，其所制器，也就可以達到「用志不分，乃凝於神」的境界。

　　除此，在莊子〈齊物論〉中，也對「物化」的思想狀態，作了最直接的論述：

> 昔者莊周夢爲蝴蝶，栩栩然蝴蝶也。自喻適志與，不知周也。俄然覺，則蘧蘧然周也。不知周之夢爲蝴蝶與？蝴蝶之夢爲周與？周與蝴蝶，則必有分矣。此之謂物化。

莊周本不同於蝴蝶，蝴蝶亦異於莊周，兩者截然有別，本不對等，但是，莊周進入夢境，卻發現自己變成蝴蝶，翩翩飛舞，逍遙自在，待夢醒時分，則又還復到莊周，刹那間，弄不清楚是莊周做夢變成蝴蝶或蝴蝶做夢變成莊周？這種審美主體與客體對象交融統一、物我不分的現象，正是「物化說」的最佳體驗。莊子把物我合一的精神聯繫，視爲審美過程的重要活動，這對後來中國美學的發展，產生了極大的影響。

　　先秦以後的文論家、藝術家承繼了哲學上莊子的「物化」思想後，便在自己的學術、創作領域內，對「物化」說進行各種角度的闡釋、發揮。這其中又以畫論家的表現，最爲傑出。畫論家總結彼此的繪畫經驗，具體闡釋了「物化」說中的最佳創作心境。唐詩人符載〈觀張員外畫松石序〉一文，便論述了著名畫家張璪畫〈松石圖〉時，處於「神化」情狀的創作心境，他指出：

> 觀夫張公之藝非畫也，眞道也。當其有事，已知遺去機巧，意冥玄化，而物在靈府，不在耳目。故得于心，應于手，孤姿絕狀，觸毫而出，氣交沖漠，與神爲徒。

這是對張璪畫松石圖時，所達到的物化境界的生動描繪。所謂「遺去機巧，意冥玄化」，說明藝術家在構思過程中，由虛靜而進入物化的精神狀態；當藝術家揮毫作畫時，其內心已與客觀世界相互冥合，由「技進乎道」、達到「心手相應」，審美對象的「物」，此刻完全融入創作者深層的「靈府」之中，而不是停滯在創作主體的「耳目」表層知覺上，這種藝術創作的最高心境，即爲「物化」，所以符載才會對張璪之絕藝發出佩服讚嘆之聲：「非畫也，眞道也。」

　　另外，在張彥遠《歷代名畫記敘論·論顧陸張吳用筆》中，也論及到畫

聖吳道子作畫不用「界筆直尺」，而能有「彎弧挺刃，植柱構梁」之妙。張氏認爲吳道子之畫能達神妙之境，蓋因其創作過程中，能「守其神，專其一」，處於虛靜明鑒的心境，故能「合造化之功」，不假人力，全憑神運。

這種藝術構思中最高境界的出現，並非偶然，所謂「用志不分，乃凝於神」，藝術家必須長期觀察客觀事物，能直覺掌握對象的內在本質規律，如庖丁解牛「批卻導窾，官止神行」後，才可在心與物化、手亦與物化的基礎上，將平日所蓄積的感情，任意渲流，「行於所當行，止於不可不止」，繼而創作出高妙的藝術境界。故金聖嘆在《水滸傳‧序一》中，提到藝術的表現張力，特別區分爲三種層次：

> 心之所至，手亦至焉者，文章之聖境也；心之所不至，手亦至焉者，
> 文章之神境也；心之所不至，手亦不至者，文章之化境也。

金聖嘆以爲最理的境界，乃是心與手化，手與物化等自然無爲而人工雕琢的「化境」。這種情景交融，妙合無垠的美學境界，是根基於長期的「飽游飫看」（郭熙《林泉高致集》），深入觀察。晉朝顧愷之〈論畫〉曾道：「美麗之形，尺寸之制，陰陽之數，秆妙之跡，世所並貴。神儀在心，而手稱其目者，玄賞則不待喻。」畫家必須遍歷、廣觀，心契神會，才能促使藝術的表現手法與作者敏銳的目光相妙合，達到「不言而喻」、「手稱其目」的最佳審美心境。所以，在《水滸傳‧序三》中，金聖嘆特別盛讚施耐庵所以能完成《水滸傳》佳構，並將其藝術價值推向「化境」之高，此乃因施氏長期「格物」的結果：

> 施耐庵以一心所運，而一百八人各自入妙者，無他，十年格物而一
> 朝物格，斯以一筆而寫百千萬人，固不以爲難也。

金氏認爲施耐庵在經過長期的體會、觀察，研究現實生活中各式人物的主要特徵後，才寄情筆墨，遂能創造出各具特色的故事人物。

物化境界的追求，不唯繪畫，詩文之理亦然，必如此然後詩文始工。像陶淵明的「采菊東籬下，悠然見南山，山氣日夕佳，飛鳥相與還。此中有眞意，欲辨已忘言。」因「眞意」而「忘言」，意與境會，審美主體的「意」和審美客體的「境」互相滲透、融合、統一，促使「適意」的審美理想，達到高峰，心物合一，所以能得其妙境。

又如柳宗元〈始得西山宴遊記〉一文，對「心凝神釋，與萬化冥合」境界的描繪，亦特爲生動：「悠悠乎與灝氣俱，而莫得其涯；洋洋乎與造物者

游，而不知其所窮。」這種人與自然合一的高度自由的哲學境界，正是一種最理想的審美心境。另外，在司空圖《二十四詩品》中，所主張的詩歌藝術風格，也以物化境界爲最高鵠的。他特別強調藝術家的主體和創作對象的客體之間的融合。如：「素處以默，妙機其微」（〈沖淡〉）；「天地與立，神化攸同」（〈勁健〉）；「超以象外，得其環中」（〈雄渾〉）；「遇之自天，泠然希音」（〈實境〉）等等。

　　由此可知，「物化」一直是歷來文藝家追求的最高境界，東坡也不例外，自然要將其視爲文藝理論中的重要課題，而其本人在這方面的多項體驗，事實上也要比前人的論述，更爲深刻。如他在〈書晁補之所藏與可畫竹〉一詩中，這樣寫道：

> 與可畫竹時，見竹不見人；豈獨不見人，嗒然遺其身。其身與竹化，
>
> 無窮出清新；莊周世無有，誰知此疑神。

東坡讚揚與可畫竹，畫出無我境界。其作畫之際，凝思至極，乃至於「見竹不見人」、「嗒然遺其身」，可知，東坡以爲創作當時，不僅要心無旁騖，注意到審美對象的觀照，更重要的是，應進入「其身與竹化」的「物化」之境。審美主體若能融入創作客體中，便能「遺其身」，把握住審美對象的內在本質、精神，從而將「身」與「竹」化，使作品產生「無窮出清新」的美質。這種審美主體與客體完全融和達「神與物游」的境界，不唯東坡感悟良深，就連詩中主人翁與可本人，亦曾自述這種「遺身」、「凝神」的渾然感受：

> 始也，余見（竹）而悅之，今也悅之而不自知也。忽乎忘筆之在手
>
> 與紙之在前，勃然而興而修竹森然。（蘇轍〈墨竹賦〉引）

與可在畫竹的過程中，把自己的全部精神力量投入創作對象「竹」的身上，人隨物化，物被人化，物性人情，融成一體，達到竹我兩化。這說明了「身與竹化」是一切成功藝術家的最高精神境界，是傳神論創作活動中的一個關鍵因素，它深刻揭示了畫家創作成功的內在奧秘。所謂「心所不至，筆先至焉」，「心」與「筆」化，筆上有心，所以，這種心物高度冥化的境界，是決定作品成功與否的重要條件之一。東坡在〈篆般若心經贊〉及〈虔州崇慶禪院新經藏記〉中，也表示了這方面的見解：

> 心存形聲與點畫，何暇復求字外意？……心忘其手，手忘筆，筆自
>
> 落筆非我使。
>
> 口必至于忘聲而後能言，手必至于忘筆而後能書，……口不能忘聲，

> 則語言難于屬文，手不能忘筆，則字畫難于刻雕。及其相忘之至也，
> 則形容心術，酬酢萬物之變，忽然而不自知也。

其實，古往今來，這種在創作中，主體嗒然遺其身的情形是屢見不鮮的，它消融了生活與藝術，主體與客體間的障礙，打破了彼此的界限，使藝術境界由此更爲開闊！

與可所以專擅繪竹，也就是在於其能夠「身與竹化」，而促成這項成就的真正關鍵，則是建築在其日常生活的深刻體驗上。與可任洋州太守時，曾在篔簹谷竹林中，修築了一個亭子，日與竹林爲友，遨遊谷中，與妻子「燒筍晚食」，故與可可謂胸懷千畝修竹〔註 7〕，日暮玩賞，盡觀修竹的生長特性，掌握其內在理趣，成竹於胸中，既能曲盡其形，又能得其神理，故子由曾作〈墨竹賦〉以贈與可，藉庖丁解牛，輪扁斫輪，喻與可繪竹技藝傳神，遊刃有餘，運斤成風，達到「物化」境界：

> 庖丁，解牛者也，而養生者取之；輪扁，斫輪者也，而讀書者與之，
> 今夫夫子之托于斯竹也，而予以爲有道者則非耶？

同樣的，東坡在〈歐陽少師令賦所蓄石屏〉一詩中，亦稱讚歐陽修家藏石屏上隱現的紋采，像一幅「峨眉山西雪嶺上萬歲不老之孤松」的水墨畫，畫藝之精妙，則是「崖崩澗絕可望不可到，孤煙落日相溟濛；寒風偃蹇得真態，刻畫始信天有工」，想像這位畫家唯有神遇默會，心物相契，才能觀物取象，得其象外之象，景外之景，韻外之致，味外之旨，而成此妙品。所以，倘若不能透過日常生活的觀察、體悟、實踐，進而與物俱化，則不可能達到「寒風偃蹇得真態，刻畫始信天有工」的境界。

在東坡自己實際創作中，最能體現「物化」說理論者，便是在黃州所作的「海棠詩」。

東坡本生長於西蜀「海棠香國」，但由於早年尚無深刻的生活閱歷及精神體悟，所以未見有詠海棠的詩篇，直到元豐三年，東坡被貶黃州的初期，因寓居定惠院，而院東的柯山一角，雜樹叢生之中，獨有海棠一株，朝夕相處，心靈感通，始寫下這道題名〈寓居定惠院之東，雜花滿山，有海棠一株，土人不知貴也〉的不朽名篇：

〔註 7〕 東坡在〈和文與可洋川園池三十首〉中的〈篔簹谷〉一詩中寫道：「漢川修竹賤如蓬，斤斧何曾赦籜龍。料得清貧饞太守，渭濱千畝在胸中。」（《蘇軾詩集》卷十四）

江城地瘴蕃草木，只有名花苦幽獨，嫣然一笑竹籬間，桃李漫山總
粗俗。也知造物有深意，故遣佳人在空谷，自然富貴出天姿，不待
金盤薦華屋。朱唇得酒暈生臉，翠袖卷紗紅映肉，林深霧暗曉光遲，
日暖風輕春睡足，雨中有淚亦淒愴，月下無人更清淑。先生食飽無
一事，散步逍遙自捫腹，不問人家與僧舍，拄杖敲門看修竹。忽逢
絕豔照衰朽，嘆息無言揩病目。陋邦何處得此花，無乃好事移西蜀。
寸根千里不易致，銜子飛來定鴻鵠。天涯流落俱可念，為飲一樽歌
此曲。明朝酒醒還獨來，雪落紛紛那忍觸。

這首海棠詩真可謂「思風言泉，真情奔放」，感人至深。由於詩人的內在心情
與海棠的孤高雅潔交相契點，物我一體，乃能臻此妙境。所以，清代紀昀不
禁評賞道：「純以海棠自寓，風姿高秀，興象深微，後半尤煙波跌蕩。此種真
非東坡不能，東坡非一時興到亦不能」（《蘇文忠公詩集》）。總之，詩人不僅
「游於物外」，且又「寓意於物」，在自我主觀意識與客觀外物統一的基礎上，
反映出無窮的「天工與清新」！這類高華自然的作品，其創作歷程，誠如唐
人王昌齡〈詩格〉中所言：「神之于心，處身于境，視境于心，瑩然掌中」、「神
會于物，因心而得」。

　　這種主客體的交融、統一的藝術情境，東坡自己有一首偈語，恰足以說
明：〔註8〕

　　若言琴上有琴聲，放在匣中何不鳴？若言聲在指頭上，何不于君指
　　上聽。

只有主（指）客（琴）體的接觸、相融，才能產生美妙的藝術作品，換言之，
「美」是建築在主客觀統一的基礎上。其實，在〈六觀堂老人草書〉中，東
坡也再次發表了類似的看法：

　　物生有象象乃滋，夢幻無根成斯須。方其夢時了非無，泡影一失俯
　　仰殊。

很顯然的，東坡這一系列的藝術妙思，是受到莊子〈齊物論〉「天地與我並生，
而萬物與我為一」的「物我同一」說的影響。

　　就文藝創作的過程而言，藝術家要進入物化的境界，就必須有空、靜的
心靈，先摒除主觀雜念和陳見，融主客觀為一體，正如陸機所形容的「收視

〔註8〕　東坡這一首偈語係從《楞嚴經》：「雖有妙音，若無妙指，終不能發。」中悟
　　　　得者。

反聽，耽思傍訊，精騖八極，心游萬仞」、劉勰所說的「神與物游」。因爲有了「靜」，才能看清客觀事物的發展規律；有了「空」，才能廣泛地納取萬事萬物。在此基礎上，作家才能掌握描寫對象的特點，表現其神情，尤其是不易被人們所注意的事態，讓主體知覺完全沈浸在客體對象之中，展現出高層次的審美趣味。所以，在〈高郵陳直躬處士畫雁二首〉之一中，東坡寫道：

> 野雁見人時，未起意先改，君從何處看，得此無人態。無乃槁木形，
>
> 人禽兩自在。北風振枯葦，微雪落璀璀；慘澹雲水昏，晶瑩沙礫碎。
>
> 弋人悵何慕，一舉渺江海。

陳氏因無機心，如同莊子所說的「形若槁木」，故能與雁和平共處，實地觀察其生活，感受到「人禽兩自在」的和諧關係，傳神地捕捉到「無人態」的野雁情貌，表現出「無我」的藝術效應。

在物我同一的和諧性上，東坡則主張要以觀賞的態度，超脫欲念利害關係，使客觀世界的一切都成爲審美觀照的對象。荀子〈正名〉篇中，曾提出審美要求應「重己役物」，而不是「己爲物役」，東坡在此基礎上，做了進一步的靈活推展——是可以「寓意于物」，而不要「留意于物」（〈寶繪堂記〉）。寓意于物者，意屬主體，主體既保有審美的自覺、創作的自由，則此時意匠，可以化物，而不爲物使；留意於物者，意被物役，拘執意表，則難以產生眞正的美感。所以，游於物外而又能寓意於物，以意攝物者，才能獲得審美享受，如此才能「其神與萬物交，其智與百工通」（〈書李伯時山莊圖後〉）。

第六章 文藝形象論

　　藝術形象的構成及其特徵，一直是文藝創作理論中的一個基本問題。所謂意象，正是文藝作品中藝術形象的一種統稱。它是構成文學作品內容的基本因素，有別於客觀現實的「物象」，前者屬於主觀創造，後者則是客觀存在。而意象它不僅可以是客觀現實物象的反映，也可以是現實中虛構的、想像的物象的一種反映。但值得注意的是，意象雖是主觀的創造，卻仍離不開客觀存在的基礎，蓋作者主觀的「意」和外界客觀的「象」，相互交融合一，始為「意象」之構成。所以，意象並非是物象簡單的複映，而是人們在「物象」基礎上的一種心靈創造。

　　意象所以作為文學理論的概念，最早是從哲學思想中得到啟發：

　　　　仰則觀象於天，俯則觀法於地，觀鳥獸之文與地之宜，近取諸身，
　　　　遠取諸物，於是始作八卦，以通神明之德，以類萬物之情。（《易傳‧
　　　　繫辭》下）

藉客觀物象以「通神明之德」、以「類萬物之情」，這是符合主觀情意和客觀物象的統一原則，亦即所謂「立象以盡意」（《易傳‧繫辭》上）的觀點。

　　雖然，意象的概念遠在先秦便已萌生，但是，從文學理論發展的過程來看，魏晉初期，文人對「它」的掌握，還是偏重在描摹客觀物象的層次上。陸機《文賦》就說：「雖離方而遁圓，期窮形而盡相。」指明文學作品是應當側重於描繪真實物象，隨物賦形，盡物之態的。而真正自覺到主、客觀「意」、「象」的同等並列，並將其視為藝術形象的一個概念，進而指出物象應與情意相稱者，是要到劉勰之後，才形成的統一理念。唐人司空圖《詩品‧縝密》中說：「意象欲出，造化已奇。」作家筆下的自然外物，在瞬間經過主體感化

之後，其形成之時，也就是意象成熟之際，所以，顯得十分神奇。

很明顯的，意象概念的構成，是建立在審美過程中主體和客體統一關係的認知上，它指出了藝術的本質乃在人心感物的結果，是一種心物交融和主客體交互作用的過程。有關這方面的體認和原則的把握，東坡是十分深刻且成熟的。

第一節　意象的塑造

一、眞實性

北宋著名詩人梅堯臣曾經說過：

> 詩家唯率意而造語亦難。若意新語工，得前人所未道者，斯爲善也。必能狀難寫之景，如在目前；含不盡之意，見於言外，然後爲至矣。……作者得於心，覽者會以意，殆難指陳以言也，雖然，亦可以略道其彷彿。若嚴維「柳塘春水漫，花塢夕陽遲」，則天容時態，融和駘蕩，豈不如在目前乎？又若溫庭筠「雞聲茅店月，人跡板橋霜」；賈島「怪禽啼曠野，落日恐行人」，則道路辛苦，羈愁旅思，豈不見於言外乎？（《六一詩話》引）

在這段精闢的敘述裡，我們看到了梅氏對「意象」一詞所標舉的高內涵是：「狀難寫之景，如在目前；含不盡之意，見於言外」。雖然說，意象是一個獨立的概念，但有時也是可以彼此分說的。就「意」而言，它是抽象的、主觀的、精神的；「象」則是具體的、客觀的、物質的。所謂「狀難寫之景，如在目前」，即是指意象中，有關「象」這一部分的描寫。而「含不盡之意，見於言外」，則是對「意」的一種要求。

從梅堯臣的闡釋中，可以看出詩人對「象」的要求，是要把一些不容易描寫的景象，十分逼眞又很自然、不假做作的表達出來，隨物賦形，使人有彷如耳聞目見的親臨感。藝術家的使命，也就是要把這些人人認識、體會的到，但又不容易以語言確切表達的景象，用文藝手段栩栩如生地展現在讀者面前〔註1〕。所以說，「狀溢目前」乃是藝術家創作的目的之一。

文藝是客觀現實的反映，而藝術家對客觀現實的觀察、體驗，又同作者

〔註1〕 本段概說，多參考張少康先生《中國古代文學創作論》第二章〈論藝術形象〉——「隱秀」（北京大學出版社，1983年），頁80。

的審美能力是分不開的。東坡對文藝創作的要求，與梅堯臣的見解是一致的。他主張創作要「求物之妙」、「達物之理」，而這一切如果離開了眞實，不是失於乖謬，就會流於空泛。所以，有關藝術形象（意象）中，「象」的眞實性問題，東坡是相當重視的。他認爲要達到這種眞實、自然的境界，首先必須把握住對象的形象特徵，仔細觀察事物、接近自然、深入生活後，才能生動地將客觀景象轉爲藝術的再現。李伯時的〈山莊圖〉，就是東坡這方面思想的強力見證：

> 或曰：龍眠居士作山莊圖，使後來入山者，信足而行，自得道路，如見所夢，如悟前世；見山中泉石草木，不問而知其名，遇山中漁樵隱逸，不名而識其人，此豈強記不忘者乎？曰：非也。畫日者，常疑餅，非忘日也；醉中不以鼻飲，夢中不以趾捉，天機之所合，不強而自記也。居士之在山也，不留於一物，故其神與萬物交，其智與百工通。雖然，有道有藝。有道而無藝，則物雖形於心，不形於手。（〈書李伯時山莊圖後〉）

李伯時〈山莊圖〉所繪風景人物，神情逼肖，令「後來入山者，信足而行，自得道路，如見所夢，如悟前世」，這種深刻的工夫，是建立在作者平日細心觀物，充分體物的基礎上。有此根基後，作者於創作之時，便可在胸有成竹、不勞強記的創作衝動下，逐繪出一幅幅不朽的藝術傑作。

　　基本上，文藝的表現是必須要符合現實的原貌，所以，東坡才會提出「事不目見耳聞，而臆斷其有無，可乎？」的強烈質疑。在談到寫物的眞實性問題上，他曾批評黃筌所畫的飛鳥「頸足皆展」，是悖離事實，因「飛鳥縮頸則展足，縮足則展頸，無兩展者」（〈書黃筌畫雀〉）；又如戴嵩所繪鬥牛是「掉尾而鬥」，亦與實際景象有所出入，因「牛鬥力在角，尾搐入兩股間，今乃掉尾而鬥，謬矣」（〈書戴嵩畫牛〉）。在要求文藝必須如實地反映客觀物象的意義上，東坡駁斥了這兩幅畫的失眞。雖然，這兩件藝術作品，單就藝術技巧而言，其成就原是無可厚非的，但是，在強調眞實生活對文藝創作的必要原則下，作者的「觀物不審」，導致意象失眞，其藝術成就自然也就會因此而大打折扣，這恐怕是作者當初始料所未及！因此，爲使藝術形象達到眞實的審美理想，東坡認爲即使作者在缺乏眞實生活經驗的條件下，也應「務學而好問」，轉而就教於富有實際經驗的對象，才能免於敗筆之憾，這也就是古語所以云：「耕當問奴，織當問婢」，乃是「不可改也」的眞正原因。

　　事實上，在文藝創作理論中，只要對現實生活的描寫能夠突顯它真實、自然的一面，便可以獲得極高的藝術評價，這是因為它們「逼真」的程度，令人彷彿有置身其中的親臨感，這種經由高度的藝術概括能力所營造出不鑿痕跡的自然境界。誠如王國維《人間詞話》所形容的：「語語都在目前，便是不隔」。倘若雕琢過甚，淪於不自然，失卻真趣的地步，那就如同「霧裡看花，終隔一層」。宋人周紫芝在《竹坡詩話》中曾說過：

> 暑中瀨溪與客納涼，時夕陽在山，蟬聲滿樹，觀二人洗馬於溪中，此少陵所謂「晚涼看洗馬，森木亂鳴蟬」者也。此詩平日誦之不見其工，惟當所見處，乃始知其為妙，作詩正要寫所見耳，不必過為奇險也。

藝術形象的塑造，不在但求奇險，而是首重在平淡中見真實，這幾乎是歷來文藝家的共同要求。東坡曾讚賞陶淵明「平疇交遠風，良苗亦懷新」這兩句詩，認為「非古之耦耕植杖者，不能道此語；非余之世農，亦不能識此語之妙也」（〈題淵明詩〉）詩人所描繪的意象，但同現實生活是一致的，具有深刻的生活意義，是現實生活的真實反映，正因東坡曾有類似過的生活經驗，所以，能夠認識和體會到該詩的妙處。同理，他還曾稱譽過杜甫「兩邊山木合，終日子規啼」這兩句詩，並解釋其所以然：「此老杜雲安縣詩也，非親到其處，不知此詩之工」（〈書子美雲安縣詩〉）。另外，像〈書司空圖詩〉亦云：

> 「棋聲花院靜，幡影石壇高。」吾嘗游五老峰，入白鶴觀，松陰滿庭，不見一人，惟聞棋聲，然後知此句之工也。

又〈自記吳興詩〉：

> 僕為吳興，有游飛英寺詩云：「微雨止還作，小窗幽更妍，盆山不見日，草木自蒼然。」然非至吳越，不見此景也。

這些言論，均是東坡重視詩歌同現實關係的思想體現。

　　所以，真實生活中的許多景象，看似尋常無奇，然而所謂「沖口出常言，法度去前軌。人言非妙處，妙處在於是」、「作到平淡處，要似非力所能」〔註2〕。藝術家的筆，往往能夠適時凸顯這些得人心所同者的神貌，具體生動

〔註2〕　宋人周紫芝《竹坡詩話》云：「有明上人者作詩甚艱，求捷法於東坡。（東坡）作兩頌以與之：『其一云。「字字覓奇險，節節累枝葉，咬嚼三十年，轉更無交涉」；其一云：『衝口出常言，法度去前軌，人言非妙處，妙處在於是』」。

地表露出眼目所見者，其中之描繪是真切可據，又真情畢露，令人嘆為觀止。這種高超的藝術手法，不就是鍾嶸《詩品‧序》中所說的：「觀古今勝語，多非補假，皆由直尋。」〔註3〕的道理嗎？

二、典型性

在中國文學理論中，所謂的「典型」，具有兩重意義：一是指常規、舊法，如《詩經‧大雅‧蕩》所說：「雖無老成人，尚有典型。」朱熹《詩集》注云：「老成人，舊臣也。」；另一個含義，指的是具有普遍的典範。漢代許慎《說文解字》；「型，鑄器之法也。」段玉裁注云：「以木為之曰模，以竹為之曰範，以土曰型，引申之為典型。」在藝術形象的塑造過程中，典型化的樹立要求，主要還是來自上述後者的解釋。這種典型化，主要是指作者對於生活素材，進行選擇、提煉、集中、概括、創造的一個過程，它是文學創作的基本規律，直接關係到作品的思想深度和藝術高度，能深刻地揭示出某種帶有普遍性、共同性的事物本質規律的藝術形象，司馬遷在《史記‧屈原賈生列傳》中，稱屈原之作《離騷》：「蓋自怨生也。……其文約，其辭微，其志潔，其行廉，其稱文小而其指極大，舉類邇而見義遠」，就是最佳例證。所以，典型形象的塑造，有時是決定一篇作品成功與否的重要標幟。

中國的典型理論，基本上是從傳統美學的藝術形象論發展而來的。自從「以形寫神」的理論要求，滲透到典型論中後，在凸出作品個性色彩的努力上，典型形象跨出了歷史上的一大步，它不僅高於一般形象的平舖塑造，也令作品的性格色彩更加鮮明凸出，並適時集中揭示了文藝的共性本質。所以，在個性和共性兩方面，典型形象都各有其特定的豐富內涵。

文藝的表現特徵，雖然是在反映現實，但是這種表現，絕不是一種簡單地複製工作。因為，要「求物之妙」，作家就必須先掌握客觀對象的內在事理，

由此可知東坡〈答明上人〉詩的創作背景。而周氏在引此詩之後，遂評論道：「乃知作詩到平淡處，要似非力所能。東坡嘗有書與其姪云：『大凡為文，當使氣象崢嶸，五色絢爛，漸老漸熟，乃造平淡。余以不但為文，作詩者，尤當取法於此』見《歷代詩話》（藝文印書館，民國72年），頁202。

〔註3〕鍾嶸《詩品‧序》云：「『思君如流水』，既是即目；『高臺多悲風』，亦惟所見；『清晨登隴首』羌無故實；『明月照積雪』，詎出經、史？觀古今勝語，多非補假，皆由直尋」。直尋即是後人所說的口頭語言，以一種平舖直敘方式，道得眼前景致，亦即周紫芝在《竹坡詩話》所說的：「作詩正要寫所見耳？不必過為奇險也。」

才能表現出事物的個性精神和特徵，這種性格、精神上的特徵，在東坡的畫論裡，也就是「意思之所在」。他說：

> 傳神之難在目。顧虎頭云：傳形寫影，都在阿堵中，其次在顴頰。……目與顴頰似，全無不似者。眉與鼻口，可以增減取似也。……凡人意思各有所在，或在眉目，或在鼻口。虎頭云：頰上加三毛，覺精彩殊勝。則此人意思蓋在須頰間也。優孟學孫叔敖抵掌談笑，至使人謂死者復生。此豈舉體皆似，亦得其意思所在而已。使畫者悟此理，則人人可以為顧、陸。吾嘗見僧惟真畫曾魯公，初不甚似。一日，往見公，歸而喜甚，曰：吾得之矣。乃於眉後加三紋，隱約可見，作首仰視眉揚而頰蹙者，遂大似。（〈傳神記〉）

其實，不惟畫作要表現「意思之所在」，才覺「精彩殊勝」，任何一種文藝創作，只要能攝取到客體之「意思」，便能凸顯出整個作品的表現精神，而不需要多費筆墨，做到「舉體皆似」。就人物畫而言，其客體的「意思」或在目、在顴頰、或口、或鼻、或頰上三毛，或眉後三紋，這是因人而異的。同理，詩人欲建「寫物之功」，就必須在容攝物象於作品時，緊緊抓住這種神情特點，體現其中之微妙關鍵，才能達到「傳神」的目的。林逋〈梅花〉詩和皮日休的〈白蓮〉時，都是典型成功的例子。東坡云：

> 詩人有寫物之功。「桑之未落，其葉沃若。」他木殆不可以當此。林逋〈梅花〉詩云：「疏影橫斜水清淺，暗香浮動月黃昏。」決非桃、李詩。皮日休〈白蓮〉詩云：「無情有恨何人見，月曉風清欲墮時。」決非紅蓮詩。此乃寫物之功。若石曼卿〈紅梅〉詩云：「認桃無綠葉，辨杏有青枝。」此至語陋，蓋村學中體也。（〈評詩人寫物〉）

這個例子，恰足以說明詩歌對客觀物象的描寫，如果不能塑造出典型的形象性，就不能解決個性特徵問題。桑葉、梅花、白蓮，各有其精神面貌，這種個性特質是獨一無二的，具有鮮明的形象特徵，如果有人企圖把它移花接木，不免會貽笑大方，造成不堪謬誤，怕是他花也會「不敢承當」。〔註4〕

〔註 4〕據《王直方詩話》記載：「田承君云：王君卿在揚州同孫巨源、蘇子瞻適相會。君卿置酒曰：『疏影橫斜水清淺，暗香浮動月黃昏』此林和靖〈梅花詩〉，然而為詠杏與桃李皆可用也。東坡曰：『可則可，只是桃李花不敢承當』。一座大笑」（錄自《宋詩話輯佚》──「林和靖詠梅摘句」，頁29）而方回在《瀛奎律髓》中，也曾就此譏笑道：「予謂彼杏桃李者，影能疏乎？香能暗乎？繁穠之花又與『月黃昏、水清淺』有何交涉？且『橫斜浮動』四字，牢不可移。」

　　無疑地，典型形象在普遍與特殊、一般與個別、共性與個性統一的角度上，深刻揭示了文藝反映現實的特徵，它既是帶有普遍性、代表性，又兼有個別性、獨特性，具有內涵上的高度概括和含蓄凝煉的特點。所以，歷來有關典型形象的問題，普遍受到學者的重視。在中國文藝理論中，劉勰的《文心雕龍》，便曾針對這種高度概括的特點，提出較深入的看法。在〈物色〉篇中，劉勰特別指出藝術創作是可以通過對現實生活的個別特徵描寫，來展現整個現實生活景象，以簡約之筆，勾勒出豐富而完整的藝術形象，即所謂的「以少總多，情貌無遺」：

> 故灼灼狀桃花之鮮，依依盡楊柳之貌，杲杲為出日之容，瀌瀌擬雨
> 雪之狀，喈喈逐黃鳥之聲，喓喓學草蟲之韻。皎日嘒星，一言窮理，
> 參差沃若，兩字連形。並以少總多，情貌無遺矣。

藝術家抓住了現實事物的典型特徵，概括其本質，既盡物態，又得常理，形神俱備，意境全出。後來唐代劉禹錫所說：「片言可以明百意，坐馳可以役萬象，惟工於詩者能之」（〈董氏武陵集紀〉）、司空圖所言「淺深聚散，萬取一收」（《二十四詩品·含蓄》）也都是在《文心雕龍·物色》這層立意基礎上，做進一步的發揮。

　　東坡在談到藝術形象問題時，自然地也抓住了典型概括的特徵。在〈書鄢陵王主簿所畫折枝兩首〉之一中，他寫了這樣二句詩：「誰知一點紅，解寄無邊春。」藉個別的「一點紅」來託寓普遍卉木的「無邊春意」，以有限的形象寄寓無窮的義蘊，所謂「穠葉萬枝紅一點，動人春色不須多」〔註5〕，這種通過典型的「個別」來概括「普遍」存在的特徵，是必須建立在作家平日對生活的敏銳感知和觀察上，才有可能取一於萬，又收萬於一，「乘一總萬，舉要治繁」（《文心雕龍·總術》），所謂「滿園春色關不住，一枝紅杏出牆來」，以一枝紅杏來見出滿園的春色，這般典型概括作用，事實上，也就是後來劉熙載在《藝概·詩概》中所說的「小中見大似」和「借端托寓」〔註6〕的道理。

文中十分明確地點出林逋〈梅花〉詩的獨特性和典型性，亦進一步驗證了東坡「他物不可當此」見解的正確性。

〔註 5〕　《王直方詩話》嘗載：「荊公作內相時，翰苑中有石榴一叢，枝葉茂盛，惟發
一花。公詩云：『穠葉萬枝紅一點，動人春色不須多』。」（錄自《宋詩話輯佚》
——「動人春色不須多」，頁3）

〔註 6〕　劉熙載《藝概·詩概》但云：「以鳥鳴春，以蟲鳴秋，此造物之借端托寓也。
絕句之小中見大似之。絕句意法，無論先寬後緊，先緊後寬，總須首尾相銜，
開闔盡變。至其妙用，惟在借端托寓而已。」

第二節　意象的感染——意在言外

　　創造意象時的感情活動，雖然是伴隨著外在客觀物象的發生，但因客觀的生活物象是具有無限的豐富性，所以，一個簡單的物象，也可能引起不同的主體在感情、思想上體悟的差異。因此，創作主體如果能掌握這種思想的多義性、多層次性，讓意象不時閃現理性認知的光輝，則讀者在受到藝術感染之後，其思維活動也就會隨著作者的思想感情，飛騰起來，遨翔在更大的想像空間裡，接觸到詩人最深層的靈府世界，當此之際，文學規律便可得到最好的體現。

　　所以，從生活物象到藝術形象的審美轉化過程中，東坡對藝術創作提出了一個更高的要求，指出一切創作應具有「言外之意」、「題外之旨」、「字外之意」、「畫外之象」、「弦外之音」、甚至「味外之味」。

　　所謂「言外之意」，就是前舉梅堯臣所說的「含不盡之意見於言外」。要求藝術家通過藝術形象來體現自己的思想感情，寓思想於形象之中，但是不要把意思說得太盡，而是要留一些餘地，讓讀者運用自身的想像力，去豐富、補充形象的內涵，去接近深藏在意象中的作家本人。所以，藝術形象中，有關「意」的傳達，最理想的境界莫過於「道得人心中事」〔註7〕，而其中卻又含有不盡之餘蘊。

　　中國古代詩歌自《詩經》以來，就是注重「意在言外」的傳統。〈詩大序〉有言：「上以風化下，下以風刺上。主文而譎諫，言之者無罪，聞之者足以戒，故曰風。」宋人胡仔的《苕溪漁隱叢話》轉述道：「古人之為詩，貴於意在言外，使人思而得之，故言之者無罪，聞之者足以戒也。」所謂「思而得之」，即是要讀者自己透過對藝術形象的具體分析，在反覆咀嚼中，領會到豐富的興味。所以，即使同一個意象，也會帶給不同的欣賞者，不同的感情活動，這也就是葉燮在《原詩》中所說的：「遇之於默會意象之表」。〔註8〕

〔註7〕　張戒在《歲寒堂詩話》中說：「元微之云：『道得人心中事』。此固白樂天長處，然情意失之太詳，景物失於太露，遂成淺近，略無遺蘊，此其所短處。」張氏主要是強調詩歌創作如果「詞意淺露」，完全「道盡」，就失卻了詩歌的特點。唯有道得詩人心中事，又包含有不盡之餘蘊，才是成功之作。

〔註8〕　葉燮在《原詩》（內篇）中說道：「可言之理，人人能言之，又安在詩人之言之；可徵之事，人人能述之，又安在詩人之述之；必有不可言之理；可徵之事，人人能述之，又安在詩人之述之，必有不可言之理，不可述之事，遇之於默會意象之表，而理與事無不燦然於前者也。」（見《中國歷代文學論著精

　　東坡在〈書黃子思詩集後〉，曾贊賞司空圖《二十四詩品》有關這方面的
理論：

　　　　梅止於酸，鹽止於鹹，飲食不可無鹽、梅，而其美常在鹹、酸之外。
　　　　蓋自列其詩之有得於文字之表者二十四韻，恨當時不識其妙，予三
　　　　復其言而悲之。

文藝之妙，就在於其中之意不待作者明言，而自寓於形象之中，利用藝術形
象的隱括性特徵，把難以用語言文字直接敘述的道理，透過形象方式，曲盡
其妙，祛除文意過於淺露之弊。所以，詩人創作是不需要把豐富的含意完全
浮現在字面上，而是以一種引導的方式，誘使讀者以心靈去感知，去接近作
者的創作意圖，啓發讀者在詩人所要寄寓的意義上，進行更豐富的聯想活動，
經此，詩文才能符合「皆思深遠而有餘意，言有盡而意無窮」〔註9〕的傳統審
美觀。

　　無論是評文，論書或賞畫，東坡都是主張這種「意在言外」的。在〈篆
般若心經贊〉中，東坡曾云：「心存形聲與點畫，何暇復求字外意？」他特別
拈出「字外之意」的意象要求，凡人學字，如果僅託心於形體的點畫，其意
韻勢必蕩然殆盡，唯有「心忘其手，手忘筆」之後，才會有「筆自落筆非我
使」的彷彿神力產生。換言之，「口必至於忘聲而後能言，手必至於忘筆而能
後書」，若「口不能忘聲，則語言難於屬文，手不能忘筆，則字畫難於刻
雕」，「形與心手相湊而相忘」乃「神之所在也」（董其昌《畫禪室論畫・畫
旨》）。所以，心手必相忘之至，才能夠「游刃有餘，運斤成風」，也唯有如
此，字外之意才能在這不覺之間，寄寓其中，達到「忘形而得意」的境界。

　　以「字外求意」作爲歷朝書法大家的一個審美標準，東坡認爲鍾繇與王
羲之兩人的成就，是在顏、柳之上。因爲鍾、王書法「蕭散簡遠，妙在筆
畫之外」（〈書黃子思詩集後〉），而顏、柳雖集書法之大成，天下翕然以爲
宗師，但在「字外」的意趣含蘊上，比起鍾、王二人的簡遠高妙，終究是略

　　　　選》下，頁84）詩意之深遠，就是要善於把「不可名言之理，不可施見之事，
　　　　不可逕達之情」，通過藝術形象而傳達出來。
〔註9〕　呂本中在《童蒙特訓》中，有云：「讀〈古詩十九首〉及曹子建詩，如『明月
　　　　入我牖，流光正徘徊』之類，詩皆思深遠而有餘意，言有盡而意無窮也。學
　　　　者當以此等詩常自涵養，自然下筆不同」（見《中國歷代文學論著精選》中，
　　　　頁119）。欲求意韻之「深遠」，勢必托寓在「不盡」、「無窮」、「有餘意」的詩
　　　　情當中。

遞一疇的。

在論畫方面，東坡則主張要「畫外之象」。他之所以稱賞王維，也是因為王氏之畫能夠「得之於象外」，有如「仙翮謝籠樊」（〈王維吳道子畫〉）；而被譽為畫聖的吳道子，其畫的氣勢，雖然雄放到「浩如海波翻」，下手又如「風雨快」、「筆所未到氣已吞」，藝術成就遠在一般人之上，但是，與王維相較下，吳畫意境但嫌太露，不若王畫餘蘊不盡，不為籠樊所拘，具有飄然入妙之趣。這也就他推重王畫遠在吳畫之上的關鍵原因。其實，這種以「畫外之象」做為評畫的標準，藉以探賾畫家心靈活動的情形，東坡並非首開風氣者，唐‧張彥遠的《歷代名畫記》（卷二）中，就曾舉列藝術鑑賞之道，應該是：

> 遍觀眾畫，唯顧生畫古賢，得其妙理，對之令人終日不倦。凝神遐
> 想，妙悟自然，物我兩忘，離形去智。

「凝神遐想，妙悟自然」乃是要鑑賞者在品畫當時，凝神遐思，注意到畫面之外的象徵含意，如此才能與畫家精神相通，進而產生共鳴，達到妙悟自然的境界。這種象外之意的領攝，可以說是欣賞者與作者心靈溝通的重要橋樑，更是諸家在論及形神兼備時的必要條件。另外，謝赫的《古畫品錄》（第一品）在對西晉畫家張墨、荀勗進行批評時，也提到：

> 風範氣候，妙極參神。但取精靈，遺其骨法。若拘以體物，則未見
> 精粹；若取之象外，方厭膏腴。可謂微妙也。

這是說藝術鑑賞當時，如果受於物限，往往就不能明白到其中精華之所從出，但是若取悟於畫外之意，就會發現個中意蘊的飽滿肥沃。所以，東坡在〈書鄢陵王主薄所畫折枝二首〉之一時，才會提出：「賦詩必此詩，定非知詩人」的深刻見解。

在作者主觀精神中，所有的天契妙理，常常是隱寓在詩外、畫外的，所以，讀者在探究對象的真正本質時，是不能僅僅求諸於形似的表層，而必須要突破這中間的限圍，反覆思索，才能真正求得其中的「畫外之意」。因此，一個成功的創作者，是應當要深得事物常理，臨文之際，才能得其情而盡物性，把自己的審美理想，融化於客體形象之中，使呈現在讀者面前的「物象」，不復一般所見之平常，而是具有象外無限義蘊的存在可能。這種能夠經營生活，充分掌握物象情理的畫家，其成就是可以肯定的，文同就是其中的代表。在〈墨君堂記〉中，東坡寫道：

> 然與可獨能得君（竹）之深，而知君之所以賢。雍容談笑，揮灑奮
> 迅而盡君之德。稚壯枯老之容，披折偃仰之勢。風雷凌厲以觀其操。
> 崖石犖确以致其節。得志，遂茂而不驕；不得志，瘁瘠而不辱。群
> 居不倚，獨立不懼。與可之於君，可謂得其情而盡其性矣。

文同墨竹所以能「兼入竹三昧」、「軼於象外」（〈題文與可墨竹〉），乃在於他
一心著力於「意」的探求，掌握了物理情性，終能畫出對象的內在精神，含
不盡之意見於言外，所以「已離畫工之度」，「而得詩人之清麗」（〈跋蒲傳正
燕公山水〉）。

　　在詩文方面，東坡則特別稱揚司空圖《詩品》中有關「梅止於酸，鹽止
於鹹，飲食不可無鹽、梅，而其美常在鹹、酸之外」、可以「一唱而三嘆」的
理論。在〈答張文潛書〉中，東坡就曾以「淡而有餘味」、「一唱三嘆」為審
美標準，誇譽文潛和子由之文，說他們「文實勝僕」，「其文如其人，故汪洋
澹泊，有一唱三嘆之聲。而其秀杰之氣，終不可沒。」除此，也贊賞過司空
圖詩文的長處是高雅，身處「崎嶇兵亂之間」，而「猶有承平之遺風」（〈畫黃
子思詩集後〉），不足則在雖然頗得「味外之味」，卻仍不免於「寒儉有僧態」。
杜詩則不然，其才力不僅富健，且在表現「味外之味」的意境上，也要比司
空圖來得更為高明（〈書司空圖詩〉）這般推崇的理由，在〈評子美詩〉時，
東坡就做了明顯的表態，指出「子美詩外尚有事在」的藝術特點，贊美杜甫
的抒情之作「詩外有事」，能緣情而發，以「放達寓悲涼」（〈書子美屏跡詩後〉），
高妙地隱寓了屬於那個時代的社會脈動。

　　東坡在晚年的時候，所以特別偏好陶詩和柳詩的內在原因，其實也和這
種「味外之味」的審美趣味分不開，因為陶、柳二人在「奇趣」與「味外之
味」的詩歌表現上，是用力最多者。他推崇柳詩能夠「發纖穠於簡古，寄至
味於澹泊」，而感嘆自己之不及。在〈評韓柳詩〉中更補充道：「所貴乎枯澹
者，謂其外枯而中膏，似澹而實美，淵明、子厚之流是也。若中邊皆枯澹，
亦何足道！」所謂「枯澹」的藝術趣味，是有原則性的，它必須是「外枯中
膏」、「似澹實美」，也就是評淵明詩所說的「質而實綺，臞而實腴」，絕不是
表裡或中邊的枯澹。而能分別這種至味、欣賞其中藝術境界的人，寥寥無幾，
所以，東坡才會藉佛家所云：「如人食蜜，中邊皆甜」的至理，點出「人食五
味，知其甘苦者皆是，能分別其中邊者，百無一二也」的特殊難度。

　　就藝術趣味而言，所謂的「味外之味」，常常是和「奇趣」的創作表現有

所關聯。它指的是詩歌的語言、組織、以及形象、思想和意境。而有了獨特的意境，才會有思想上和形象上的「奇趣」〔註10〕。因此，奇趣往往也就是弦外所要表現之「音」，味外所要道出的「味」，它令欣賞者在閱讀的過程中，有著回味無窮的情趣，這種情趣相當特殊，是對作品意境的提升。所以，東坡才會把它看作是佳作的一個標誌，是創作一個原則，而言：「詩以奇趣為宗，反常合道為趣。」

淵明、子厚詩的「外枯中膏」、「似澹實美」的味外之味，一直是東坡所稱許的，這其中更不乏有許多含寓著「奇趣」的優秀作品，不過，要在「原味」之外，另有一番「別是滋味」，是必須經由反覆不已「熟味之」的過程，才能體會得到的。因為，經過反覆「熟味」後的深刻心得，是有別於每一次「初看」的膚淺，所以，唯有能夠凝神暇想、反覆咀嚼的人，才能玩索其中的「奇趣」，進而產生「一復三嘆」不能自已的感情，東坡自己就是最好的見證：「觀陶彭澤詩，初若散緩不收，反覆不已，乃識其奇趣」（〈書唐氏六家書後〉）。循此原則，東坡也的確品味出詩人作品中不少的「奇趣」：

> 淵明詩初看若散緩，熟讀有奇趣。如曰：「日暮巾柴車，路暗光已夕。歸人望煙火，稚子候簷隙。」又曰：「采菊東籬下，悠然見南山。」又曰：「藹藹遠人村，依依墟里煙。犬吠深巷中，雞鳴桑樹顛。」大率才意高遠，造語精到之至，遂能如此，似大匠運斤，不見斧鑿之痕。不知者，疲精力，至死之不悟。（〈評陶詩〉）

> 柳子厚詩：「漁翁夜傍西巖宿，曉汲清湘燃楚竹。煙消日出不見人，欸乃一聲山水綠。回看天際下中流，巖上無心雲相逐。」……熟味之，此詩有奇趣，然其尾兩句，雖不必亦可。（〈評柳詩〉）

所以說，對品「味外之味」而言，反覆地玩索作品，是必備的條件之一，否則，就算是「疲精力至死」，也可能仍然是「不悟」的！

由以上簡單的討論，可知梅堯臣所言「含不盡之意見於言外」，的確反映了詩人對審美意境的一種高度要求，東坡自己也指出「意盡而言止者，天下之至言也。然而言止而意不盡，尤為極致」（〈東坡文談錄〉）。作者創作時，寓深意於作品，讀者必得反覆思索，始能窺知其中隱忍之情，才可洞視作者不傳之意，這也就是為何文藝「可與知音說，難與俗人道」的深刻原因。

〔註10〕其說可參見顏中其先生所撰〈蘇東坡論詩人〉一文，收錄在《東北師範大學學報》（哲學社會科學），1983年3月，總七十六期，頁10～16。

第三節　意象的極致──境與意會

藝術形象的塑造，乃是來自於主觀的意和客觀的境的相互結合，經由這種結合，而產生情景交融的作品。所以「意」（或「情」）和「境」（或「景」、「象」）是創造一般藝術形象的必要兩個條件。而所謂的「意境」，也是包涵「意」與「境」二個因素，它也是意象結合、情景交融的結果。不過，意境卻不一定等同於意象，它是具有藝術形象的特殊性；換言之，情景交融是創造意境的充分條件，但並非所有具備情景交融特點的作品，就有意境，因爲意境對是對藝術形象的一種高度美學要求，它是由藝術形象的比喻、象徵、暗示作用的充分發揮而形成的一種比藝術形象本身更加開闊深遠的美學境界〔註11〕。所以，作品能否創造意境，這是牽涉到「意」和「境」如何表現的問題。

意境理論廣泛地運用於文學理論中，乃始於唐代。當時釋皎然曾提出「采奇於象外」（《詩式》）的觀點；劉禹錫在〈董氏武集紀〉中，也提到詩歌意境問題：「詩者，文章之蘊耶？義得而言喪，故微而難能，境生於象外，故精而寡和。」唐末司空圖在〈與極浦書〉中，更強調：

> 戴容州云：「詩家之景，如藍田日暖，良玉生煙，可望而不可置於於眉睫之前也。」象外之象，景外之景，豈容易可譚哉！（《司空表聖文集》卷三）

〈與李生論詩書〉中，亦言：

> 文之難，而詩之難尤難，……噫！近而不浮，遠而不盡，然後可言韻外之致耳。……蓋絕句之作，本於詣極，此外千變萬狀，不知所以神而自神也，豈容易哉！今足下之詩，時輩固有難色，倘復以全美爲工，即知味外之旨矣。（《司空表聖文集》卷二）

到了宋代嚴羽的《滄浪詩話》，則講求。

> 詩者吟詠情性也。盛唐諸人，惟在興趣，羚羊挂角，無跡可求。故其妙處，透徹玲瓏，不可湊泊。如空中之音，相中之色，水中之月，鏡中之象，言有盡而意無窮。

葉燮《原詩》（內篇）則道：

〔註11〕本段文意參考張少康先生《中國古代文學創作論》第二章〈論藝術形象〉──「意境」，頁93～97。

詩之至處，妙在含蓄無垠，思致微渺，其寄託在可言不可言之間，其指歸在可解不可解之會，言在此而意在彼，泯端倪而離形象，絕議論而窮思維，引人入於冥漠恍惚之境，所以為至也。

從「采奇於象外」、「境生於象外」、「象外之象，景外之景」、「韻外之致」、「味外之旨」到「言有盡而意無窮」、「言在此而意在彼」，顯然這一脈主張已蔚然成為中國文藝美學中的一個重要範疇。綜合歸納這些歷來學者的見解，不難發現這種「境生象外」的文藝特徵，其實就是所謂的意境要求。它是在情景交融、情物一體中，對作品內容做出更高層次的藝術要求，而提供讀者一個更寬闊的思索空間，所以，意境雖生於「象外」，但是，又離不開「象」，它是借助各種象徵、暗喻的表現手法，來詮釋既有之「象」，經過這道程序轉化後，這種「虛境」所呈現的藝術形象，就會比原有之「實境」來得更深闊、更生動、更具有豐富的內涵。所以司空圖說：「超以象外，得其環中」，就是道出虛境的產生，必以實境為基礎；換言之，作者所營造出的藝術形象，應避免作具體的描繪，而是介於虛實之間，不即不離、似有若無，帶給讀者豐富想像餘地，進而體會出作者真意，讓讀者和作者的心靈相默契。這種感覺，輒能以意會而不可以言傳，所以，體會這種審美極致，是必須用「心」的，它是非筆墨可形容的，正所謂「別有神味，難以言傳」（陳廷焯《白雨齋詞話》）、「不著一字，盡得風流」（司空圖《二十四詩品・含蓄》）。

在東坡的審美理想中，境與意會，「意境」始出。他也同樣認為主體的「意」與對象的「境」之間的統一、滲透、融合，才是創作藝術形象極致的一個重要前提條件。他在〈題淵明飲酒詩後〉說：

「采菊東籬下，悠然見南山。」因采菊而見山，境與意會，此句最有妙處。

透過「采菊東籬下，悠然見南山」兩句詩，隱寓出作者淵明清真、淡泊名利的心志，和追求自由的審美趣味，這就是「境與意會」的最佳寫照。再者，文與可畫竹，所以能「掃取寒梢萬尺長」，也是因為與可境與意會，能在自我的審美理想下，對客觀對象進行再創造，讓現實生活的物象，產生新的生命，而不是純客觀的簡單複製作品而已。

雖然，境與意會的統一，可以給讀者以言有盡而意無窮的藝術感染，但因它是對藝術形象的一種極高的美學要求，所以，並非一切有形象、情景交融的作品，都可稱得上具有意境，它的存在，是有其特殊條件的。東坡就認

為意境的高低，關涉到其中「神氣」之有無，而「神氣」的有無，又決定於文藝的技巧表現。他不止一次地評論到淵明的〈飲酒〉詩：

> 「采菊東籬下，悠然見南山。」因采菊而見山，境與意會，此句最有妙處。近歲俗本皆作「望南山」，則此一篇神氣都索然矣。古人用意深微，而俗士率然妄以意改，此最可疾。（〈題淵明飲酒詩後〉）

> 近世人輕以意改書、鄙淺之人，好惡多同，故從而和之眾，遂使古書日就訛舛，深可忿疾。孔子曰：「吾猶及史之闕文也。」自余少時及前輩，皆不敢改古書。……陶潛詩：「采菊東籬下，悠然見南山。」采菊之次，偶然見山，初不用意，而境與意會，故可喜也。今皆作「望南山」。（〈書諸集改字〉）

一個「見」字，一個「望」字，反映出詩人截然不同的精神境界。「見」字之妙，乃在無意看山，抬頭偶見，不期然而然，境與意會，境界全出。若以「望」字行於其間，則是有意為之，恰與前意之「悠然」有所衝突，所以，東坡才會說「神氣都索然矣」。

在〈書諸集改字〉這篇文章中，東坡除了批評後人將淵明「悠然見南山」改成「望南山」外，也以子美詩為例，說明「神氣」對境界的重要：

> 杜子美云：白鷗沒浩蕩，萬里誰能馴？蓋滅沒於煙波間耳。而宋敏求謂余云：「鷗不解沒，改作波。」二詩改此兩字，覺一篇神氣索然也。

可知，神氣索然，連帶的也造成了意境的貧乏，所以，在這種情形下，神氣可以說是意境的另一個指稱詞。

其實，這種類似的例子，不唯東坡注意到，在歷代文藝理論或批評中，它是屢見不鮮的。王國維的《人間詞話》是一本近世論談意境的重要著作，他就曾說過這麼一段話：

> 紅杏枝頭春意鬧，著一鬧字而境界全出。雲破月來花弄影，著一弄字而境界全出矣。

顯然，詩人如不用「鬧」、「弄」字，而改用他字代替，其藝術形象仍然自具，不過在意境上，可能會有天壤之別，因為「鬧」、「弄」字，將景物擬人化、情意化，具有畫龍點睛之妙，突出了全詩所要表現的神氣，如果另外改以代換詞，意境可能就不會有著如此高妙和活潑了！

此外，王安石的〈泊船瓜洲〉詩，也是一個典型的例子：

> 京口瓜洲一水間，鍾山只隔數重山。春風又綠江南岸，明月何時照
> 我還。

據宋人筆記所載〔註12〕，春風又綠江南岸的「綠」字，王安石推敲許久，曾考慮採用「到」、「過」、「入」、「滿」等諸字入詩，不過，最後都因字意太露、太板，而不甚滿意，直到以「綠」字入詩，定稿後，才鬆了一口氣。如此一改，江南三春草長，一片青蔓，果然如立跟前，眼界自此一開，蘊意無窮，真所謂一字之有神氣，而境界全出。另外，大家像歐陽脩、黃庭堅等人，為求文章之境界，在字句斟酌上，也都曾有過一改再改的紀錄〔註13〕，詩人之用力，可見一般。難怪東坡會在〈詩無神氣〉一文中，強烈批評詩家為文字露，其意境是會損減過半的：

> 如曰：「一色千里中秋月，十萬軍聲半夜潮。」又曰：「蝴蝶夢中家
> 萬里，子規枝上月三更。」又曰：「深秋簾幕千家雨，落日樓臺一笛
> 風。」皆寒氣相，一覽便盡。初如秀整，熟視無神氣，以其字露
> 也。

所以，神氣之有無，實攸關境界之高低，在塑造藝術形象的當時，文意鍛鍊千萬不可太實、太露或太盡，應該如司空圖所強調的「近而不浮，遠而不盡」，才能給讀者真實無窮的感通，從而體會出無限雋永的「韻外之致」！

〔註12〕據洪邁《容齋續筆》──「詩詞改字」記載：「王荊公絕句云：『京口、瓜洲
一水間，鍾山只隔數重山，春風又綠江南岸，明月何時照我還。』吳中士人
家藏其草，初云『又到江南岸』，圈去『到』字，注曰不好，改為『過』，復
圈去而改為『入』，旋改為『滿』，凡如是十許字，始定為『綠』」。

〔註13〕黃庭堅事亦見終《容齋續筆》：「黃魯直詩：『歸燕略無三月事，高蟬正用一枝
鳴』。『用』字初曰『抱』，又改曰『占』、曰『在』、曰『帶』、曰『要』，至『用』
字始定」。歐陽脩事則見《朱子語錄》卷一三九：「歐公文亦多是修改到妙處。
項有人買（一作見）得他〈醉翁亭記〉稿，初說滁州四面有山凡數十字，末
後改定，只曰：『環滁皆山也』五字而已。」可見諸人行文之謹慎，字斟句酌，
不一而足。

第七章　文藝表現論

第一節　文以達意

在我國古代文藝理論批評中，「文」和「質」一直是被討論的對象，兩者所涵攝的關係，主要是指文藝作品的形式和內容。

最早提出「文」「質」概念的人是孔子。《論語・雍也》：「質勝文則野，文勝質則史，文質彬彬，然後君子。」文中所稱指的文質，乃是就人的內在思想本質與外在的禮節學問而言，而不是後來所說的文藝內容及形式，不過，自從孔子對人的修養提出文質相成的要求後，文藝理論界立刻受到啟發，而將「文」「質」的概念，引渡到文藝創作的領域中，正式對文藝創作的內容和形式提出並重的要求。

孔子之後，漢代辭賦大興，文壇彌漫著一股文勝於質的靡麗風氣，「詩人賦麗以則，辭人賦麗以淫」（揚雄《法言・吾子》），華豔的文學形式，主導了文壇的審美趣味，即使之後的建安文學、六朝文學，一般都很難跳脫其間，另闢蹊徑。文學史上出現了強烈的形式主義傾向。當此之際，卒有另一種聲音出現，開始有人從對文質關係的全面認知出發，主張文質並茂。這類思想的代表，主要集中反映在六朝最具影響力的幾位文藝理論批評家身上，像陸機、劉勰等人。他們堅持了以質為主導，以文附質，文質彬彬的文藝觀。陸機雖然仍認為「詩緣情而綺靡」，而有「其會意也尚巧，其遣言也貴妍」之說（《文賦》），但卻也主張「要辭達而理舉」的意辭相稱，反對「清虛以婉約」、「既雅而不豔」的重質輕文現象，或「遣理以存異」、「尋虛而逐微」、「言寡

情而鮮愛，辭浮漂而不歸」的尚文輕質傾向。這種進步的文藝觀，隨即影響到後來劉勰《文心雕龍》的成書，劉勰認為「情動而言形，理發而辭見」（〈體性〉），即是「文附於質」，又是「質待於文」（〈情采〉）的一種表現〔註1〕。所謂「銜華而不墜其實」，內容（實）和形式（華）二者是不容偏廢的，「質」居主導地位，「文」則充分為「質」提供服務，也只有內容佈置得當，形式才有了具體的依託，這也就是劉氏所言的「經正而後緯成，理定而後辭暢」的真正意思。

事實上，東坡對文質的看法，也是主張把「質」置於首位，把「文」歸於從屬的性質。在〈答喬舍人〉一文中，他說：

> 某聞人才以智術為後，而以識度為先；文章以華采為末，而以體用為本。國之將興也，貴其本而賤其末；道之將廢也，取其後而廢其先。用舍之間，安危攸寄。

顯然，東坡認為文藝的創作是應當重「體」、重「用」的，離開了質，純為文飾之術，是悖離創作規律的，所以，在宋初一片險怪奇澀的文風中，他特別堅持從質實為先的審美原則出發，反對華而不實的創作，主張「罷去浮巧輕媚，叢錯采繡之文」（〈謝歐陽內翰啓〉），指責那些「好為艱深之詞以文淺易之說」（〈答謝民師書〉），有如「食小魚，所得不償勞」（〈讀孟郊詩〉）；指出「好新務奇，乃詩之病」（〈評柳子厚詩〉），因為「質非文是終難久，脫冠還作扶犂手」（〈又一首答二猶子與王郎見和〉），強調文章千萬不可「志於耳目之觀美」（〈答虔倅俞括奉議書〉），或以「枝詞」為「觀美」（〈鳧繹先生文集敍〉）。所以，他偏重「文貴自然」之說，以為作者只要掌握了文藝之實質，到了不能不為之的境地，發而為文，文意自然會滔滔不竭，勢如「山川之有雲，草木之有華實，充滿勃鬱而見於外」，質采彪炳，「雖欲無有，其可得耶」（〈南行前集敍〉）？

雖然，東坡屢屢強調質實為先的觀念，但是，這其中絕非有輕文之意，他真正的要求，是要兩者統一，只有在文質統一的前提下，文藝創作的層次才能獲得提昇，所以，他才會發出：「華實相副，期於適用」的呼籲，因為也只有文質的統一，才能完成「言文行遠」的美學理想。

《左傳·襄公二十五年》曾引孔子之言。「言以足志，文以足言」、「言之無文，行而不遠」，言語是一種為心志提供服務的表達工具，如果未能稍加修

〔註1〕 本段多採張少康先生之說，參見《古代文藝創作論》，頁269。

飾，就無法充分地體現人心，孔子雖然沒有直接把文質和言文關係聯繫起來，但是其思想脈絡仍是有其一貫性。所以，後來的文學家自然要以文質二字做為文學作品的形式和內容的指稱詞。而所謂的「文質彬彬」，就形成了一個美學的基礎點，這之後所有的美學思想，幾乎是由此衍生，而不出其旨趣範疇。

了解孔子「言文行遠」的美學觀點後，回頭審視他在《論語・衛靈公》中，所說的一句話：「辭，達而已矣」，這句話歷來備受爭議，有人認為它與「言文行遠」的美學觀是矛盾的，遂據此解釋為孔子是輕視辭章的，其目的是在表現重質輕文的文藝觀，如何晏《論語集解》引孔安國曰：「辭，達則足矣，不煩文豔之辭」司馬光也說：「今之所謂文者，古之辭也。孔子曰：辭，達而已矣。明其足以達意斯止矣，無事於華藻宏辯也」（〈答孔文仲司戶書〉）。另外一派論者的解釋，則大異其趣，認為孔子的「辭達說」乃是重視文辭的表現，所以，他們試圖融化它與「言文」之間的矛盾。誠如近人劉若愚先生所說的，這一派調和了審美概念（言文行遠）和實用概念（辭達而已矣），而且藉著形上概念超越了這兩者〔註 2〕。這其中的代表人物，就是東坡。

在〈答謝民師書〉中，東坡說過：

> 孔子曰：「言之不文，行之不遠。」又曰：「辭，達而已矣。」夫言止於達意，即疑若不文，是大不然。求物之妙，如繫風捕影；能使是物了然於心者，蓋千萬人而不一遇也，而況能使了解於口與手者乎！是之謂辭達。辭至於能達，則文不可勝用矣。

很顯然的，東坡對「達」的解釋，是做為表現「意」的最高範疇來對待的。因為文辭之目的，無非是為了達意，而「意」要如何的表達，則是對文辭的一種高度要求。東坡指出，要表現出文藝的極致，關鍵就在於能否「達意」，而要做到真正的「達」，必須有賴於作者豐富的生活經驗和敏銳的觀察力，能瞬間捕捉到所欲傳達的意念，並以成熟的技巧素養表現出來，必須能夠「言

〔註 2〕劉若愚在《中國文學理論》中提到：「蘇軾試圖調和這兩者（「言之不文，行而不遠」、「辭達而已矣」）而將「文」和「達」解釋為捕捉事物之微妙以及以文字加以表現的能力，這種觀念是與文學的形上理論一致。如此，他調和了審美概念和實用概念，而且，藉著形上概念超越了這兩者。」（聯經出版社，民國 74 年）第七章〈相互影響與綜合〉──「實用主義的得勢及其分歧」，頁 274、275。

發於心，而沖於口」（〈錄陶淵明詩〉）。所謂「了然於心」，是指作家對外在客觀世界的認知體悟：「了然於口與手」，則是觸及到如何把所認知的客觀現象轉化爲藝術形象而加以表現的問題，所以，「物」、「心」、「口與手」三者的統一，才是文藝實現的全部。因此，在〈答虔倅俞括書〉中、東坡對孔子的「辭達說」，又做了更深刻的發揮：

> 孔子曰：「辭，達而已矣。」物固有是理，患不知，知之患不能達之於口與手。所謂文者，能達於是而已。

爲文的目的在於達意，而「辭至於能達」，「文」就「不可勝用」了。所以，「辭至於達，止矣，不可以有加矣」（〈答王庠書〉），這已經是文學的極致了，無以復加。由「辭達」無以復加的觀點上推知，東坡有關「辭以達意」的主張，不當只是重意，而且也重文，只有「文」「意」的統一，才是美學的完成。然「意」並非唾手可得，它主要是來自於對外「物理」的深刻認識，「理」爲「事物」所「固有」，「知」則是對「理」的主觀反映，即對客觀事物外在形態及內在發展規律的深刻掌握。「達」則是如何通過高度熟練的藝術技巧，來準確表達主觀的「知」，深刻地觸及「物」的本質問題。所以，歸結這一切，所有的「達」，都應該是爲了準確表現客觀事物固有之理而存在的。事理→知→達→事理，所謂的「辭達」，不僅是爲了「達意」，而且也應該是達客觀之「事理」。〔註3〕

這樣的文藝創作，看似容易，其實不然，因爲，在許多時候，我們所稱的「知」，是浮泛的，是稍縱即逝的，作家如果不能成竹於胸，「振筆直遂，以追其所見」，那麼所有的形象孕育，都要功虧一簣，難怪東坡要感嘆：「能使是物了然於心者，蓋千萬人而不一遇也，而況能使了然於口與手」（〈答謝民師書〉）。

自從東坡對孔子「辭達說」有了突破性的創見後，後來許多學者，遂在此說基礎上，進行更高層次的見解發揮，如方孝孺所說的：

> 夫所謂達者，如決江河而注之海，不勞餘力，順流直趨，終焉萬里：勢之所觸，裂山轉石，襄陵蕩壑，鼓之如雷霆，蒸之如煙雲，登之如太空，攢之如綺穀，回旋曲折，抑揚噴伏，而不見艱難辛苦之態：必至於極而後止，此其所以爲達也，而豈易哉！（《遜志齋集》卷十

〔註3〕參考曾棗莊先生《三蘇文藝思想》，〈思想概述〉部份——「辭至於能達，則文不可勝用矣」，頁28、29。

一〈與舒君書〉)

方氏之說，浩浩蕩蕩，將「達意」推崇極高，認爲欲達意之所在，表面看似不費吹灰之力，其實處處具見用功所在，正所謂「心至於極而後止，此其所以爲達也，而豈易哉」，所以，潘德輿才會將「辭，達而已矣」，稱爲「千古爲文之大法」，以爲東坡所謂的「達」，「第取氣之滔滔流行能暢其意而已」，不唯如此，還更進一步指出：

> 蓋達者，理義心求，人事物狀，深微誰見，而辭能闡之，斯謂之達。
>
> 達，則天地萬物之性情可見矣。(《養一齋詩話》)

東坡所謂「達」的境界，其實指的就是作家「意」與「文」的相稱，內（質）與外（文）的相呼應。他要求文以達意，認爲作家心中一切意象，要能自然地形諸於外，方爲上乘作品。所以，作文之要，以立境爲先。他說：「有意而言，意盡而言止者，天下之至言也」。論文貴立意之說，其實在蘇洵的〈與孫叔靜書〉中，便已揭露：「凡論但意立而理明，不必覓事應付」，只要做到「意立而理明」，就不須要再做推究考徵的援引了。這種「立意爲先」的觀念，在後來東坡的身上，有著更明確的立場定位。東坡晚年，曾向葛立方示及作文之法，其中便提到：

> 儋州雖數百家之聚，州人之所需，取之市後足。然不可徒得也，必有一物以攝之，然後爲己用。所謂一物者，錢是也，作文亦然。天下之事，散在經、子、史中，不可徒使，必得一物以攝之，然後爲己用。所謂一物者，意是也。不得錢不可以取物，不得意不可以明事。此作文之要也。(葛立方《韻語陽秋》卷三)

「爲文若能立意，則古今所有翕然並起，皆赴吾目」(《梁溪漫志》卷四)。可知立意對全篇實具有統率作用，所以，「率志爲先」，文貴立意，「意」乃文章之靈魂。其實，「意」的形成，並非憑空臆設，它是建立在「通萬物之理」的基礎上，因此，東坡說：

> 凡學之難者，難於無私。無私之難者，難於通萬物之理。故不通萬物之理，雖欲無私，不可得也。己好則好之，己惡則惡之，以是自信則惑也。是故幽居默處而觀萬物之變，盡其自然之理而斷之於中。其所不然者，雖古之所謂賢人之說，亦有所不取。(〈上曾丞相書〉)

這段文字也正是東坡一生爲文的重要指導思想之一。吾人所知，創作的對象

是來自客觀的外物，而所欲掌握者，乃是客觀事物的「自然之理」，所以，做為創作的主體，對客體的「理」必須有全面性的了解，才能「立意」在先，「達意」在後。而這種立意的依傍，也不是完全根據「賢人之說」而命意的，它是通過「幽居默處而觀萬物之變，盡其自然之理而斷之於中」得來的，不過，「理」的獲得，也只是創作的初步，只是立意的一種表現，唯有將這種認知過程合宜地轉化為反映過程，才是真正文藝的完成，才能到達東坡所要求的「辭達」境界。

　　大體來說，東坡強調為文要以「意」為主。而有關「以意用事」的觀點，可以說是在陸機「恒患意不稱物，文不逮意」思想上的進一步發揮。陸機並沒有明確地解決「意」（即文章的主題思想）在寫作過程中的關鍵作用，而東坡則通過長期的創作經驗、生活事理的體察，補充了陸氏概念上的不足，標舉出「文以意為主」的重要觀念，以「意」來統攝一切文藝，認為「意」「物」的相稱，才能完成「文質彬彬」的任務。這種「文以達意」、「不得意不可以明事」的主張，在東坡的文藝理論中，是處處可見的。他自己就是最好的印證：

> 某平生無快意事，惟作文章，意之所到，則筆力曲折，無不盡意。
> （何薳《春渚紀聞》卷六引）

而在讚譽王庠的散文當時，他也說：

> 所示著述，文字皆有古作者風力，大略能道意所欲言者。孔子曰：
> 辭，達而已矣。辭至於達，止矣，不可以有加矣。（〈答王庠書〉）

批評李方叔的散文時，又說：

> 前所示兵鑒，則讀之終篇，莫知所謂意者。足下未甚有得於中而張
> 其外者。（〈與李方叔書〉）

由上可知，東坡對命意的問題，相當重視，自己的詩、文、書、畫，都著重在寫意的表現，強調「文以達吾心，畫以適吾意」（〈書朱象先畫後〉）的觀點，嘗形容與可畫竹是「意有所不適而無所遣之，故一發於墨竹」（〈跋文與可墨竹〉）；換言之，文藝創作在於表現「適意」的心志，求得「達意」的目的，所以，深察其中之理者，一旦發諸筆墨，便可體會到「適意無異逍遙遊（〈石蒼舒醉墨堂〉）的極致樂趣。因此，對那些有悖於此原則的空文，東坡則採取摒棄的態度。〔註4〕

〔註4〕東坡文論中，屢有批評空文的地方，而主張文藝要具備現實主義精神，例如

從以上的探討，可以理解到，東坡和那些高唱「文以載道」、「文以明道」的學者，在理念思想上，的確有其根本性的差異。他是以「文以達意」的寬闊，來替代「文以載道」的狹隘，把所謂的「文」，看做是對事物內在規律及本質特徵的藝術反映。因此，所有的立意，也是建築在通觀萬物之理的基礎上，還原了「文」的本來面貌。這種見解很顯然是不同於那些依附前賢之說來立意、夸談「文以明道」的衛道之士。而從這點分歧也可以看出做為一個文藝創作者、理論家，東坡的表現是稱職的，是傑出的。他那為文藝的本質而文藝的思想，終於讓文藝擁有獨立的美學價值，擺脫了俗儒道統的束縛，這樣的意義，是不同於那些只知鸚鵡學舌，自以為上承孔孟之道的「世之儒者」（〈進策・策略〉第一）。世儒只知將「道」神格化，高高舉起，使它「玄之又玄」，然後彼此「相欺以為高，相習以為深」，結果，反而造成「聖人之道日以遠矣」（〈中庸論〉上），使得文藝卒為道的附庸，或是淪為政治的工具。所以，就東坡「文以達意」的觀點而言，它不僅賦予文藝鮮明的個性思想色彩，促使文藝走上獨立發展的道路，也為後來的文藝創作，注入一股真正的清流，這種劃時代的地位，正是他人所難取代的。

第二節　技道兩進

從上文「文以達意」的討論中，衍伸出了一個相關性的問題，那就是如何將認識論自然地轉化為反映論的過程，如何將千萬人而不一遇的「了然於心」，過渡到「了然於口與手」的辭達。這說明藝術創作中包含了兩個重要命題：其一是對文藝所要表現的客觀外物的認知問題；其二是主體如何將認知的客體確切地表現的問題。這個原則，東坡也注意到，對於前者，他括言為「道」的認識，至於後者，他則以「技」或「藝」名言之。

早在魏晉時代，陸機就發現到這種「知」與「能」的統一問題，他在《文賦》小序中說：「非知之難也，能之難也」，認為認識審美客體並不困難，真正難的是如何透過文藝手段表現出來的問題〔註5〕；劉勰也注意到這其中為難

他說：「儒者之病，多空文而少實用」（〈答王庠書〉）、「文章以華采為末，而以體用為本」（〈答喬舍人啟〉）、「務令文字華實相副，期於適用乃佳」（〈答虔倅俞括奉議書〉）等等。

〔註5〕明代徐禎卿就對陸機的見解不表贊同。他在《談藝錄》中說：「陸生之論文，曰非知之難，行之難也。夫既知行之難，又安得云知之非難哉！」見《歷代

的地方，他說：「方其搦翰，氣倍辭前，暨乎篇成，半折心始，何則？意翻空而易奇，言徵實而難巧也。是以意授於思，言授於意，密則無際，疏則千里」（《文心雕龍‧神思》）。直接指出既成的作品之所以會與原來構想、認知不盡一致的原因，正是在於「意虛」、「言實」，「言不盡意」之苦。這是有道理的，因爲任何一件文藝作品的成就，均是有賴於「知」與「能」（或「道」與「藝」）的結合。對於這方面的看法，東坡有著許多相當精闢的分析探討。

東坡在〈書李伯時山莊圖後〉文中，便提出「有道有藝」的著名論點。主張作家應當做到「道技兩進」，如果「有道而無藝，則物雖形於心，不形於手」，因爲「有道」，就表示掌握了「神與萬物交」的創作規律，既然客體已形於心後，卻又不能形於手，「心識其所以然」，卻又「不能然」，文藝表現自然是要功虧一簣的。所以，在〈跋秦少游書〉一文中，東坡又進一步指出：

少游近日草書，便有東晉風味，作詩增奇麗。乃知此人不可使閑，

遂兼百技矣。技進而道不進，則不可，少游乃技道兩進也。

唯有「技道兩進」，才能心手相應。

東坡所說的「道」，並非單指儒家之道，在內容涵義上，它已與古文家「文以載道」的「道」大相逕庭，明顯擺脫了儒家「道統」一尊的思想束縛，指的是事物的一種內在的特質和規律。在傳統思想濃厚的時代裡，文人所標舉的「道」，往往只是儒家之道，是「文武周公傳之孔子，孔子傳之孟軻」（韓愈〈原道〉）之道，每一位儒者都以發揚古道爲己任，認爲只有儒家經典才是「道」的根源。所以，在東坡之前，對道的認識，輒是停留在「道統」的階段，許多的文藝創作、都應當是服務在此「道」之下的。因此，柳宗元才會提出「文以明道」，把古文當作是主要闡發聖賢之道的工具。之後的古文運動推展者，也當然承繼了這種堅固不拔的道統觀念，建立了以孔子、孟軻、韓愈等人爲代表的「道統」說，利用此說來宣揚儒家文教治化、刑政禮樂、三綱五常的思想〔註6〕，並藉以撻伐那些不同於己的所謂異教邪說，樹立起儒家長久的不敗之位。

儘管「道統」之說，對古文運動的進行，取得了功不可沒的關鍵地位，不過，在思想格局上，它還是有其局限性。許多俗儒因爲只知盲目附會而不

詩話》（藝文印書館，民國 72 年），頁 492。

〔註 6〕本段文意多參考顏中其先生《蘇軾論文藝》前言部分，有關東坡「在散文方面」的藝術見解，見該書頁 4、5。

能對「道」有更深刻的認知，致使「道」的本身，蒙被上一層神秘色彩。所以，許多才智之士開始對其中的保守性，提出質疑，甚至反感，試圖重新對「道」進行詮釋。

東坡的思想體系雖也信奉儒道，不過他在經過一番省思後，對俗儒的固守認知，也採取了批判態度，指責俗儒將「道」義帶到一個難睹其明的境地，「鄙滯而不通」，甚至「汙漫而不可考」（〈中庸論〉上）。這種現象的產生，是因為：

> 昔之儒者，求為聖人之道而無所得，於是務為不可知之文，庶幾乎後世之以我為深知之也。後之儒者，見其難知而不知其空虛無有，以為將有所深造乎道者，而自恥其不能，則從而和之曰然，相欺以為高，相習以為深。（〈中庸論〉上）

這種儒者「相欺以為高，相習以為深」的怪異現象，長期延續下來，最後的結果，自然是「聖人之道日以遠矣」。

雖然，在復興儒道的功績上，東坡也讚揚過韓愈：

> 文起八代之衰，道濟天下之溺。忠犯人主之怒，而勇奪三軍之帥。（〈潮州韓文公碑〉）

不過，在另一文中，他對韓愈之於聖人之道好名重於好實的現象，也頗有微詞：

> 韓愈之於聖人之道，蓋亦知好其名矣，而未能樂其實。（〈韓愈論〉）

儘管韓愈「其為論甚高，其待孔子孟軻甚尊，而拒揚墨佛老甚嚴，此其用力亦不可謂不至矣」；但是，在許多思想理論上，韓氏卻又「其論至於理而不精，支離蕩佚，往往自叛其說而不知」（〈韓愈論〉）。從這些弊病中，東坡細心觀察問題之所在，以開闊的視野，擺脫「道統」說的束縛，捨棄其中之虛無難明，嘗試恢復「道」的本來面目，所以，東坡所論的「道」已經是跨越於道學家、古文家的指稱範疇，掀開了儒家道統之說的神秘面紗，轉以文藝所關涉的較全面之「道」，來論文藝；換言之，東坡所闡釋的「道」，在內容上，是更符合實際創作所需要的。

東坡突破了歷來彌漫於文壇所謂的「文以載道」、「文以明道」、重道輕文等等的思想，而就藝術創作的特徵和規律，對「道」重新進行詮釋，在〈日喻〉一文中，他提到：

> 故世之言道者，或即其所見而名之，或莫之見而意之，皆求道之過

> 也。然則道卒不可求歟？蘇子曰：道可致而不可求。……南方多沒
> 人，日與水居也。七歲而能涉，十歲而能浮，十五而能沒矣。夫沒
> 者豈苟然哉，必將有得於水之道者。日與水居，則十五而得其道。
> 生不識水，則雖壯見舟而畏之，故北方之勇者，問於沒人而求其所
> 以沒，以其言試之河，未有不溺者也。故凡不學而務求道，皆北方
> 之學沒者也。

這種涵義的道，有時東坡也稱之為「理」（〈答俞括書〉）、「常理」（〈淨因院畫
記〉）、「自然之理」（〈上曾丞相書〉）、「自然之數」（〈書吳道子畫後〉），指的
是客觀事物的內在規律。他以游泳為喻，具體說明透過生活實踐與學習，才
能認識事物內在精妙之理，掌握其運動的規律，所以，對一個「日與水居」
的少年而言，他自然可以掌握「水之道」從而獲得游泳的技術，七歲能涉，
十歲能浮，十五而能沒，是自然不奇之事，如果光憑別人間接所傳授的經
驗，自己不能長期躬親力行，是不能掌握「道」的。道是可致而不可求的，
「可致」者，可以在實踐上掌握之謂；「不可求」者，不可僅求之於言傳之類
是也。所以，東坡所說的「道」比起古文運動者歷來虛張的道統說，更帶有
實踐性品格〔註 7〕，唯有通過長期的實踐體驗，才能掌握得到「道」。在〈送
錢塘僧思聰歸孤山敘〉中，東坡依然堅持了這種致道方式：

> 古之學道，無自虛空入者。論扁斫輪，病僂承蜩，苟可以發其知智
> 巧，物無陋者。聰若得道，琴與書皆與有力，詩其尤也。聰能如水
> 鏡以一含萬，則書與詩當益奇。吾將觀焉，以為聰得道淺深之候。

作者如果能夠對萬物萬事的規律性有著深刻的認識，文藝創作自然可以正確
反映多方面的事物本質。

其實，東坡這些開放性的見解，與莊子在〈養生主〉、〈達生〉、〈天道〉
諸篇中所表達的概念是很類似的。在〈養生主〉中，庖丁解釋其解牛技術之
所以熟練之因，在於「臣所好者，道也，進乎技矣。」這裡所指的「道」，也
就是自然之道，即文中所說的「以神遇而不以目視，官知止而神欲行，依乎
天理，批大郤，導大窾，因其固然」。所謂「依乎天理」，也就是東坡所強調
的「天機之所合」；所謂的「官知止而神欲行」，也就是東坡所主張的「神與
萬物交」，所以，脫掉莊子玄言的神秘外衣，他所強調的，依然是要人們順應

〔註 7〕 此處多採敏澤先生《中國美學思想史》卷二有關蘇軾「論道與論藝及審美關
係中的主客體」的看法。見該書頁 397～401。

自然、遵守事物本身的規律〔註8〕。而在〈達生〉篇中，莊子也藉呂梁蹈水一事，說明「蹈水有道乎」及「從水之道而不為私」的看法，這裡的「道」，也和後來東坡在〈日喻〉中所表達的「道」是暗合的，它們同指客觀事物的內在規律，一致強調長期的生活經歷和努力的師習，對成就「道」所產生的重大影響。由此可知，東坡對「道」的體悟，是絕非僅止於儒家的倫理道德綱常而已。

　　所以，東坡說「有道有藝。有道而不藝，則物雖形於心，不形於手」，只要掌握了事物的內在規律，就是掌握了自然之道，身與物化，就會如同醉中不會用鼻子飲酒、夢中不會以腳趾去拾取東西一般，自然而然，天機之所合，非勉強可致。不過，僅僅掌握「道」是不行的，必須「有藝」，精熟表現的技巧，才能達到「神與萬物交，智與百工通」的境地；否則，「心識其所以然，而不能然」，是會「半折心始」的，「有見於中而操之不熟，平居自視了然而臨事忽焉喪之」（〈文與可畫篔簹谷偃竹記〉），認識能力和反映能力之間，就會出現明顯的矛盾現象，所以，要解決這種矛盾的關鍵，端視於藝術技巧的成熟與否；而藝術技巧本身，是可經由學習的過程而把握的。所以，東坡在歸納這種「內外不一，心手不相應」的原因時，就曾一針見血地指出乃「不學之過也」。這裡的學，乃是就「學藝」而言，「藝」是表達藝術的一種手段，沒有此「藝」，就無法「達意」，就不可能準確地表達心中的意念。因為「操之不熟」的緣故，所以，得之心者，未必能應之手，甚至書之紙。因此，東坡才會在〈答謝民師書〉中說：「求物之妙，如繫風捕影，能使是物了然於心者，蓋千萬人而不一遇也，而況有使了然於口與手乎」。唯有經過長期的學習和生活實踐，才能由學以求道，才能在「胸中豁然以明」（蘇洵〈上歐陽內翰第一書〉）後，「得之心而書之紙」（蘇洵〈上田樞密書〉）。

　　其實，無論是何種技術，都必須經過長期的實踐和艱苦的學習過程，才能夠得心應手，所謂「百工居肆，以成其事，君子學以致其道」（〈日喻〉）。在〈眾妙堂記〉一文中，東坡曾藉清潔工人灑水、除草技藝之精，來形容這種技道結合的最高境界，他說：

　　　　二人者，手若風雨，而步中規矩，蓋渙然霧除，霍然雲散。余驚嘆
　　　　曰：妙盡至此！庖丁之理解，郢人之鼻斲，信矣。二人者，釋技而

〔註8〕　本段乃參酌曾棗莊先生《三蘇文藝思想》中，東坡〈書李伯時山莊圖後〉一文的題解。見該書頁 265、266。

－119－

> 上曰：子未睹真妙，庖鄄非其人也。是技與道相半，習與空相會，
> 非無挾而徑造也。

對於工人「手若風雨，而步中規矩，蓋渙然霧除，霍然雲散」的熟練技巧，
東坡以「技與道相半，習與空相會」二句來概括其中的化工之境。所謂「習
空相會」者，「習」指的是具體的實踐；「空」則是抽象的道理，二者相會，
進而相融，所以，技道相半，這一切都是因日久學習，體識到物理之精，再
達之於手的自然結果，就像「庖丁解牛」、「輪扁斲輪」、「痀僂承蜩」一樣，
是道與藝結合的一種見證。

由此可見，文藝創作規律中，技巧的掌握和學習是沒有終南捷徑的，只
有在長期的學習下，才能逐步領會和掌握，絕不可能單單透過「達者告之」，
就躍然心會。「君子之於學，百工之於技，自三代歷漢至唐而備矣」（〈書吳道
子畫後〉）。各類技藝的充份表現，的確是要經過「學習」的階段，才能得其
「自然之道」的。

可致之道，雖然要透過學習才能獲得；但是，學習也必須要達到「相忘」
之地，主客體才能交融為一，才能臻於創作之化境，故〈虔州崇慶禪院新經
藏記〉云：

> 口必至於忘聲而後能言，手必至於忘筆而後能書……口不能忘聲，
> 則語言難於屬文，手不能忘筆，則字書難於雕刻，及其相忘之至，
> 則形容心術酬酢萬物之變，忽然而不自知也。……故金剛經曰：一
> 切聖賢皆以無為法而差別，以是為技，則技凝神，以是為道，則道
> 凝聖，古之人與人皆學，而獨至於是，其必有道矣。

要達到「相忘」、「凝神」、「凝聖」的境地，實捨學習而莫由。由道而進乎技，
再透過技之凝神，來通乎道，在這種周而復始的循環中，「技道兩進」，構成
了審美創作的全部。二者唯其「相忘之至」，才能盡物之變。所以，唯有「技
道相融」，合二為一，才能達到「天人合一」的境地，才能在「心手相應」之
下，達到藝術創作的化境。

「以無所得故而得」。在〈思無邪齋銘〉中，東坡又言：「吾何自得道？
其惟有思而無所思乎」，要從「得」或「思」的「有」，通向「無所得」、「無
所思」的「無」，是必須在學習的基礎上，才能進行的。此神遇之境，如果缺
乏長期的實踐、學習，就不能有「振筆直遂」不能不發的創作激情。這種由
認識論過渡到反映論，由內容過渡到形式，了然於心又了然於口與手的過程，

既是艱辛的，就更遑論是要達到「凝神」、「凝聖」的化工之境了！所以，只有「道藝」相融，「無有」相通的作者，才能在「不強而自記」中，體現到「天機之所合」的審美意境。與可畫竹所以「見竹不見人」、「其身與竹化」；吳道子畫人物所以「得自然之數，不差毫末」、「游刃餘地，運斤成風」，正是這方面最佳的例證。

第三節　形神相依

　　傳神，是我國寫意文藝對藝術形象的普遍要求，而在諸項文藝理論發展中，又以畫論是較早肯定傳神的重要意義的。

　　雖然，形神思想最早是存在於中國繪畫理論體系中，不過，影響所及，其他部門的藝術理論發展，也逐漸將其納入領域範圍，做為一個藝術欣賞、批評、甚至創作的最高指導原則。

　　藝術理論中的形神論，其產生的淵源主要還是來自於哲學的啟發。在莊子的思想裡，他把形而上的「道」看作是宇宙萬物的本源，否定了形而下的「物」。「道」是無形的，它掌握了天地萬物的運行規律，「物」是有形的，是一種表象的形骸。所以，莊子崇尚自然，反對人為，在他的基本理念中，「道」和「物」的關係，就是「神」和「形」的關係，而在這層關係裡，很明顯的，他有著「重神輕形」的強烈傾向。這種從哲學思想基礎出發的美學觀點，在西漢淮南王劉安的《淮南子》中，有了進一步的發揮。〈原道訓〉嘗云：「故以神為主者，形從而利；以形為制者，神從而害」。可知，在形神關係上，《淮南子》也是強調傳神的，不過，比起莊子的片面性，「《淮南子》的表現，無疑還是比較周全的。它並不否認形的存在，只是將「形」置於從屬之位：如〈精神訓〉所云：「故心者，形之主也；而神者，心之寶也」；〈泰族訓〉亦云：「太上養神，其次養形」等等〔註9〕。其中值得注意的是，《淮南子》還曾把這類原出於哲學概念的傳神思想，合理地轉化到藝術的內涵要求上。〈說山訓〉有云：

　　　　畫西施之面，美而不可說；規孟賁之目，大而不可畏，君形者亡焉。
高誘注釋云：「生氣者，人形之君，規畫人形無有生氣，故曰君形亡」。高誘

〔註9〕　此處論述多轉引自張少康先生《中國古代文學創作論》第四章〈論藝術表現的辯證法〉──「形與神」，頁158～161。

所說的「生氣」也就是「神」氣,即人之風采。一般而言,「美」和「大」這種外表的訴求,可以透過造型的描繪來達到目的,但它卻不是作畫眞正的終極表現。因爲繪畫藝術成功的關鍵,是在於人物神態的傳達,而不是純爲形似之作。「可說」和「可畏」才是此圖的重要神態,才是刺激觀賞者當下所產生的直覺反應,這種情緒反應,並不能從作者單純地摹寫物象中,就可以獲致,一定要透過作家對題材的掌握,和對事物形軀的內在能動力的捕捉,才得以觸悟的表現。所以,如果只繪出西施面部形體之美,孟賁眼精形象之大,而忽略了「可說」、「可畏」的神態傳達,這般「失神」之畫,終究是注定失敗的。劉安在此雖然沒有明確點出「神」這個名詞,不過,所謂「君形者」,顯然也已包括了其中的內容和概念。

雖然,《淮南子》在一片漢代存形的繪畫風潮下〔註10〕,難能可貴地發現繪畫在存形之外,其實還有著更深的內涵表現。不過,這也僅僅是曙光乍現,觸及皮毛而已。眞正有自覺地去探討藝術理論中有關形神的部分,仍是必須等到魏晉時的顧愷之,才產生的事實。

顧愷之在總結前代畫工實際創作經驗後,再以自己長期的藝術創作和理論探討爲基礎,初步闡述了「傳神」方面的許多問題,從而規畫出我國繪畫理論中「傳神」的表現範疇。《歷代名畫記》卷五即嘗記載一段有關顧愷之對「以形寫神」見解的重要看法:

> 人有長短,今既定遠近以矚其對,則不可改易闊促,錯置高下也。
> 凡生人亡有手揖眼視而前亡所對者,以形寫神而空其實對,荃生之
> 用乖,傳神之趨失矣。空其實對則大失,對而不正則小失,不可不
> 察也。一象之明昧,不若悟對之通神也。

在這段文字裡,關鍵字眼是「以形寫神而空其實對」。顧愷之強調在摹揖人物的過程中,不能隨便更易原作中人物間的高下闊促,因爲既定的位置如果遭到更動,則拓揖出來的人物畫也就會盡失原作之風貌,所謂「實對」,就是要

〔註10〕 漢武帝「罷黜百家,獨尊儒術」,文藝思想主要還是在儒家思想影響下發展的。
當時的創作主流仍是偏重形似的。沈約《宋書·謝靈運傳論》就提到:「相如
工爲形似之言」文學的表現,至此可見一般;至於繪畫方面,也側重在「存
形寫實」將圖畫視同實用工具,以人物爲題者,即成爲歌功頌德之記;以
山水爲題者,就成爲地理的當然標誌。所以,在魏晉畫論興起以前,傳統的
圖像觀,所訴求的,僅是實質上的存形與否罷了。有關這方面的深刻探討,
可參考鄭毓瑜先生所撰《六朝藝術理論中之審美觀研究》(台大中研所博士論
文,民國 79 年)。

求畫家在現實中，觀察對象、了解對象，針對此點，顧愷之等於是從創作技巧出發，認為「寫形」乃繪畫美術獨特的質性，是不容忽視的。而這種「實對」，可說是「以形寫神」的必要條件，所以，只有從「寫形」通向「傳神」，才能夠完成傳神的「實對之形」。換言之，唯有藉「悟對」之形，才能以「通神」之實。所以，顧愷之應當是沒有因為強調傳神而貶抑寫形的企圖。「形」、「神」其實是合二為一的，後人實在沒有必要拘泥在二分法的局限當中，徒生困擾的。〔註11〕

　　而就在顧愷之主張「悟對通神」的過程的同時，也一再強調作者對人物神情的刻畫，是掌握「傳神」的不二法門。他總結了自己的創作經驗，提出了「阿堵傳神」的理念思想。在《世說新語‧巧藝》中，就登錄了三則有關顧氏繪畫的記載：

> 顧長康畫裴叔則‧頰上益三毛，人問其故？顧曰：「裴楷儁朗有識具，
> 正此是其識具。」看畫者尋之，吾覺益三毛如有神明，殊勝未安時。
>
> （第九則）
>
> 顧長康畫謝幼輿在巖石裡。人問其所以？顧曰：「謝云：『一丘一壑，
> 自謂過之』，此子宜置丘壑中」。（第十二則）
>
> 顧長康畫人，或數年不點目精。人問其故？顧曰。「四體妍蚩，本無
> 關於妙處；傳神寫照，正在阿堵中」。（第十三則）

顧氏在畫裴楷之像時，為求傳神，遂在他臉頰上添畫三筆，使人感到「益三毛如有神明」。此舉是藉「三毛」之形，來傳裴楷之神；另外，在摹寫謝鯤之象時，他則抓住了亂世隱士謝鯤眷懷山水的本性，將其襯置丘壑中，藉以徵顯出人物的內在情性特質；至於替人畫像，為求傳神寫照，而點畫眼睛之事，極其慎重，實乃因為人的氣象情性一般是發於眼神目睛之故。〔註12〕

　　總之，「傳神論」經過顧愷之的奠基後，中國人物畫發展得以進入一個全新的領域，也因為這種以傳神為主，藉以達到「形神兼備」的美學思想，是由顧氏所開創的，這使得後來的許多文藝思想家能在此基礎點上，做進一步

〔註11〕此段論說多自鄭毓瑜先生《六朝藝術理論中之審美觀研究》的見解中，歸結而得，見說書頁65～74。

〔註12〕劉邵《人物志‧九徵》中有言：「夫色見於貌，所謂徵神。徵神見貌，則情於目，故仁目之精，慤然以端；勇膽之精，曄然以彊」劉氏就認為最能體現人的情性神貌的地方，正是眼睛。

的闡述與發揮，補充其中之內容。而東坡，也就是這股浪潮下的一位優秀推進者。

　　東坡繼承了漢魏六朝以來關於「以形寫神」、「悟對通神」的美學思想，進一步提出了寫形更要傳神，形神統一、求眞、求自然的深刻要求；把形神關係，同置於表現手段的範疇內。他在〈書鄢陵王主簿所畫折枝〉一詩中，說道：

　　　論畫以形似，見與兒童鄰。賦詩必此詩，定非知詩人。詩畫本一律，
　　　天工與清新。邊鸞雀寫生，趙昌花傳神。何如此兩幅，疏澹含精勻。
　　　誰言一點紅，解寄無邊春。

文中指出無論詩畫，都有形似與神似的關係問題，一切也都是以傳神爲高，形似爲次。東坡在文藝上的卓越貢獻，也就是突破了這種詩畫的界限，認爲「古來畫師非俗士，摹寫物象略與詩人同」（〈歐陽少師令賦所蓄石屛〉）。詩畫有其相通之處，在描摹對象的方法上，都是注重傳神與寓意的統一。在這裡，東坡並非否定形似的需要，只是更爲強調神似的重要性，要做到神似的境界，是不能囿於事物的表面，而是要深入它的底層義蘊，發現其自然理路和特徵才行。在這個意義上，他所不滿足的是那些取貌遺神、止於形似之作，而非不求「形似」〔註13〕。《高齋詩話》嘗記載一則文壇逸事，恰足以說

〔註13〕東坡「論畫以形似，見與兒童鄰；賦詩必此詩，定非知詩人」的論點一出，後人在理解上，就出現了許多的分歧。有人直接從四句詩的詩面來看，認爲東坡有貶損形似的嫌疑，因此，與東坡幾近同時的晁説之道：「畫寫物外形，要物形不改。詩傳畫外意，貴有畫中態」這是說明形似的重要，以正東坡之偏；明代楊慎也認爲東坡有所偏頗——「非至論也」（《見升庵詩話》）。葛立方、王若虛等人則持不同的意見。葛氏以爲「歐陽文忠公詩云：『古畫畫意不畫形，梅詩寫物無隱情。忘形得意知者寡，不若見詩如見畫。』東坡詩云：『論畫以形似，見與兒童鄰。賦詩必此詩，定非知詩人』或謂：『二公所論，不以形似，當畫何物？』曰：『非謂畫牛作馬也，但以氣韻爲主耳。』謝赫云『衛協之畫，雖不該備形妙，而有氣韻，凌跨雄杰』其此之謂乎？」金人王若虛亦言：「夫所貴於畫者，爲其似耳；畫而不似，則如勿畫。命題而賦詩，不必此詩，果爲何語！然則，坡之論非歟？曰：『論妙於形似之外，而非遺其形似；不窘於題，而要不失其題。如是而已耳。世之人不本其實，無得於心，而借此論以爲高。畫山水者，未能正作一木一石，而託雲煙杳靄，謂之氣象；賦詩者，茫昧僻遠，按題而索之，不知所謂，乃曰格律貴爾。一有不然，則必相嗤點，以爲淺易而尋常。不求是而求奇，眞僞未知，而先論高下，亦自欺而已矣。豈坡公之本意也哉（《滹南詩話》）其實後人這些見解，都是各取所需，各做解釋的，甚至有些強爲之辭。想要正確看待東坡的原意並不難，只要從他說這幾句詩的動機出發，做全面性的理解、觀照，就不會偏離其人原

明形神表現之高下：東坡嘗批評秦觀〈水龍吟〉詞「小樓連苑橫空，下窺繡
轂雕鞍驟」兩句，「十三個字，只說得一個人騎馬樓前過」，秦觀問他近作，
他把〈永遇樂〉「燕子樓空，佳人何在？空鎖樓中燕」詞句念給他聽。晁無咎
評這三句詞說：「只三句，便說盡張建封事」。這兩例區別的根本所在，便是
藝術表現手法的高下問題。「神情」乃是屬於內在精神實質的範疇，非經藝術
概括，無由掌握。秦觀詞由於太著「跡象」，所以只是在對事物的外在形象進
行描摹而已，不過是求得形似之跡罷了，東坡則不然，既得其形，又傳其神，
充分掌握了藝術的概括表現力﹝註14﹞。難怪清人鄭文焯會做如此評論：

> 公（東坡）以「燕子樓空」三句語秦淮海，殆以示詠古之超宕，貴
> 神情，不貴跡象也。（《手批東坡樂府》）

在東坡的文藝思想中，的確是沒有否定「形似」的作用，他甚至屢屢提
到「隨物賦形」的重要性。這可從他〈答謝民師書〉一文中，窺見一般：

> 所示書教及詩、賦、雜文、觀之熟矣。大略如行雲流水，初無定質，
> 但常行於所當行，常止於不可不止，文理自然，姿態橫生。

所謂「與山石曲折，隨物賦形」（〈書蒲永昇畫後〉）。水無固定之狀，不自為
形，但隨著地勢之不同而形成不同的波瀾。「隨物賦形」是一個深具美學寬廣
意義的觀點。欲「隨物賦形」，首先必須確定「物」之所在，而讓「形」根據
「物」之不同，做出殊別之狀。所以，文藝創作在對每一事物進行「隨物賦
形」時，如能「窮形」，又能「盡相」，自然就會構成真實之美：

> 美哉多乎，其盡萬物之態也！霏霏乎其若輕雲之蔽月，翻翻乎其若
> 長風之卷斾也。猗猗乎其若遊絲之縈柳絮，裊裊乎其若流水之舞荇
> 帶也。（〈文與可飛白贊〉）

所以，既然「隨物之狀」，而「賦物之形」，「真實」便成為當然的理想目標，
而「不似」也必然會受到批評。況且，如果形不能似物，則又何來之「隨物」？
因此，一切對形似的要求，還是必須根植在「真實」、「寫真」的存在性上。

意太遠。基本上，東坡不是在否定形似的存在必要，而是在提示文藝創作精
神的本質的抓取，傳神正是這種本質有無的關鍵因素；所以，東坡才會在其
他詩文中，一再強調這種「神」的主導地位。

﹝註14﹞本事見《藝苑雌黃》：「東坡問少游別作何詞，秦舉『小樓連苑橫空，下窺繡
轂雕鞍驟。』坡云：『十三個字，只說得一個人騎馬樓前過。』秦問先生近著，
坡云：『亦有一詞說樓上事。』乃舉『燕子樓空，佳人何在，空鎖樓中燕。』
晁無咎在座云：『三句說盡張建封燕子樓一段事，奇哉！』」引見《唐宋詞選
註》（華正書局，民國74年），頁110。

以黃筌畫鳥，頸足皆展；戴嵩繪牛，掉尾而鬥爲例，兩畫皆因「觀物不審」，缺乏實際生活經歷，淪爲「不似」之象，故傳爲笑柄。所以，想要具備「隨物賦形」之能，還是有其前提條件的，如果沒有實際生活經歷，不能體察物理，是無法達到此境界之完滿。

可見，對「形似」的純然要求，也不是那麼容易達到的，更遑論是「神似」的境界了。所以，單以形似來做爲評斷藝術優劣的準則，也許會流於淺隘，是東坡難以苟同的；但是，脫離了形似的基層結構來評論藝術，更易流於虛假，這恐怕更是東坡所不屑或不爲的。

除此，在另一篇文章裡，東坡也舉實例說明透過細微的觀察，仍是可以體現到外物對象的形跡特質的。他說：

> 羊豕以爲羞，五味以爲和，秫稻以爲酒，麴蘗以作之。天上之所同也。其材同，其水火之齊均，其寒煖燥濕之候也，而二人爲之，則美惡不齊。豈其所以美者，不可以數取歟。然古之爲方者，未嘗遺數也。能者即數以得其妙。不能者，循數以得其略。其出一也，有能有不能，而精粗見焉。人見其一也，則求精於數外，而棄跡以逐妙，曰：我知酒食之所以美也。而略其分齊，捨其度數，以爲不在是也，而不以意造，則其不爲人之所嘔棄者寡矣。（〈鹽官大悲閣記〉）

東坡明確地表示：身爲作者，必得要掌握所欲創作的事物形跡，並從它做出合理的安排才行。所謂「數」與「妙」（「精」）的關係，即是文藝創作上「形似」與「神似」的關係。所以「即數以得其妙」，即在形似的基礎上，進而得其神似之意；而「循數以得其略」，則是停留在形似階段得其大略；至於「求精於數外」、「棄跡以逐妙」，乃是棄形以求神。這裡面，東坡所反對的是那種離開了常形、常理，「一以意造」，以爲可以「求精於數外」、「棄跡以逐妙」的創作方式。「數」雖不能盡括「精」之所在，但「數」畢竟是「求精」的一個基礎。「跡」不等同於「妙」，但完全拋棄「跡」，也就不能得其所「妙」。所以，「美」不在於「形似」，但又不能脫離於「形似」，正謂「豈有所美者，不可以數取歟」！〔註15〕

由此可知，東坡所以稱讚林逋、皮日休諸人的「寫物之功」，也正是因爲

〔註15〕 本段立論，多據徐中玉先生〈論蘇軾的隨物賦形說〉一文敷衍而成。該文收錄在《中國古代美學藝術論》中（木鐸出版社，民國74年），頁205～223。

他們能夠耐心體察萬物萬事，抓住了物象的形似特徵，「即數以得其妙」之故。所以，離開形似、眞實，是很難達到藝術之美，而僅限於形似眞實者，也無法取得美的眞髓，因爲，只有「形神相依」，才是眞善美的藝術。

東坡在〈與何浩然〉的信中，就曾說過：

> 寫眞奇絕，見者皆言十分形神，甚奪眞也。非故人倍常用意，何以
> 及此，感服之至。

「十分形神」乃是對此幅寫眞畫的最高推譽，所以，東坡才會「感服之至」，以爲「非故人倍常用意，何以及此」。形似到「不差毫末」，乃是對「數」的掌握，神似至極，則爲「精妙」的境地，而所謂的「十分形神」，指的是「形」和「神」的難分難解，消融爲一，已達「形神兼備」的高妙境界。蓋求其完備，只有要求形不離神，神不脫形，才能臻於「奪眞」之境。「神似」之意，乃是有賴於「形似」之象的傳達，所以，清人劉熙載在論書法習進過程時，曾提出：「書要力實而氣空，然求空必於其實，未有不透紙而離紙者也」（《藝概·書概》）的概念。從漸進的觀點來看，「形似」終歸是到達「神似」不可省卻的重要步驟。

這種形似與神似間的分別，是建立於外表形體的眞實與內在精神的眞實的差異上。東坡在〈書吳道子畫後〉中說：

> 道子畫人物，如以燈取影，逆來順往，旁見側出，橫斜平直，各相
> 乘除，得自然之數，不差毫末。

這些評賞是針對形似的角度去看待的。東坡雖然也讚譽道子善於「出新意於法度之中，寄妙理於豪放之外」，不過，他更推崇建立在以形寫神基礎上的象外求神，針對這一點，他毫不掩飾對王維畫的推崇是在道子之上。東坡曾對開元寺中，王維、吳道子的畫進行比較，說明兩者優勝。吳畫雖「浩如海波翻，當其下手風雨快，筆所未到氣已吞」，氣勢奔騰，雄放灑脫，以「不差毫末」的形似見長，但是，卻缺乏讓讀者聯想的空間。至於王維，以詩之意境入畫，描繪佛教弟子鶴形鵠立，「心如死灰不復溫」，再配上「雪節貫霜根」的修竹，更顯「祇園弟子」對佛的清淨虔誠。畫面簡樸，卻引起讀者豐富的聯想空間，這種彷如其詩的清新敦厚，正是畫作的「象外之旨」，是神似的美學境界。所以，在形神的審美趣味下，東坡不由地對兩人的畫做出以下的評定：

> 吾觀畫品中，莫如二子尊。……吳生雖妙絕，猶以畫工論：摩詰得

之象外，有如仙翮謝籠樊。吾觀二子皆神駿，又於維也斂衽無間言。
（〈王維、吳道子畫〉）

這種「得之於象外」，不滿足於形似，而做到神似，畫出客觀對象的精神境界，是歷來創作者所追求的高韻極詣。東坡在〈次韻子由書李伯時所藏韓幹馬〉中，特別指出，要通過畫中驊騮表現出「意在萬里」的神韻，就必須要先懂得「畫外之事」才行，才能「畫出三馬腹中事」（蘇轍〈韓幹三馬〉）。再如〈自題臨文與可畫竹〉中所云：「借君妙意寫篔簹，留與詩人發吟諷」；〈書林次中所得李伯時「歸去來」、「陽關」二圖後〉所言：「龍眠獨識殷勤處，畫出陽關意外聲」等等，也均是這種「韻外之味」、「畫外之意」要求下的傑出之作。可見，在形神論中，「象外之旨」也是做為評斷創作優劣的一項重要成因。

從東坡對文藝創作的要求上來看，他所主張的「隨物之狀」，「賦物之形」的形，事實上，已不限於外在之形，這裡面應該還要包括內部形態的期許，也就是神似的品格。這種「隨物賦形」的刻畫，不僅要切合對象外貌，而且也理當觀照它內部的神氣，以求「盡物之變」。東坡曾在〈墨花〉一詩中，讚揚尹白所繪墨花：「縹緲形纔具，扶疏態自完」，文中的「形」、「態」，指的即是墨花的「形」與「神」。另外，在歐陽脩所蓄石屏之中，東坡亦透過聯想力，想像其上的彷似水墨圖跡，有如「峨嵋山西雪嶺上萬歲不老之孤松」，他這樣形容孤松：

崖崩澗絕可望不可到，孤煙落日相溟濛。含風偃寒得眞態，刻畫始
信天有工。（〈歐陽少師令賦所蓄石屏〉）

老松在「孤煙落日相溟濛」之下，呈現出「含風偃蹇」的不屈之姿，成為東坡筆下讚美的「眞」，充分體現作為「峨眉山西雪嶺上萬歲不老之孤松」的特色。石屏形跡不僅眞切，更傳孤松之神韻，所以，東坡才以「巧奪天工」稱譽之。

無論詩或書都涉及形似與神似的問題，均以傳神為貴、為尚。東坡對傳神的關注，主要也是表現在抓住藝術對象的個性特徵上。「誰言一點紅，解寄無邊春」（〈書鄢陵王主簿所畫折枝二首〉之一），「一點紅」既是形似表現，又是傳神之處。以「一點紅」象徵無邊春色，這種「得其意思所在」的藝術概括的手法，正是掌握了形神表現的特殊要領。而在人物繪畫傳神理論精神的把握上，東坡主要還是接受顧愷之「傳神之難在目」的論點，指出「傳神

與相一道，欲得其人之天，法當於眾中陰察之」（〈傳神記〉）。人的意態神情是可以通過具體特徵的形體，刻畫出最有特徵的部分，讓意氣的神似，寓於精確的形似之中。這種非矯柔造作的「天」，是有賴於作者長時間的深刻入微觀察，才能得「其人之天」的。如果強使客體對象遷就主體需要，偽飾做作，「具衣冠坐，注視一物」，如何能捕捉到對象的自然神態？所以，東坡強調：

> 凡人意思各有所在，或在眉目，或在鼻口。虎頭云：頰上加三毛，覺精采殊勝，則此人意思，蓋在鬚頰間也。優孟學孫叔敖抵掌談笑，至使人謂死者復生，此豈舉體皆似，亦得意思所在而已。（〈傳神記〉）

「意思」這個概念，具有典型性、特徵性的意義，指的是人的神氣意態，也就是人的內在本質的突出表現。人的個性特徵在其意思，所以，這個「意思」應當是因人而異，各有所在的。或在眉目，或在鼻口。東坡經過長期的「眾中陰察之」，發現既然傳神之處是「各有所在」，所以就不當限於「眼睛」這部分了。這層思想，等於是突破了顧愷之自己所說的「傳神寫照，正在阿堵之中」的公式化局限，靈活地抓住了典型性格的理論精髓。正因為「凡人意思，各有所在」，所以，只要把握住對象特點，就能達到傳神境界，無需再去追求「舉體皆似」。即使筆墨雖「少」，卻也能顯示深刻內在之「多」。這也就是為什麼優孟學孫叔敖的舉止，並沒有做到「舉體皆似」，只是抓住了對象的「抵掌談笑」特徵，卻已令人有彷如孫叔敖再世之感的真正原因。

　　在〈淨因院畫記〉一文中，東坡對傳神問題，又做了進一步的發揮，提出了「常形」和「常理」的問題。他說：

> 余嘗論畫，以為人禽宮室器用皆有常形，至於山石竹木水波煙雲，雖無常形，而有常理。常形之失，人皆知之，常理之不當，雖曉畫者有不知。故凡可以欺世而取名者，必托於無常形者也。雖然常形之失，止於所失，而不能病其全。若常理之不當，則舉廢之矣。以其形之無常，是以其理不可不謹也。世之工人，或能曲盡其形，而至於其理，非高人逸才不能辨。

「常形」乃事物靜止的外在形態；「常理」則是事物運動變化的內在規律。天下事物，有所謂常形和無常形兩大類。常形者，如「人禽宮室器用」；無常形者，如「山石竹木水波煙雲」。而常形之失易睹，常理之失，雖「曉畫者」，

亦有所不知。所以，才會引得一些欺世盜名之徒，專畫無有常形的山水煙雲，藉以掩飾其卑劣粗糙、不堪形似的手法。這些狂妄之徒，殊不知一旦失「理」在前，則作品勢必「廢之」在後。所以，要挖掘出隱藏在現象之後的本質特徵，誠非易事，必須要實地觀察，才能深刻把握。正因為「常理」是潛藏在事物的本質特徵或內在規律之中，並非人人可察覺的，所以，東坡才會以一個「妙」字來形容「常理」，認為「求物之妙，如繫風捕影」，也只有「高人逸才」才能辨識其中，進而把握住這種「理」。而常形之疏，只是局部的不當，「不能病其全」，如果是常理之失，則勢必造成全盤性的錯誤。一般的畫工畫，同文人畫不同之處，也就在於畫工只能「曲盡其形」，無法辨別「常理」，如畫馬，往往「只取鞭策、毛皮、槽櫪、芻秣，無一點俊發，看數尺許便倦」（〈又跋漢傑畫山〉）所以，不能「得之於象外」，藝術成就卒為不高。這種「形」和「理」之分，實質上也就是「形」「神」之辨。所謂「得其理」，也就是「傳其神」。

可知，在藝術創造過程中，東坡並不滿足於這種僅能「曲盡其形」的刻板形似，他主要強調的還是足以反映「常理」的「巧構形似」。在總結文與可創作經驗時，他就認為文與可的繪事成就，就在於其人能夠得「理」之勝：

> 與可之於竹石枯木，真可謂得其理者矣。如是而生，如是而死，如是而攣拳瘠蹙，如是而條達遂茂。根莖節葉牙角脈縷，千變萬化，未始柳襲，而各當其處，合於天造，厭於人意。（〈淨因院畫記〉）

「物固有是理，患不知」。「理」自具於事物之中，必待主體有所「知」，才能達之「口與手」。與可在長期觀察經驗中，對竹子的生長的物理，有相當深刻的把握，故能「成竹在胸」，所以，執筆之際，輒能出神入化，把竹子生死榮枯時，根莖節葉，牙角脈縷千變萬化的形狀，展示得極其神肖，體現了竹子本身的自然規律，合於「天造」。而另一方面，文同所繪的墨竹又不是單純的模仿自然，而是經過藝術概括所創造出來的意象；這其中有與可自身的思想感情和他的理想人格，這也正是「厭於人意」的一種表現。所以，晁補之才會對與可的評價如此之高，說他畫竹時：「胸中有成竹，經營似春雨，滋長地中綠」（《雞肋集》卷八〈贈文潛甥楊克學文與可畫竹詩〉）。

「形」「理」的概念內容，雖有分別，不過，常理固然是指事物的內在本質，但仔細推敲下，「常形」之中，又何嘗不具有「常理」之性質？事物的本質總是要通過一定的現象來體現的，但是，現象（常形）卻不一定都能典型

地反映事物的本質（常理），因此，即使是人禽、宮室和器用，在常形之外，也當是具有「常理」的特徵，只不過這種「常理」的特徵，不是每個畫家都能掌握得到的。以黃筌畫飛鳥——「勁足皆展」、載嵩畫鬥牛——「掉尾而鬥」這兩個例子來說，都違反了生物的運動規律，所以，後人才會視其爲「失理」之作；不過，畫面鳥飛之「狀」，牛鬥之「勢」，又豈非「常形」之態？所以說，常形和常理間，還是不能做機械性的絕對化理解，因爲，常理既是內化在常形之中，所以，現「形」之際，亦即是呈「理」之時。在彼此不斷的融攝下，二者的關係，就如同「形」「神」一樣，已經是難分難解了。因此，藝術上，只講「常形」，而忽略了「常理」，是不能眞實地反映事物的本質的。

　　「常理」既是客觀對象的運動變化之美，所以，在物性不斷的變化中，「形」必也隨之進而改變，這裡的形，已不再拘執爲「形似」的表層了。水之爲「物」，是無常形，卻是最足以說明「因物爲形」的深刻道理，是「隨物賦形」的最佳體識：

> 世有以常形者爲信，而以無常形者爲不信。然而方者可斫以爲圓，曲者可矯以爲直，常形之下不可恃以爲信也如此。今大水雖無常形，而因物以爲形者，可前定也。……天下之信，未有若水者也。（《東坡易傳》卷三）

「水」是最具靈活性的，它的特點就是在於「初無定質」、「不自爲形，而因物以賦形，是故千變萬化，而有必然之理」（〈灩澦堆賦〉）。能夠「因物賦形」的水，才是「活水」，才能「盡水之變」，與山石曲折；反之，失去個性特徵的水，充其量只能做出「平遠細皺」，即使偶而「波頭起伏」，也只能算是一泓「死水」，所以，東坡在論孫位、孫知微等人畫水之妙時，曾作如此形容：

> 古今畫水多作平遠細皺，其善者不過能爲波頭起伏，使人至以手捫之，謂有窪隆，以爲至妙矣，然其品格，特與印板水紙爭工拙於毫釐間耳。唐廣明中，處士孫位始出新意，畫奔湍巨浪，與山石曲折，隨物賦形，盡水之變，號稱神逸。其後蜀人黃筌、孫知微皆得其筆法。始知微欲於大慈寺壽寧院壁，作湖灘水石四堵，營度經歲，終不肯下筆。一日倉皇入寺，索筆墨甚急、奮袂如風，須臾而成。作輸瀉跳蹙之勢，洶洶欲崩屋也。知微既死，筆法中絕五十餘年。近

　　　　歲成都人蒲永昇，嗜酒放浪，性與畫會，始作活水，得二孫本意。
　　　　自黃居寀兄弟、李懷袞之流，皆不及也。(〈書蒲永昇畫後〉)

這種不滿足於形似，而貴重於神似的觀點，在東坡的文藝思想中，是十分突出的。他以「死水」、「活水」來比較說明「形」、「神」境界之高低，認爲所謂的「死水」，只可與「印板水紙爭工拙於毫釐間耳」，只能達「形似」之跡，而無「神逸」之妙。至於那些把握住「奔湍巨浪」的特徵，所繪出的「活水」，乃能表現出「輸瀉跳蹙之勢」，給人以「洶洶欲崩屋」的感覺，而「掛之高堂素壁」，甚至可以營造出「陰風襲人，毛髮爲立」的特殊效果。所以，就「詩畫本一律」的觀點來說，能充分掌握「水理」，遂繪出水的滂礴氣韻，變態無窮者，早已經是「離畫工之度數，而得詩人之清麗」(〈跋薄傳正燕公山水〉)了。

　　總之，東坡根據前人的創作經驗和自己的深刻體會，認識到「形具神生」、「形神相依」的密從關係。尤其可貴的是，在對形神的認知上，他是做全面性的觀照，而非拘執在某一點的斷章取義上〔註16〕。他雖然是重視「形似」的存在，不過，在審美鑑識的過程中，對於「形神兼備」之作，還是有著更高的評賞和肯定。這些見解，確實比起那些割裂形神，但執一方的自然主義或抽象主義，要高明合理得多，而且也更合乎藝術本身的原創精神——既得其形，又傳其理，斯可謂「貌合而神傳」是也。

第四節　不拘法度

　　從藝術創作的歷史繼承性來看，所謂的法度，指的是前人實際創作經驗的總結，一種指導藝術創作的原則、規律。掌握這項原則是必要的，但是，如果過於拘泥這種「前規」，反而會流於局限之弊，是自由創作的一項障礙，也失去了法度本身自具的靈活性。

　　法度是靈活的，它是隨著創作的需要而變化，因爲藝術的本身乃是在反映現實生活，之所以要掌握法度的目的，無非是希望透過學習的過程，以最真實、深刻的方式來反映現實，以典型、傳神的筆法來勾描出客觀對象的本質，所以，反映前人創作經驗的「法度」、「舊規」，一旦有不盡適用的情形，不能完全符合這種根本的創作目的時，後人就必須有所變通、創新，不能讓

―――――――――――――

〔註16〕詳見本節註13。

這種規範淪爲障礙，與眞實的目的背道而馳，甚至對立於創作的最高要求
——「自然傳神」。所以，生硬的法度是無法容置於活潑的創作條件中的，所
謂「衝口出常言，法度去前軌。人言非妙處，妙處在於是」（〈詩頌〉）。因
此，只有通變靈活的法度可以與自然產生統一，進而成爲指導創作的最高原
則。

　　受到道家思想的影響，自然天成、不落跡象的境界，遂成爲我國古代的
一個重要美學傳統，但是藝術的創作乃源於人工，如何將這種人力創作之美，
轉化爲天工之美，這其中自然要牽涉到藝術的技巧表現問題。在道家的文藝
思想中，他們強調自然，提倡「天籟」、「天樂」，反對人爲，所以一切的法度、
規範，便成爲到達自然境界的一種障礙、一項大忌。這般強烈偏向的認知態
度，其實也同樣發生在儒家的文藝思想上，不過，儒家的認知，恰巧與道家
是呈相反走向的；儒家比較偏重法度、人爲。在許多文藝創作的方法和目的
上，儒家都達成了規範要求：例如在內容，主張「思無邪」；在表現上，強調
「賦比興」；在功能上，偏重「主文而譎諫」；在風格上，則要求「溫柔敦厚」。
從這一系列要求上看來，不難發現：儒家基本上，還是講求人爲的力量。無
疑的，這兩家某些絕對化的思想，都不免有它的片面性，而我國古代的文藝
理論批評家也幾乎都能看清楚這間的偏頗，進行較客觀的分析、論證，取其
所長而避其所短，將自然和法度之間的關係，做了最合度的辯證，以及最有
效的潤滑。

　　陸機曾提出「因變適宜」的原則，以爲「雖離方面而遁圓，期窮形而盡
相」（《文賦》）。他主張從實際創作經驗出發，根據不同的情形，做不同的表
現處理方法，而不是削足適履，強爲之合，文學創作，並非不須要「方圓規
矩」，它只要是應該服務於「窮形盡相」的創作目的下，適時的發揮自己的功
能。但是，一旦這種法度規矩，妨礙了創作的根本目的時，即使拋卻亦不足
惜。至於劉勰，則強調：

> 思表纖旨，文外曲致，言所不追，筆固知止，至精而後闡其妙，至
> 變而後通其數，伊摯不能言鼎，輪扁不能語斤，其微矣乎。（《文心
> 雕龍·神思》）

他主張創作的最終目的，應是求「自然」，而所有的法度，都應只是爲了眞實
反映自然之美的一種手段。所以，一切的「自然之美」，是可以通過這種手段
而達到的境界。

其實，從陸機的「雖離方而遁圓，期窮形而盡相」，到劉勰「至神而後闡其妙，至變而後通其數」，到皎然「放意須險，定句須離，雖取由我衷，而得若神表」(《詩式》第三卷〈詩式上〉)，到呂本中「規矩備具，而能出於規矩之外，變化不測，而亦不背於規矩」(《後村先生大全集》卷九十五《江西詩派》引呂本中〈夏均父集序〉)，諸家已經逐漸體認到自然、自由與法度、規律間的辯證關係，所以，一直試圖為兩者的存在找出一個合理的交叉點，不斷地在兩者中間進行深刻的探索。無疑的，東坡可以說是這其中的一個佼佼者。〔註17〕

東坡並不否認藝術乃是人工創造的產物，雖然他也主張文藝創作要不失法度，但是，在自然與法度的關係上，他更強調自然的重要性，只要把握住自然的原則，即使與法度有所牴觸，也是當仁不讓的。所以，創作的根本前提，應該是側重在「自然」的與否，而不是「法度」的有無。在〈自評文〉中，他嘗寫道：

> 吾文如萬斛泉源，不擇地皆可出。在平地滔滔汨汨，雖一日千里無難。及其與山石曲折，隨物賦形，而不可知也。所可知者，常行於所當行，常止於不可不止。如是而已矣。其他雖吾亦不能知也。

誠然，他心中品定的最高創作鵠的，應該是「大略如行雲流水，初無定質，……文理自然，姿態橫生」(〈答謝民師書〉)，沒有固定的格式，完全依據自然的審美意識要求來進行創作，自由揮灑，隨物賦形，這種順應自然的「無意為文」態度絕不是韓愈那種「惟陳言之務法」(韓愈〈答李翊書〉)的聱耳詰屈；或「詩人雕刻閑草，搜抉肝神應哭」(〈次韻孔毅甫集古人句見贈〉)、「何苦將兩耳，聽此寒蟲號」(〈讀孟郊詩〉)、「鞭箠刻烙傷天全」(〈書韓幹牧馬圖〉)的矯力傷全。東坡尊重客觀物體的自然規律和狀態，反對以個人的主觀偏見，在客體的形貌上，費工雕琢，或套以法度的形框。「自然」，應該就像是無心出岫的行雲，曲折山石的流水，不拘規矩，從一切人為的法度之中解放出來，創作出一種自然而然的法度。所以，在〈書蒲永昇畫後〉一文中，東坡又補充道：

> 唐廣明中處士孫位始出新意，畫奔湍巨浪，與山石曲折，隨物賦形，盡水之變，號稱神逸。

〔註17〕此處多參考周裕鍇先生〈豪放含法度：新意合妙理〉一文，收錄在《蘇軾思想探討》一書（四川大學學報叢刊，1987年9月出版），頁166～180。

在〈書唐氏六家書法後〉亦云：

> 張長史草書，頹然天放，略有點畫處，而意態自足，號稱神逸。

在〈李潭六馬圖贊〉中，他又傳達同樣的理念：

> 絡以金玉，非馬所便。烏乎，各適其適，以全吾天。

能夠依客觀物象的本質進行創作，隨物之態，賦物之形，傳物之神，淋漓盡致地表現出「無我」的自然之境，使文藝的意態自足，這樣，才是可以稱得上「神逸」之作的。

其實，東坡「文貴自然」的觀念，有許多是源自他父親蘇洵的「風行水上」之說：

> 風行水上渙，此亦天下之至文也。然而此二物者，豈有求乎文哉！
> 無意乎相求，不期而相遭，而文生焉。是其為文也，非水之文也，
> 非風之文也；二物者，非能為文，而不能不為文也，物之相使而文
> 出於其間也。故此天下之至文也。（《嘉祐集》卷十四〈仲兄字文甫
> 說〉）

風水相遭成文的自然現象，的確予人對文藝創作對主客體關係，有更深刻的思索意義。風就如同是客觀存在的外物機緣；水則是作家對客觀事物的認知能力、和對社會生活知識的豐富累積，這其中並包括作者本者審美修養和藝術技能。兩者只要條件成熟，一旦相遭逢，則文采自具，煥然彪炳，彷彿「如風吹水，自成文理」（〈書辨才次韻參寥師〉）。可知，「自然」乃是東坡所要追求的最高藝術境界，因此，他才會道出「非能為之為工，乃不能不為之為工」之言，甚至在〈黃州再祭文與可〉中，以「天力自然，不施膠筋」兩句，來概括文與可的藝術成就。

正因東坡所追求的是自然的化工之境，所以他主張要直抒胸臆，無所顧忌：

> 言發於心而沖於口，吐之則逆人，茹之則逆余。以為寧逆人也，故
> 卒吐之。（〈錄陶淵明詩〉）

自然天成之妙，往往就在信手之間：「好詩沖口誰能擇」（〈重寄孫侔〉）、「人言此語出天然」（〈李行中秀才醉眠亭〉）、「信手拈得俱天成」（〈次韻孔毅父集古人句見贈〉）、「衝口而出，縱手而成」（〈跋劉景文歐公帖〉）。作家只有根據自己的情性、感受、興會，抒發懷抱，「發於胸中而應之於手」（《斜川集》卷六〈書先公字後〉），才可達到「化工」之境，而有「自然絕人之姿」，才能渾

然天成，信手自然，動有姿態」（〈題顏魯公書草〉）。所以，在〈跋蒲傳正燕公山水〉一文中，東坡才會不遺餘力地提倡天然之美：

> 畫以人物爲神，花竹禽魚爲妙，宮室器用爲巧，山水爲勝，而山水以清雄奇富，變態無窮爲難。燕公之筆，渾然天成，粲然日新，已離畫工之度數，而得詩人之清麗也。

藝術形式原是以表達主體對客體的審美意識爲滿足，但是，一旦主體的審美意識淪爲形式的支配，或是受到法度的過分規範和牽制，其結果就會形同蘇洵在〈仲兄字文甫說〉中所說的：「玉非不溫然美矣，而不得以爲文；刻鏤組繡，非不文矣，而不可與論乎自然」。風水相遭的渙文，山川的雲彩，大地的花草，是沒有經過「刻鏤組繡」、經營的自然美文，如果它是經過過分的雕琢，則容易流於失眞，甚至「不可與論乎自然」。所以，只有自然之文，才能進入「化工」之界，才能具備眞實無我的美學特色。

東坡在〈韓幹馬十四匹〉一詩中，就說過：「韓生畫馬眞是馬，蘇子作詩如見畫」，自然與眞實其實是一體兩面，焉有因追求眞實而失之自然者？唯其自然，始能逼眞，無有逼眞，豈能自然。所以，東坡會推崇與可繪竹一事，正也是因爲其人能夠掌握寫實的要領：

> 寄語庵前抱節君，與君到處合相親。寫眞雖是文夫子，我亦眞堂做記人。（〈和文與可洋川園池三十首〉）

雖然，自然的美學觀是東坡所重視的，但是他並沒有因此而陷於二分法的思想障礙中，去否定人工創造的必要。基本上，他認爲藝術創作不應受法度的束縛，卻也應該要不失法度、不拘泥於法度。法度本身是靈活的，它應當以能反映對象的本質特徵爲依歸。所以，文藝創作之妙，就在於自然而然，直抒胸臆，脫口而出，卻又暗合法度，這就是東坡在〈書所作字後〉一文中所提到的：「浩然聽筆之所之，不失法度，乃爲得之」。以客觀事物本身的特質進行創作，不違自然，又不否定法度，才是藝術創作的最高指導原則。在東坡的文藝觀念裡，這種遵循自然的創作原則，就是一項重要的法度。換言之，法度是不須假以外求的，它是自具於客觀事物之中，因爲，自然便是一種法度，也只有這種自然的法度，才能使創作合於逼眞，達到傳神之境。所以說，以自然爲原則的法度，才是「活法」，才是通變之數；而悖於自然的法度，則是「死法」，是陳規的科條，只是一味模擬前人的「古法」。

自然既爲一種法度，一種藝術規律和客觀事物的本質特徵，所以，掌握

了這種法度，就能在創作中無往不利——「逆來順往，旁見側出，橫斜平直，各相乘除，得自然之數，不差毫末」（〈書吳道子畫後〉）。這裡所謂的「自然之數」，指的即是符合於事物自然規則的法度。東坡所以欣賞吳道子畫，說他「細觀手面分轉側，妙算毫厘得天契」（〈子由新修汝州龍興寺吳畫壁〉），正是因為道子能得「自然之數」，能在自由創作的前提下，遵循法則，所以，就在「當其下手風雨快，筆所未到氣已吞」的情況下，其人也能做到「妙算毫厘得天契」的神境。由此可知，吳道子本身也是重視藝術的法度，不過，相形之下，東坡更重視不失法度而又能超越法度的自由創作，能在「得於天然」的「筆意」（〈徐浩開河碑〉）下，不拘於法，亦不廢於法，可以「縱橫放肆，出於法度之外」，讓「循法者不逮其精」，而有「縱心不踰矩」之妙〔註18〕。讓「法」存於天然之趣中，相互為用，相輔相成，使意存筆先，而自立新意，正是「出新意於法度之中，寄妙理於豪放之外，所謂游刃餘地，運斤成風，蓋古今一人而已」（〈書吳道子畫後〉）。

不惟繪畫，在書法藝術上，東坡也是從法度和新意兩方面去看待書家的藝術成就。在〈書唐氏六家書後〉中，他說：

> 顏魯公書，雄秀獨出，一變古法。如杜子美詩，奄有漢魏晉宋以來
> 風流，後之作者，殆難復措手。

顏體在書史上的特色，正是「雄秀獨出，一變古法」，所以，東坡才會指出「顏公變法出新意，細筋入骨如秋鷹」（〈孫莘老求墨妙亭〉），對顏書予以充分的肯定。至於柳公權的書法，其體雖出於顏，卻又不為顏書所限，能再出新意，所以，東坡對於柳體也給予極高的評價，說他「一字百金，非虛語也」（〈書唐氏六家書後〉）。細審之，顏、柳兩家的書法成就，也正是建立在這種「變古法」、「出新意」的活法之中。

東坡自己習書過程，也是以自然為法，絕非食古不化，能夠用力於神韻，而不泥古，因此，他曾自評草書云：「吾書雖不甚佳，然自出新意，不踐古人，是一訣也」（〈評草書〉）。東坡習書，自出新意，不踐古人，但藉書以抒發自己「至大至剛之氣」，所以，只要能「通其意」，則「貌妍容有顰，璧美何妨楷」；反之，如果過分泥古，則「守駿」反而不如「跛倛」的自然天成。這項觀點，時人黃庭堅亦心有戚戚焉，所以，當本朝有人對東坡用筆的不合古法，

〔註18〕此語出自《欒城集》卷二十一〈汝州龍興寺修吳畫殿記〉，原是蘇轍對畫家孫遇的繪畫評價，此處乃借用形容之。

發出攻訐之聲時，山谷終不免要挺身而出，反倒譏諷該人是──「管中窺豹，不識大體」了！〔註19〕

〔註19〕事見黃庭堅〈跋東坡水陸贊〉一文。山谷在文中寫道：「彼（那些譏誚東坡的士大夫）蓋不知古法從何出爾。……或云東坡作戈多成病筆，又腕著筆臥，故左秀而右枯，此又見其管中窺豹，不識大體。殊不知西施捧心而顰，雖其病處乃自成妍」（見《山谷題跋》）。

第八章　文藝風格論

　　藝術風格是作品的內容和形式相統一的特徵表現，是作家藝術創作成熟的標誌。在這樣一個綜合性的美學範疇裡，既有內容、形式的豐富表明，也反映了創作主體和客體間的美學特徵。所以說，藝術風格是創作過程中諸方面因素有機結合而呈現出來的一種美的風貌。〔註1〕

　　文藝作品風格的形成，是多種因素相互作用的產物。其形成的背景，從主觀方面來說，同作家的「才、氣、學、習」有著密切的關係〔註2〕；從客觀角度來看，與社會、時代、民族有著不可分割的牽連性〔註3〕。總而言之，它的完成仍是有賴於作者長期的藝術實踐和豐富的創作經驗，才能形成的美學特色。

〔註1〕 此段前言，多採張少康先生之說，見《中國古代文學創作論》第五章〈論藝術風格〉，頁307。

〔註2〕 劉勰在《文心雕龍·體性》中，曾談到創作個性與文學風格的關係。他認為作家的創作個性，包含有才、氣、學、習四方面；「才」和「氣」是屬於先天秉賦，而「學」和「習」則屬後天修養：「才有庸俊，氣有剛柔，學有淺深，習有鄭雅」、「辭理庸俊，莫能翻其才；風趣剛柔，寧或改其氣；事義淺深，未聞乖其學，體式雅鄭，鮮有反其習。」

〔註3〕 劉勰在具體總結每個時代的文學創作風格特徵後，嘗指出形成這種特徵的時代原因。時代精神愈強烈，文學的時代風格便愈鮮明，「建安文學」便是最好的說明：「觀其時文，雅好慷慨，良由世積亂離，風衰俗怨，並志深而筆長，故梗概而多氣也」。在社會方面，經濟繁榮，生產蓬勃，文學遂有了「潤色鴻業」的作用，其藝術風格就自有「辭藻竟騖」的特色，這正是漢賦風格形成的背景因素。在民族方面，每個作家的藝術創作，靈感興發多來自於生活的體驗，其藝術形式自然受到民族文化、傳統、習慣的影響。所以，即使是創作愛情題材，湯顯祖的《牡丹亭》也與莎士比亞的《羅密歐與茱麗葉》，迥異其趣。

第一節　獨特性

一般談到文藝風格，主要是指作家的創作個性在作品中的鮮明體現，是通過內容和形式的統一，所表現出來的具有獨立自主性的藝術特色。當這種包含有作者鮮明創作個性的藝術特色，一再反覆出現在某一作家的一系列作品中時，便成為一種主體風格。這種別具一格的特色，正是作家的獨立風格，其中具有與眾不同的獨特性和穩定性。〔註4〕

任何一個作家想要樹立自己獨特的風格，誠非易事，他必須從不斷的創作磨鍊中，去架構自己作品的內部思想和藝術面貌特徵，自覺地塑造出特立的風格。而這種特立風格是有別於世俗的「標新立異」，它所具備的獨創性，是旁人永遠無法取代的。嚴羽在《滄浪詩話》〈詩評〉中所說的一段話，最足以點出這種「獨特」的意義性：

> 子美不能為太白之飄逸，太白不能為子美之沈鬱。太白〈夢遊天姥吟〉、〈遠別離〉等，子美不能道；子美〈北征〉、〈兵車行〉、〈垂老別〉等，太白不能作。論詩以李杜為準，挾天子以令諸侯也。

像李白的「飄逸」、杜甫的「沈鬱」、王維的「清新」、孟郊的「寒澀」；蘇、辛的「豪放」、周、姜的「委婉」等等美學風格，幾乎都是文學史上所公認的「代表風格」。而這種主導的風格，也都不是一朝一夕所能形成的，它必須具有長期創作的一貫性、多數性和穩定性等特色，才能成就。這種獨立特色的累積，可以帶給讀者強烈的印象，進而將它視為創作者的一項藝術成就標誌，成為該作者立足文（藝）壇的代表風格。

三蘇論文，向來就注意到這種獨創風格的形成，三人均主張「文章自是一家」之說。蘇洵論文，反對因襲陳言，主張文章應有自己特色，形成「自為一家之文」的風格。所以，在〈史論〉（下）中，他稱讚「遷之辭，淳健簡直，足稱一家」（《嘉祐集》卷十）。而在〈上歐陽內翰第一書〉中，他對孟子、韓愈、歐陽脩三人的文藝成就，也持有相同的看法，認為孟子文章是「語約而意盡，不為巉刻斬絕之言，而其鋒不可犯」；韓愈之文，乃「如長江大河，渾浩轉流」；至於歐陽脩，其文則是「紆餘委備，往復百折，而條達疏暢，無所間斷」。歸結此三人的成就：「皆斷然一家之文也」。受父親薰染所致，蘇轍也相當強調「一家」風格的塑造，嘗提出「文章自一家」、「凜然自一家」（〈題

〔註4〕此段概說多改寫自向錦江、漲建業先生主編的《文學概論新編》（北京師範學院出版社）1988年，頁217。

東坡遺墨卷後〉）等等的深刻見解。

至於東坡，其人論書法的當時，也是強調這種各自發展出來的「大家」藝術風格。在〈書唐氏六家書後〉一文中，他井然不紊地體察了唐代書法家智永（永禪師）、歐陽詢、褚遂良、張旭、顏眞卿、柳公權六人的書法藝術，重視他們的個人成就，點出彼此間不同的藝術特色，強調「自成一家」的風格理念。他說永禪師的書法是「骨氣深穩，體兼眾妙，精能之至，反造疏淡」；歐陽詢的書藝乃「妍緊拔群」、「勁嶮刻厲」；褚遂良的書字，則「清遠蕭散，微雜隸體」；張旭的草書，可謂「頹然天放」，雖然「略有點畫處」但是「意態自足」，故「號稱神逸」；至於顏眞卿的筆意，乃「雄秀獨出，一變古法」；恰如「杜子美詩，格力天縱」；而柳公權的書法，儘管「本出於顏」但是卻能「自出新意」，所以「一字百金」，誠非虛語。在這些評斷中，每一家要非「疏淡」、「拔群」、「蕭散」，便是「天放」、「獨出」、「新意」，各具特色，誠爲「一家之書」，當仁不讓。

事實上，東坡這種「自成一家」之說，不惟是書法上的要求，在繪畫方面，他也做同樣的強調。世人均知，與可因好竹而擅繪竹，殊不知他對梅花也情有獨鍾，曾云：

> 梅獨與靜豔寒香，占深林，出幽境，當萬木未竟華侈之時，寥然孤芳，閑澹簡介，重爲恬爽清曠之士之所矜貴，故其第又自高也。（《丹淵集》卷二十五〈賞梅唱和〉詩序）

這種「閑澹簡介」的特色，不僅是文同的詩畫風格，也是其自身的寫照。因爲文藝的風格表現，常常是同作者所獨具的性格、氣質、秉性、才學、心理、趣味、情感分不開的。孟子〈萬章〉（下）嘗言：「頌其詩，讀其書，不知其人，可乎」！所以，作品風格在有些時候，是可以做爲作家創作個性的一個反映。曹丕、劉勰等人，曾就作家的創作個性與文學風格間的聯繫，進行探討〔註5〕。而東坡在〈答張文潛書〉中，也曾提出「其文如其人」的觀點。所以，作者的個性特色，同創作風格是分不開的，它是影響作家創作

〔註5〕在中國文藝理論中，最早自覺地從作家的創作個性去說明作品藝術風格特徵者，乃是魏晉的曹丕。他在《典論・論文》中，總結建安七子的創作經驗，精闢地分析作家的個性才質與文學藝術風格的重要關係。他認爲建安七子因個人的稟氣不同，所以也就會產生不同的特殊風格，這種「氣」是「雖在父兄」，也「不能以移子弟」，是後天條件所難改變的。至於後來的劉勰，其探討的層面則遠較曹丕之說，更爲開闊，特針對作者「才」、「氣」、「學」、「習」四方面，進行論述。其說可見註2，此處不再覆述。

的一項重要因素。而作者必須有獨創精神，才能有獨創性的文藝創作。東坡在〈跋山谷草書〉中，就曾引書法名家張融的「不恨臣無二王法，恨二王無臣法」的名言，盛讚黔安居士的草書富有突破精神；另外，在繪竹一事上，東坡則稱揚與可：「詩鳴草聖餘，兼入竹三昧，時時出木石，荒怪軼象外」（〈題文與可墨竹〉）。這是因為其中有與可士大夫人格的轉化，所以，與可在繪竹當時能夠捕抓到修竹「富瀟灑之姿，逼檀奕之秀」（郭若虛《圖畫見聞志》卷三引文同語）的形象特徵。據此推知，與可能夠成為「一家之畫」，開「湖州」一派，蔚為獨特風格，還是有其形成的主觀因素的。

　　至於在論文方面，東坡也提出了「著成一家之言，則不容有所悔」的斷然看法：

> 凡人為文，至老多有所悔，僕嘗悔其少作矣。然著成一家之言，則
> 不容有所悔。（〈答張嘉父書〉）

可見要成一家之言，樹立獨特的風格，絕非短日內可達成，必得長期的創作磨鍊，方能「著成一家之言」，才可免除「後悔」之念。

　　一般而言，風格最突出的表現，正是在於它的獨創性。這種獨創性，是「無定格式」的，袁宏道在〈答李元善〉一文中，就堅決主張每位作家都應有自己「新奇」獨創的風格：

> 文章新奇，無定格，只有發人所不能發；句法、字法、調法，一一
> 從自己胸中流出，此真新奇也。（《袁中郎全集》）

而袁枚在《隨園詩話》（卷七）中，也表示出對文學風格中有關作家獨特個性的反映的關注。他說：

> 為人不可以有我：有我，則自恃很用之病多，孔子所以「無固」、「無
> 我」也。作詩，不可以無我；無我，則剿襲敷衍之弊大。

袁氏認為創作中，只要能突出作者的個性，便可形成自我風格——「自出機杼，成一家風骨」。不過，這種獨特性風格的形成，雖具有創新的意義，非蹈襲前人之所成，不過，因為它仍是長期創作下所累積的成果，因此，在文藝實踐的過程中，想要「自成一家」，還是必須要取法於前人之所長，求新求變才行。所以平生極慕東坡的金元文學家趙秉文也說：

> 足下之言，措意不蹈襲前人一語，此最詩人妙處。然亦從古入中入，
> 譬如彈琴不師譜，稱物不師衡，上匠不師繩墨，獨自師心，雖終身
> 無成可也。故為文當師六經、左丘明、莊周、太史公、賈誼、劉向、

> 揚雄、韓愈。爲詩當師《三百篇》、《離騷》、《文選》、《古詩十九首》，
> 下及李、杜。學書當師三代金石、鍾、王、歐、虞、顏、柳。盡得
> 諸人所長，然後卓然自成一家，非有意於專師古人也，亦非有意於
> 專擯古人也。（《閑閑老人滏水文集》卷十九〈與李天英書〉）

所謂「各師成心，其異如面」（《文心雕龍・體性》），經由學習過程，取前人
之所長，避前人之所短，致力長期創作，善於發現古人和今人的不到處，才
有可能開闢文藝表現的新領域，獨樹一幟，蔚爲特立風格，進而成爲大家之
作，東坡本身就是最好的明證。他在〈與鮮于子駿書中〉嘗言道：「近作小
詞，雖無柳七風味，亦自是一家」〔註6〕。這封信寫於西元 1075 年，時知密
州，當時東坡已屆不惑之年，在經過幾十年的創作磨鍊後，他始敢放言「自
是一家」，在婉約詞風盛行之際，另闢蹊徑，開後世「豪放」一派，難怪明人
李贄會對東坡發出以下的讚譽：

> 蘇長公片言隻字與金玉同聲，雖千古未見其比，則以其胸中絕無俗
> 氣，下筆不作尋常語，不步人腳步故耳。（《李溫陵集》卷十五）

可知，獨特性美學風格的樹立，絕非易事一樁而一蹴可幾者，其理是不辨而
自明的。

第二節　多樣性

　　每一位作者除了應該樹立獨特的文藝風格之外，也應該進一步講求多樣
性的美學風格。大體上一個傑出作家的創作歷程都要經過沒有風格然後獨
具一格，最後又不拘一格這樣的三個階段。獨具一格，標誌著風格的形成，
藝術的成熟，而不拘一格則說明藝術造詣的深廣化，儼然已達到「信筆拈
來俱天成」，揮灑自如、爐火純青之界。一個作家除了具備主體風格外，在面
對不同的題材、文體和創作方法時，也會衍生出不同的文藝風格。所以，
要成爲一位大家，是不可能受限於一種風格的表現的〔註7〕。清人劉藻林就說

〔註6〕 愈文豹《吹劍錄》云：「東坡在玉堂日，有幕士善歌，因問：『我詞何如柳七？』
　　　　對曰：『柳郎中詞，只合十七八女郎，執紅牙板，歌──楊柳岸、曉風殘月。
　　　　學士詞，須關西大漢、銅琵琶、鐵綽板，唱──大江東去。』東坡爲之絕倒」。
　　　　（《歷代詩餘》）東坡所說的「自是一家」，指的即是「大江東去」此一類的豪
　　　　放詞作。
〔註7〕 本段論述參考自向錦江、張建業先生主編的《文學概論新編》第五章〈文學
　　　　的風格與流派〉，頁 223。

得好：

> 沈歸愚論詩貴含蓄，袁簡齋頗不然其說。余謂和風之蘊藉，流雲之
> 駘宕，回波之沖融，其妙在含蓄不盡，驚飆溯滂，駭浪潰瀑，震動
> 心目，其妙於盡而不盡，岡巒縈紆，澗谷幽邃，豁然忽開，又妙於
> 不盡而盡。詩人之言似之。非可一端竟也。（林昌彝《射鷹樓詩話》
> 卷二十三）

　　風格論也是東坡文藝創作思想中的重要組成部分。在樹立統一的美學風
格之後，他所強調的，也是多樣性的美學原則，主張「百卉並存，萬紫千
紅」。所謂：

> 水光瀲灧晴方好，山色空濛雨亦奇。若把西湖比西子，淡妝濃抹總
> 相宜。（〈飲湖上初晴後雨〉）

這是東坡詠杭州西湖的名篇，文中除對景致的幻化有生動地描繪外，也巧妙
地反映了他的美學觀點。客觀事物的存在，向來就充滿著豐富的形象性，所
謂「情以物遷，辭以情發」（《文心雕龍‧物色》）。要把這種豐富的客體充分
的表現出來，自是需要各種藝術形式與風格的自由發展。「濃抹」也好，「淡
妝」也行，地可就事物不同的風貌，表現出不同的風格特質，進而產生「無
窮出清新」（〈書晁補之所藏與可畫竹〉）之妙。不過，藝術家想要循著客體對
象的相異、文藝體式的不同，以適當的表現形式來概括這些事物的特質、創
造出「姿態橫生」的曼妙作品，終歸不是一件簡單之事。因此，東坡才會在
評價山水畫時，提出「變態無窮為難」（〈跋蒲傳正燕公山水〉）的看法，揭示
了追求文藝風格多樣化的高難程度。話雖如此，但是，只要文藝工作者具有
藝術修養、又不能不時地陶鍊創作技能，在文藝的表現上，仍然可以順當的
成為支配自然的主體，所謂「江山之勝，莫適為主，而奇麗秀絕之氣，常能
為文者用」（〈六一泉銘〉）。

　　在風格上，東坡主張要豐富多樣，反對「千人一律」，這種多樣性的風
格意義，主要是對兩個不同角度的層面，做出共同的要求。一個是為「文
壇」的百家齊放，兼容並蓄，建構有力的基礎；另一個則是針對「作者個
人」風格的豐富性，提出經驗性的建議。他曾對司空圖「梅止於酸，鹽止於
鹹，飲食不可無鹽梅，而其美常在鹹酸之外」（《二十四詩品》）的觀點，給予
極高的評價。由此觸發，從而對前代詩人的不同風格特點，也發出許多讚嘆
之聲：

> 蘇、李之天成，曹、劉之自得；陶、謝之超然，蓋亦至矣。而李太
> 白、杜子美以英瑋絕世之姿，凌跨百代，古今詩人盡廢，然魏晉以
> 來高風絕塵亦少衰矣。李、杜之後，詩人繼作，雖間有遠韻，而才
> 不逮意，獨韋應物、柳宗元，發纖穠於簡古，寄至味於淡泊，非余
> 子所及也。（〈書黃子思詩集後〉）

作家因才、氣、學、習的不同，創作個性也就有歧異。「各師成心，其異如面」，欣賞者，應該放寬眼界，對審美趣味和審美標準不應該過分設限，不寬不嚴，不即不離，取道中庸，才能讓文壇百花齊發，無論是「淡妝」或「濃抹」，總是相宜得稱的。以東坡為例，他見賞清新的詩歌風格，嘗言：「清詩五百言，句句皆絕倫」（〈和猶子遲贈孫志舉〉）、「靈水先除眼界花，清詩為洗心源濁」（〈再游徑山〉）；而對於溟濛的藝術美，卻也不排斥，甚至有所稱揚：「東風裊裊泛崇光，香霧空濛月轉廊。只恐夜深花睡去，故燒高燭照紅妝」（〈海棠〉）可見，多方面審美趣味的培養，對文壇風格的多樣化，具有正面意義。所以，不論是李白的「飄逸」，或杜甫的「沈鬱」，都有其一定的歷史地位，東坡就採取兼容並蓄的態度，承認不同的作家有不同的風格的存在，因此，他曾同時推崇李、杜兩位大家：「誰知杜陵傑，名與謫仙高，掃地收千軌，爭標看兩艘」（〈次韻張安道讀杜詩〉）。而常人無此胸襟，卻屢以各種角度，對這種不同風格的兩個作家妄加軒輊，出現了所謂「李杜優劣」的言論。事實上，這些評定，非但不能為文壇帶來新氣象，而且也只有妨礙後來作家對文藝創作的進行，抑制多樣風格的蓬勃發展，使文藝重回陳舊之路，乏善可陳。

文藝的表現向來是「初無定質」的，不同之質，賦予不同的內容，而內容又決定了形式的表現，內容與形式則又影響風格的形成。因此，文藝風格的特徵，在所受制的客觀條件中，自然包括所謂的文體形式，曹丕在《典論‧論文》中說：「奏議宜雅，書論宜理，銘誄尚實，詩賦欲麗」，後來陸機在《文賦》中，更對此做了許多具體而細致的發揮說明：

> 詩緣情而綺靡，賦體物而瀏亮，碑披文以相質，誄纏綿而悽愴，銘
> 博約而溫潤，箴頓挫而清壯，頌優游以彬蔚，論精微而朗暢，奏平
> 徹以閒雅，說煒燁而譎誑。

陸機指出每一種文體都有與其相應的不同風格特色。這種風格與每一文體所適宜的內容特點也是分不開的。作者可就自我一己之情性，去選擇適合自己

才性發揮的文體，進行創作，如此一來，就容易取得高成就。不過，文體形式所具有的風格特點也不是一成不變的。作家的創作個性也將影響到創作的成績，不同的作家，具有不同的創作個性。所以，即使選擇一式的文體進行創作，也會產生不同的風格特徵。因此，「文壇」風格的多樣性，也就是在這樣一個開放性的創作空間中，得到發展的意義。

眾所皆知，東坡論文主張要有充分表達的自由，能夠「行於所當行」、「止於不可止」。所以，這種自由，在不同的作者筆下，就會有不同的表現，形成不同的風格，造成文壇風格的多樣化。所以，在創作過程中，他不僅發出「論畫以形似，見與兒童鄰」的輕蔑，對「賦詩必此詩，定非知詩人」，也表達同樣的不滿。在這個意義上，他反對強求風格一律的說法。雖然，就個人的風格成就而言，東坡是很推崇杜甫的，說他與李白「以英瑋絕世之姿，凌跨百代」(〈書黃子思詩集後〉)，不過，從鼓勵文壇風格多樣發展的立場出發，對杜甫在從事鑑賞工作時，偏執於一方的風格論，卻頗不以為然。

杜甫在〈八分小篆歌〉中，曾論及「書貴瘦硬方通神」的觀點，東坡對此表示異議：

> 杜陵評書貴瘦硬，此論未公吾不憑。短長肥瘠各有態，玉環飛燕誰
> 敢憎。(〈孫莘老求墨妙亭詩〉)

姑且不論東坡對杜甫的批評正確公允與否，其反對以一種風格去抑制另一種風格的觀點，卻是十分可取的。東坡並不是反對書字的「瘦硬」〔註8〕，只是認為文藝創作應多采多樣，不拘一格，使其各呈異采，以符應事物發展的自然規律。如果勉強眾人趨附同一種風格，千人一律，只是扼殺文學生命的發展，造成「文字之衰」而已。王安石「欲以其學同天下」的做法，就是典型的例子。

東坡在〈答張文潛書〉中提到：

> 文字之衰，未有如今日者也，其源實出於王氏。王氏之文，未必不
> 善也，其患在好使人同己。自孔子不能使人同，顏淵之仁，子路之
> 勇，不能以相移，而王氏欲以其學同天下。地之美者，同於生物，

〔註8〕 東坡是從主張風格多樣化的觀點出發，反對以一種風格去抑制另一種風格的發展。他批評了杜甫「書貴瘦硬」之說，並非是反對「瘦硬」的本身，這可從東坡稱讚顏真卿的書法「細筋入骨如秋鷹」、徐浩父子「字外出力中藏稜」，可證一斑，正所謂「短長肥瘠各有態，玉環飛燕誰敢憎」(〈孫莘老求墨妙亭詩〉)是也。

> 不同於所生。惟荒瘠斥鹵之地，彌望皆黃茅白葦，此則王氏之同
> 也。

在這篇文章裡，東坡對於王安石的「好使人同己」的作法，提出批評，他認為人的情性，各有不同，不能互相取代，而這種對不同的人做出一式風格的要求，只是扼殺文學的發展，徒使行文不自然，陷於思想僵化，精神貧乏的窘境中，這景象就如同「荒瘠斥鹵之地，彌望皆黃茅白葦」一樣，無什價值。所以，強制推行一種模式，而抹煞紛繁的創作個性，也只會造成文苑的一片荒蕪，這也就是爲什麼東坡在〈送人序〉中，會對所謂的「王氏之學」，再度發出不滿聲音的緣故。〔註9〕

從另一方面來說，風格流派的多樣化，其實就是文藝繁榮的一項重要表徵。東坡除了對文壇的欣欣向榮，持有客觀的期待外，他也主張作家要不拘一格，以吸取另一種藝術手法來補充本身藝術手法的不足，非專尚彼格而棄置本體。因爲作者的偏擅一格，雖具特色，不過，其失在於單調，豐富不足，所以，東坡在〈評韓柳詩〉中，特別指出：

> 柳子厚詩在陶淵明下，韋蘇州上，退之豪放奇險則過之，而溫麗靖
> 深不及也。所貴乎枯榮者，謂其外枯而中膏，以澹而實美，淵明、
> 子厚之流是也。若中邊皆枯淡，亦何足道。

他對韓愈詩歌的豪放是持肯定態度，不過，如果過分發展，就會流於奇險，不及「溫麗靖深」之致。只有不斷的再學習，再吸收其他風格的長處，轉以補充自己之所短，才有可能煥發文采，做到「外枯中膏，似澹實美」、「雄豪而妙苦而腴，只有琴聰與蜜殊」(〈贈詩僧道通〉)、「質而實綺，臞而實腴」(〈追和陶淵明詩引〉) 等等，對立卻又不矛盾的風格。

以東坡自己的創作成就來說，他也具備了這種不拘一格的文藝特點，可以做到「於物無不收，於法無不有，於情無不物，於境無不取」(袁宏道《雪濤閣集序》) 的境地。其詞雖開「豪放」一派，但是，在相當數量的作品中，他又繼承了傳統的「婉約」之風，所以，他的詞既可以交由關西大漢執鐵綽板引吭高歌，氣勢奔放外，也可以由十七八歲的歌妓執紅牙板，纏綿低唱，

〔註9〕 東坡在〈送人序〉中寫道：「夫學以明理，文以述志，思以通其學，氣以達其文。古之人道其聰明，廣其聞見，所以學也；正志完氣，所以言也。王氏之學正如脫氈，案其形模而出之，不待修飾而成器耳。求爲桓璧彝器，其可乎？」他認爲所謂的「王氏之學」，乃是按一個模子鑄塑士人，結果反而是箝制了人材的蓬勃發展，令人詬病。

輕柔委婉〔註10〕這正是風格多樣的典型例子之一。

文藝風格多樣化的產生，與作者的思想感情、生活經歷、審美理想、創作才能息息相關。王安石曾稱譽杜甫詩：

> 悲歡、窮泰、發斂、抑揚、疾徐、縱橫、無施不可。故其詩有綺麗
> 精神者；有嚴重威武若三軍之帥者；有奮迅馳騁若泛駕之馬者；有
> 淡泊閑靜若山谷隱士者，有風流蘊藉若貴公子者。（《遯齋閑覽》）

另外，元稹在〈杜工部墓志銘〉中亦寫道：杜甫「盡得古今之勢，而兼昔人之獨專」；而明人胡應麟在評杜甫的藝術造詣時，也說：

> 杜詩正而能變，變而能化，化而不失本調。不失本調而兼得眾調，
> 故絕不可及。（《詩藪》）

「不失本調」是保持了風格的獨特性，「兼得眾調」則是其他多樣風格的發展，這些發展，還是以「不失本調」為核心基礎。這種多樣風格的習染、發展的成功，不是每位文藝工作者都能達到的境界。它充分體現了作者長期以來在文藝的實踐領域中，不斷摸索的斐然成績；所以，放眼文壇，大家除了杜甫、東坡外，古今又有幾人能取得這種高度的藝術成就？

第三節　自然性

在文藝美學思想中，人一直是創作的主體，具有審美的主動觀照能力，一切文藝的完成，也就是建立在這種主體對客體的能動性上。雖然，文藝是由人為，是主體對客體的再創造，不過，美與自然的聯繫，才是人工創作真正所要追求的最高目標。在東坡的文藝思想中，時時有著這種藝術反映自然美的觀點的觸發，所以，才會屢屢要求作家為文要如「風行水上，自然成文」。他在〈南行前集敘〉中嘗云：

> 昔之為文者，非能為之為工，乃不能不為之為工也。山川之有雲霧，
> 草木之有華實，充滿勃鬱而見於外。夫雖欲無，有其可得耶？

〔註10〕據今人統計，東坡所傳世的詞作之中，其典型的豪放詞也只不過二、三十首，比例並不太（見王保珍《東坡詞研究》，長安出版社，民國76年，頁57～63）。所以，東坡在豪放詞外，其實有很多是溫婉韶秀之作，而後人所賞者，也不盡是「大江東去」的豪放，其中也有許多是「明月如霜」的婉約。如南宋張炎《詞源》（卷下）就曾表示：獨賞東坡「清麗舒徐，高人意表」之作；清周濟亦有言：「人賞東坡粗豪，吾賞東坡韶秀；韶秀是東坡佳處，粗豪則病也」（《介存齋論詞雜著》）等等，可為佐證。

情思蘊積於中，到了「不能不爲」之際，才自然地表達出來。所謂「妙造自然，伊誰與裁」（司空圖《二十四詩品·精神》）。所以他說：

> 如行雲流水，初無定質，但常行於所當行，常止於不可不止，文理自然，姿態橫生。（〈答謝民師書〉）

其實，在文藝創作過程中，一切文采的表現，無非是爲了稱物及合意，而最後的目的，依然是爲了追求「自然」。這種文藝風格上所概括的自然，已與道家所標舉的自然，有著明顯的不同。老莊所講的自然，是摒除「人巧」的形上自然，東坡所嚮往的自然，雖然也是「天工」、「天巧」的境界，不過，這些「天巧」是可以經由「人巧」的力量來通透的。文藝作品既是主觀和客觀相結合的產物，所以，就主體的觀照而言，當然存有「人爲的力量」。而東坡所要強調的，即是經由這種「人爲」的「眞實」，來做爲聯繫藝術美與客觀自然間的基礎橋樑，達到「情至所至，妙不自尋，遇之於天，泠然希音」（司空圖《二十四詩品·實境》）的自然境界。他在〈書鄢陵王主簿所畫折枝二首〉之二中就說：「若人富天巧，春風入毫褚」。所以，文藝上所要求的自然，還是以「人巧」之力來竟「天巧」之功的。因此，想要將客體對象表現得栩栩如生，筆下春風得意，形成自然的風格，這其中的關鍵，仍在於創作者是否掌握了自然的原則及客體的內在規律，如果「觀物不審」，不能「體物之妙」、「盡物之變」，徒然好施小巧，忤物逆意，像揚雄《太玄》、《法言》一樣，好「爲艱深之詞，以文淺易之說」（〈答謝民師書〉）違背「文理自然」的要求，強使「粉黛迷眞色」（〈次韻張安道讀杜詩〉）。這般矯飾不堪，虛有其表之作，與自然的風格，顯然就是背道而馳的。

東坡在崇尚「自然之文」的前提下，曾經一再強調藝術美與客體本質特徵間相統一的問題。他在〈自評文〉中就說：

> 吾文如萬斛泉源，不擇地皆可出。在平地滔滔汩汩，雖一日千里無窮；及其與山石曲折，隨物賦形，而不可知也。所可知者，常行於所當行，常止於不可不止，如是而已。其他雖吾亦不能知也。

在這篇文章裡，東坡可以說是對散文應具有的自然風格做了生動的論訹。他主張作家在平日應多體察生活的豐富性，藉以蓄積寫作題材，隨時抽引自己的文思，以利作品的自然表達，正如所謂「萬斛泉源，不擇地皆可出」；至於創作的形式，則應隨著表達的內容而變化，隨物之態，賦物之形，如此，筆力曲折，無施不可，既能通情又可達意，符合自然的創作原則。

因為東坡在文藝風格上崇尚自然，所以，他主張要有奔放的文勢，反對過度的雕琢和束縛。宋初文體卑弱，氣格普遍不高，這是因為晚唐駢儷文風由來已久，不易遽然伐除。不料「餘風未殄，新弊復作」(〈謝歐陽内翰啓〉)，時文竟又朝「險語」、「務奇」、「求深」的方向發展。面對文壇的怪異現象，東坡以文人特有的自覺挺身反對這種「新弊」，堅主由平易清新一途，走向自然奔放之勢。在論文創作時，他曾自得的表示：

> 某平生無快意事，惟作文章，意之所到，則筆力曲折，無不盡意，自謂世間樂事無逾此者。(何薳《春渚紀聞》卷六，引蘇軾對劉景文語)

這種自然的境界，正是「信手拈來俱天成」(〈次韻孔毅父集古人句〉)、「覺來落筆不經意，神妙獨到秋毫顛」(〈僕囊於長安陳漢卿家，見吳道子畫佛，碎爛可惜。其後十餘年，復見之於鮮于子駿家，則已裝背完好。子駿以見遺，作詩謝之〉)，不事雕琢，而渾然天成的有力說明。

東坡這種主張自然的言論，在其題畫詩中也是屢有所見的。如：「金羈玉勒繡羅鞍，鞭箠刻烙傷天全，不如此圖近自然」(〈書韓幹牧馬圖〉)、「畫師爭摹雪浪勢，天工不見雷斧痕」(〈次韻滕大夫三首‧雪浪石〉) 如上所言，東坡所追求的這些自然美，是側重在與客觀自然相聯繫的深層意義上，而不是自發的偶然形成。因此，對自然風格的建立，東坡並不排斥人為的功力，相反的，它的一切正從功力中來。而這種能使「金銀鉛錫，皆歸鎔鑄」(沈德潛《説詩晬語》)、「萬斛泉源，不擇地皆可出」的功力，是需要在不斷的學習中，努力去鍛鍊的，所謂「清詩要鍛鍊，乃得鉛中銀」(〈崔文學甲攜文見過……復用前韻賦〉)。值得注意的是，功力的反映，也必須恰如其分，才能「得自然之數，不差毫末」。功力太少，任其流蕩，既脫離文藝本身的內在規律和自然法度，又易淪於輕忽；用力太多，則束縛過深，處處得見「雷斧之痕」，反失於雕琢，如此一來，不僅是不自然，而且也「失真」。所以，合情合理地掌握自然法度，表現客體的自然特徵，才能樹立自然清新的個人風格。因此，在談到形神思想時，東坡就強調畫人物，必須「得其人之天」，才能「得其意思所在」；畫野雁時，則必須捕捉其未見人時的悠然「真態」，才能免除「傷天全」之礙，而得「近自然」之旨。

《王直方詩話》曾引東坡兩句詩：「中有清圓句，銅丸飛柘彈」，然後借題發揮道：「蓋詩貴於圓熟也。余以謂圓熟多失之平」。王氏之說，大抵有理，

不過，東坡論詩，除貴自然圓熟外，也注意到平易之疏，所以，他在自然之外，也強調「韻外之致」、「味外之旨」，主張「外枯而中膏，似澹而實美」（〈評韓柳詩〉）、「發纖穠於簡古，寄至味於淡泊」、「蕭散簡遠，妙在筆畫之外」（〈書黃子思詩集後〉）的風格美學趨向，這與他重視詩文「如行雲流水，初無定質，但常行於所當行，常止於不可不止，文理自然，姿態橫生」（〈答謝民師書〉）的不事脂粉，「詞語甚樸，無所藻飾」（〈謝梅龍圖書〉）的美學思想，仍是一致的。這種「外枯中膏」、「簡古至味」、「蕭散簡遠」都是「自然」的美學要求，它們都是憑藉平淡、質樸的文藝形式，來表達深遠的美學內涵，所以，才會達到「天成」、「天工」、「至味」的神妙。

自然的風格，一直是東坡所追求的美學思想，從這個思想出發，他評賞了前代與同時的許多藝術家的自然格調作品，肯定「蘇、李之天成，曹、劉之自得；陶、謝之超然」、激賞「李太白、杜子美以英瑋絕世之姿，凌跨百代」（〈書黃子思詩集後〉）的成就。可以發現的是，在東坡的文藝觀念中，不論作家是獨樹一格，或不拘一格，均以形成自然的風格為最。而這種自然的風格要求，則有一種「不得不然」而「順其自然」的意義。東坡在〈與魯直書〉中就提到：

　　凡人文字，務使平和，至足之餘，溢為奇怪，蓋出於不得已耳。

「平和」是為文的基本要求，然後「至足之餘」，始「溢為奇怪」，這一切均「出於不得已」，這種因條件充分而「不得不然」的文藝表現，是可以被允許的。它所營造出的意境，也饒有自然風味的，但是，如果條件不夠成熟，「奇怪似差早」〔註11〕，則可能陷於「雕蟲篆刻」（〈答謝民師書〉），有違自然的原則，不再是「不得不然」。所以，只要是以「自然」為文藝風格的最高指導原則，它既可以是「清詩如玉屑，出語便清警」（〈送參寥師〉）的形式清新；也可以是「清詩似庭燎，雖美未忘箴」（〈次韻朱光庭喜雨〉）的內容警醒；甚

〔註11〕東坡在〈與魯直書〉中寫道：「晁君寄《騷》，細看甚奇，信其家多異材耶？然有少意，欲魯直以己意微箴之。凡人文字，當務使平和；至足之餘，溢為奇怪，蓋出於不得已爾。晁文奇怪似差早。然不可直云耳，非避諱也，恐傷其邁往之氣。當為朋友講磨之語乃宜，不知公謂然否？」從此信中，可以看出東坡主張為文平和自然，反對刻意求奇。必須是「至足之餘」，始「溢為奇怪」才行。他指出晁補之文「奇怪」略早，非出於「不得已爾」，所以，東坡認為有糾正這種不良傾向的必要，但又恐直接的箴諫，會傷了後輩文章的「邁往之氣」，因此，特別請與晁君同輩的黃庭堅稍微從旁規戒，相互研究琢磨，以正文章之風。東坡對後學的關心與愛護，由此可見一斑。

至可以是「風落電轉，一揮而成」（〈跋文勛扇畫〉）的渾厚超邁；或「其身與竹化，無窮出清新」（〈書晁補之所藏與可畫竹三首〉之一）的蕭散簡遠，或「絢爛之極」「乃造平淡」（〈與侄書〉）的象外至味。換言之，只要能符合自然的美學觀點，常言是可以有新意，俗語也會有雅趣的，如此一來，作文即使「以故爲新，以俗爲雅」（〈題柳子厚詩〉），也就能無施不可了！

第九章　結　論

金人王若虛曾評東坡的創作，說：「東坡，文中龍也，理妙萬物，氣吞九州，縱控奔放，若游戲然，莫可測其端倪」（《滹南詩話》卷二）。事實上，不唯創作，即使在文藝理論的見解上，東坡也帶有「理妙萬物」、「兼熔眾長」的特色。

東坡思想博大，勇於創新，不論在政治上或是文藝上，都能表現出大家的風範，既不盲從，也不遷就。善於發現問題，敢提出新見。嘗自言：「凡學之難者，難於無私，無私之難者，難於通萬物之理」（〈上曾丞相書〉），當做學問時，也正是以這種「通達萬物之理」自許的。不論是文藝創作或理論的探討，皆能取得非凡成就。在理論建構上，他有自身經驗的累積，也有借鑒前人的地方；在創新的部分，終能「自成一家」之說，而在承繼上，則有「不踐古人」之處。這種獨立進取態度，正是他在闡發理論問題上取得偉大成就的主要原因。

東坡文藝創作理論的形成，既是對前人思想的熔鑄和發揮，又是自己創作經驗的一種概括，所以，他能緊緊扣住文藝自身的特徵，對藝術規律進行具體的論述。這種美學思想的產生，除了牽涉到個人的審美趣味，傳統家風的薰染、師友的相互講習、多方創作的體悟以外，還受到當時政治、經濟、文化傳統思想等各種社會因素所構成的時代心理特徵的影響。以傳承的觀點來看，文藝理論必有與前代相近之處；就創新的一面來說，其同時也會有應時而起的相異之點。這兩條線索一經交會，便形成自身的文藝理論特色。

在總結自己的創作經驗後，東坡對作家提出若干建言，這些建議都是文藝創作的一個基礎，是進行創作前的一項準備工作。首先是「外在漸漬」的

部分。所謂「外在的漸漬」亦即孔子所說的「游於藝」，東坡主張要對客觀事物進行觀察、體驗生活。在飽遊飫看、耳目相習，甚至深得物理之後，發而為文，才能真正做到「為情造文」的要求。至於「內在蓄積」的部分，東坡主要是在廣博的積學工夫上，去對作者提出要求。單單只有生活閱歷，是不足以成文的，因為「物雖形於心，不形於手」（〈書李伯時山莊圖後〉），只是「有道而不藝」而已，如欲達「技進乎道」的地步，非得靠作者的用功不行。而生活的觀察是由外入心，廣博的積學則是由內化外，二者結合之後，並不一定能夠成文，畢竟創作是不同於其它學科的研究，擁有素材和學識仍是不夠的，因為這一切都必有待於「不能不為」的創作熱忱的產生之後，才具有意義的。所以，真正要進行文藝創作，是應當朝此三方面進行準備，三者缺一不可，唯有彼此「合德」，文采始霸。

作者從客觀生活中所得的素材內容，必須經過周密的思考，才能決定表現的形式，這段動筆前的經營，是艱辛的，它往往是文藝創作成敗的樞紐，所以，作者的構思意圖，在文藝創作過程中，居有決定性的關鍵地位。虛靜是構思的基本前提，因為「靜故了群動，空故納萬境」（〈送參寥師〉）；想像則為構思過程的思維活動，是藝術形象的主要手段，所謂「古來畫師非俗士，妙想實與詩同出」（〈次韻吳傳正枯木歌〉）；而靈感則為創作過程中的興會作用，這種神思的高潮，一旦來臨，便彷如有神筆之助——「覺來落筆不經意，神妙獨到秋毫顛」（〈僕囊於長安陳漢卿家，見吳道子畫佛⋯⋯子駿以見遺，作詩謝之〉）；這種不經意的感覺，發展成為「嗒然遺其身」後，就是構思的最高境界——「物化」；換言之，物與我已達高度的和諧統一，當此之際，進行創作，斯可謂「無往而不利」。

在確立作者創作意圖之後，東坡對後人揭示了意象的審美要求，指出意象所當具備的基礎是「真實」、「典型」，在此之上，則提出「意在言外」、「境與意會」的極詣主張，而唯有「境界」，始稱作品。

至於文藝表現方面，巧妙各有不同，不過，精神的抓取，則是不容忽視的課題。「意」是作品表現的中心，作家必須「立意」在先，才能「達意」在後。「辭」如能「達意」，則「文不可勝用矣」（〈答謝民師書〉）。但是，欲求「達意」，誠非易事，必須是「了然於心」又能「達之於口與手」（〈答虔倅俞括奉議書〉），才算完成高度的要求，否則只是「有道而不藝」，則物「雖形於心」，也會淪於「不形於手」的窘境。在這種「內外不一，心手不相應」（〈文

與可畫篔簹谷偃竹記〉〉的情形下，貿然從事創作，是會「半折心始」的！

不論是繪畫或是文學創作，都以「形神兼備」為貴，「形神」之得為上，「常理」之失為下，因為「常形之失，不能病其全，若常理之不當，則舉廢之矣」（〈淨因院畫記〉）。

歷來言法度者，多重規矩，以不踰越為尚。東坡突破了前人依法之說的樊籠，主張要循「法」而不拘於「法」。所循者，自然之法，也就是「活法」；所不拘者，規矩之法，亦即「死法」。唯有如此，才有自然之作，才能超越人為的不自然，而又不乖離方圓之尺度。

創作風格，是一部作品完成後的呈現。任何一位大家，都是經歷沒有風格，到最後不拘一格的三個階段。獨創性風格，是文藝美學構成的基本特色，是作者創作個性表現；而多樣性的風格，則是文藝蓬勃發展的表徵。不論何種風格的形成，最後也都是以「自然」為最高極詣的。

儘管東坡並沒有留下全面有系統的美學理論專著，但是，在他傳世的詩文品評和書畫鑑賞中，卻散見著許多關於文藝美學的真知灼見。他在論文時，雖然也一再強調「辭達」的不易，但是，不論是創作或理論的架構，他都能表現出從容不迫的學者器識，既能行於所當行，也能止於不可不止。以自我創作為理論的基礎，待理論形成後，再反過來作為創作的指導方針，所以，他的「文藝理論」，有著很高的實踐品格。而這些見解，也就能夠逐一體現到文藝的真正美學價值，適時反映了他「出新意於法度之中，寄妙理於豪放之外」（〈書吳道子畫後〉）的創作目的。所以，他曾自豪的表示：「吾平生無快意事，唯作文章，意之所到，則筆力曲折，無不盡意」。其實不唯作文如此，其立論亦然。

劉勰嘗道：「文律運用，日新其業，變則可久，通則不乏」（《文心雕龍·通變》），文藝的發展，固然離不開縱向的歷史承繼關係，但是，就橫向的文藝類別而言，彼此間仍存在著相融、相吸的特性；東坡就認為各類文藝的創作，其理「為一」，苟能「通其意」，則「無適而不可」（〈跋君謨飛白〉）；清人方東樹也說過：「古文及書、畫、詩，四者之理一也」，故「可聚觀而通證之也」（《昭昧詹言》卷一）。而東坡在這種「通其意」且「無不如意」的情形下，對詩、文、書、畫等藝術領域所作的溝通努力，是有目共睹的。正由於他在認識事物（知）和表達事物（能）的過程上，著力甚深，所以，即使是發抒理論，也能夠求其「變」，而達其「通」，以宏觀的態度，去合論文藝的

特性，通觀文藝的全局，對文藝的普遍性和特殊性進行廣泛的討論，藉以形成具有個人特質的理論體系。這種突破性的見解，正如同他的創作一般，有「指出向上一路，新天下耳目，弄筆者始知自振」（王灼《碧雞漫志》卷二）的特殊意義。這樣的成就，不僅在文學理論史上佔有重要地位，即使對後世的影響也是無遠弗屆的。

參考及引用書目

一、

1. 〔北宋〕蘇軾,《蘇東坡集》,台灣商務印書館,民國 47 年 4 月。

2. 〔北宋〕蘇軾著,孔凡禮點校,《蘇軾文集》,北京中華書局,1986 年 3 月。

3. 〔南宋〕郎曄選注,龐石帚校訂,《經進東坡文集事略》(上下),香港中華書局,1979 年 6 月。

4. 〔北宋〕蘇軾著,〔南宋〕施元之注,《施注蘇詩》,廣文書局,民國 69 年 7 月。

5. 〔清〕王文誥輯注,孔凡禮點校,《蘇軾詩集》,北京中華書局,1987 年 10 月。

6. 〔北宋〕蘇軾著,龍榆生校箋,《東坡樂府集》,華正書局,民國 69 年 2 月。

7. 〔明〕毛晉輯,《東坡題跋》,廣文書局,民國 60 年 12 月。

8. 〔北宋〕蘇軾撰,《東坡易傳》,景印摛藻堂四庫全書薈要經部第二冊。

9. 〔北宋〕蘇軾撰,《東坡書傳》,景印摛藻堂四庫全書薈要經部第十七冊。

10. 王水照選注,《蘇軾選集》,上海古籍出版社,1988 年 10 月。

二、

(一)

1. 〔元〕脫脫等撰,《宋史・蘇軾傳》,鼎文書局,新校本,民國 69 年。

2. 劉維崇,《蘇軾評傳》,黎明文化事業公司,民國 67 年。

3. 林語堂著，宋碧雲譯，《蘇東坡傳》，遠景出版公司，民國 67 年。

4. 游國琛，《蘇東坡生平及其作品述評》，臺灣商務印書館，民國 68 年。

5. 曾棗莊，《蘇軾評傳》，四川人民出版社，1981 年。

6. 李一冰，《蘇東坡新傳》，聯經出版事業公司，民國 72 年。

7. 〔南宋〕施宿，《東坡先生年譜》，見《蘇軾選集》（王水照選注）附錄。

8. 沈宗元輯，《東坡逸事》，廣文書局，民國 71 年。

9. 〔清〕梁廷冉，《東坡事類》，廣文書局，民國 72 年。

10. 顏中其編注，《蘇東坡軼事匯編》，長沙岳麓書社，1984 年。

11. 劉尚榮，《蘇軾著作版本論叢》，巴蜀書社，1988 年 3 月。

（二）

1. 凌琴如，《蘇軾思想探討》，臺灣中華書局，民國 66 年。

2. 劉乃昌，《蘇東坡文學論集》，齊魯書社，1982 年。

3. 蘇軾研究學會編，《東坡詞論叢》，四川人民出版社，1983 年。

4. 蘇軾研究學會編，《東坡詩論叢》，四川人民出版社，1983 年 9 月。

5. 游信利，《蘇東坡的立身之道與論文之道》，臺灣學生書局，民國 74 年。

6. 顏中其，《蘇軾論文藝》，北京出版社，1985 年 5 月。

7. 曾棗莊，《三蘇文藝思想》，四川文藝出版社，1985 年 10 月。

8. 蘇軾研究學會編，《東坡文論叢》，四川文藝出版社，1986 年。

9. 蘇軾研究學會編，《東坡研究論叢》，四川文藝出版社，1986 年。

10. 四川省眉山三蘇博物館，四川師範大學學報編輯部合編，《蘇軾詩詞研究》，四川師範大學學報叢刊第十一輯，1987 年 9 月。

11. 四川省眉山三蘇博物館，四川師範大學學報編輯部合編，《東坡思想探討》，四川師範大學學報叢刊第十二輯，1987 年 9 月。

12. 四川省眉山三蘇博物館，四川師範大學學報編輯部合編，《三蘇散論》，四川師範大學學報叢刊第十三輯，1987 年 9 月。

13. 李福順編，《蘇軾論書畫史料》，上海人民美術出版社，1988 年 6 月。

三、

1. 〔清〕郭慶藩輯，《莊子集釋》，華正書局，民國 74 年 8 月。

2. 〔西晉〕陸機著，楊牧校釋，《陸機文賦校釋》，洪範書店，民國 74 年 4 月。

3. 〔梁〕劉勰著，范文瀾註，《文心雕龍注》，學海出版社，民國 77 年 3 月。

4. 〔南朝宋〕劉義慶,《世說新語》,華聯出版社,民國 64 年 1 月。

5. 〔清〕楊倫輯,《杜詩鏡詮》,華正書局,民國 67 年 12 月。

6. 〔唐〕僧皎然著,許清雲編,《皎然詩式輯校新編》,文史哲出版社,民國 73 年 7 月。

7. 〔北宋〕王安石撰,《臨川先生文集》,華正書局,民國 64 年 4 月。

8. 〔南宋〕張炎著,夏承燾校注,《詞源注》,木鐸出版社,民國 76 年 7 月。

9. 張夢機、張子良編著,《唐宋詞選註》,華正書局,民國 74 年 9 月。

10. 〔清〕何文煥編訂,《歷代詩話》,藝文印書館,民國 72 年 6 月。

　　　〔唐〕鍾嶸,《詩品》。

　　　〔唐〕釋皎然,《詩式》。

　　　〔唐〕司空圖,《二十四詩》。

　　　〔宋〕歐陽脩,《六一詩話》。

　　　〔宋〕劉攽,《中山詩話》。

　　　〔宋〕周紫芝,《竹陂詩話》。

　　　〔宋〕許顗,《彥周詩話》。

　　　〔宋〕葉少蘊,《石林詩話》。

　　　〔宋〕張表臣,《珊瑚鉤詩話》。

　　　〔宋〕葛立方,《韻語陽秋》。

　　　〔宋〕嚴羽,《滄浪詩話》。

　　　〔明〕徐禎卿,《談藝錄》。

11. 〔清〕丁仲祜編訂,《歷代詩話續編》(上下),藝文印書館,民國 72 年 6 月。

　　　〔金〕王若虛,《滹南詩話》。

　　　〔明〕謝榛,《四溟詩話》。

12. 郭紹虞輯,《宋詩話輯佚》,華正書局,民國 70 年 12 月。

13. 郭紹虞輯,《宋詩話考》,北京中華書局,1985 年 4 月。

14. 畢桂發、張連第、漆緒邦主編,《精選歷代詩話評釋》,中州古籍出版社,1988 年 7 月。

四、

(一)

1. 廖蔚卿,《六朝文論》,聯經出版社事業公司,民國 74 年。

2. 張健,《宋金四家文學批評研究》,聯經出版社事業公司,民國 64 年。

3. 劉大杰,《中國文學發展史》,華正書局,民國 71 年。

4. 《中國歷史文學論著精選》(上中下),華正書局,民國 73 年 8 月。

5. 中國文史資料編輯委員會,《中國美學史資料選編》(上下),輔新書局,民國 73 年 9 月。

6. 張少康,《中國古代文學創作論》,北京大學出版社,1983 年 12 月。

7. 劉若愚著,杜國清譯,《中國文學理論》,聯經出版社事業公司,民國 74 年 8 月。

8. 朱孟實等著,《中國古代美學藝術論》,木鐸出版社,民國 74 年 9 月。

9. 華諾文學編譯組,《文學理論資料匯編》,丹青圖書公司,民國 74 年 10 月。

10. 吳文治主編,《中國古代文學理論名著題解》,合肥黃山書社,1987 年 2 月。

11. 李澤厚、劉綱紀主編,《中國美學史——先秦》,谷風出版社,民國 76 年 2 月。

12. 華東師範大學文學研究所編,《中國古代文論研究方法論集》,齊魯書社,1987 年 3 月。

13. 《中國古代美學範疇》,木鐸出版社,民國 76 年 7 月。

14. 李澤厚、劉綱紀主編,《中國美學史——魏晉南北朝》,谷風出版社,民國 76 年 12 月。

15. 胡經之主編,《中國古典美學叢編》(上中下),北京中華書局,1988 年 1 月。

16. 徐壽凱,《中國古代藝文思想漫話》,木鐸出版社,民國 77 年 9 月。

17. 敏澤,《中國美學思想史》(一二三卷),齊魯書社,1989 年。

18. 國立臺灣大學中文研究所主編,《宋代文學與思想》,臺灣學生書局,民國 78 年 8 月。

19. 程千帆、吳新雷,《兩宋文學史》,上海古籍出版社,1991 年 2 月。

20. 韋政通,《中國思想史》(上下),水牛出版社,民國 76 年 10 月。

(二)

1. 莊伯和,《中國藝術札記》,聯經出版事業公司,民國 72 年 3 月。

2. 徐復觀,《中國藝術精神》,臺灣學生書局,民國 77 年 1 月。

3. 向錦江、張建業主編,《文學概論新編》,北京師範學院出版社,1988 年 12 月。

4. 宗白華,《美學與意境》,淑馨出版社,民國 78 年 4 月。

5. 張少康,《古典文藝美學論稿》,淑馨出版社,民國 78 年 11 月。

6. 余秋雨，《藝術創造工程》，允晨文化實業公司，民國 79 年。

7. 蔡崇名，《宋四家書法析論》，華正書局，民國 75 年 3 月。

8. 熊秉明，《中國書法理論體系》，谷風出版社，民國 76 年 11 月。

9. 戴麗珠，《詩與畫》，聯經出版事業公司，民國 67 年 7 月。

10. 石峻，《書畫論稿》，華正書局，民國 71 年 10 月。

11. 俞崑編著，《中國畫論類編》，華正書局，民國 73 年 10 月。

12. 《中國繪畫美學史稿》，木鐸出版社，民國 75 年 6 月。

13. 伍蠡甫，《中國畫論研究》，北京大學出版社，1987 年 5 月。

14. 郭因，《中國古典繪畫美學》，丹青圖書公司，民國 76 年 6 月。

15. 傅抱石，《中國繪畫理論》，華正書局，民國 77 年 8 月。

五、

1. 江正誠，《蘇軾之生平及其文學》，臺灣大學中研所碩士論文，民國 61 年。

2. 戴麗珠，《蘇東坡與詩畫合一之研究》，臺灣師大國研所碩士論文，民國 63 年。

3. 洪瑀欽，《東坡文學之研究》，文化大學中研所博士論文，民國 66 年。

4. 陳錚，《蘇東坡書法研究》，東吳大學中研所碩士論文，民國 73 年。

5. 彭珊珊，《蘇東坡散文研究》，東吳大學中研所碩士論文，民國 74 年。

6. 劉智濬，《蘇軾與莊子》，輔仁大學中研所碩士論文，民國 74 年。

7. 余美玲，《米芾書法研究》，臺灣師大國研所碩士論文，民國 75 年。

8. 羅鳳珠，《蘇軾黃州詩研究》，臺灣師大國研所碩士論文，民國 77 年。

9. 盧廷清，《蘇東坡的書法藝術》，臺灣師大美研所碩士論文，民國 77 年。

10. 黃美娥，《蘇軾文論及其散文藝術研究》，臺灣師大國研所碩士論文，民國 78 年。

11. 周靜佳，《六朝形神思想與審美觀念》，臺灣大學中研所碩士論文，民國 78 年。

12. 劉明宗，《尹師魯的生平與學術》，高雄師大國研所碩士論文，民國 78 年。

13. 鄭毓瑜，《六朝藝術理論中之審美觀研究》，臺灣大學中研所博士論文，民國 79 年。

14. 郭美美，《東坡在詞風上的承繼與創新》，臺灣師大國研所碩士論文，民國 79 年。

15. 李栖，《宋題畫詩研究》，東吳大學中研所博士論文，民國 80 年。

16. 江惜美,《蘇軾詩學理論及其實踐》,東吳大學中研所博士論文,民國 80 年。

六、

(一)

1. 〔元〕脫脫等撰,《宋史》,鼎文書局,新校本,民國 69 年。
2. 〔北宋〕司馬光撰,〔南宋〕胡三省注,《資治通鑑》,西南書局,民國 71 年 9 月。
3. 〔清〕王夫之,《宋論》,里仁書局,民國 70 年 10 月。

(二)

1. 宋晞,《宋史研究論文集》,國防研究院,民國 51 年 6 月。
2. 宋史座談會編,《宋史研究集》(第四輯),中華叢書編審委員會,民國 58 年 6 月。
3. 李劍農,《宋元明經濟史稿》,華世出版社,民國 70 年 12 月。
4. 馬潤潮著,馬德程譯,《宋代的商業與城市》,中國文化大學出版部,民國 74 年。
5. 朱瑞熙,《宋代社會研究》,弘文館出版社,民國 75 年 4 月。
6. 聶崇歧,《宋史叢考》,華世出版社,民國 75 年 12 月。
7. 錢穆,《宋明理學概述》,臺灣學生書局,民國 76 年 6 月。
8. 劉子健,《兩宋史研究彙編》,聯經出版事業公司,民國 76 年 11 月。
9. 《宋遼夏金史話》,木鐸出版社,民國 77 年 9 月。
10. 金中樞,《宋代學術思想》,幼獅文化事業公司,民國 78 年 3 月。
11. 林瑞翰,《宋代政治史》,正中書局,民國 78 年 7 月。
12. 劉復生,《北宋中期儒學復興運動》,文津出版社,民國 80 年 7 月。

七、

1. 鄭騫,《宋人生卒考示例》,華世出版社,民國 66 年 1 月。
2. 王德毅編,《中國歷代名人年譜總目》,華世出版社,民國 68 年 1 月。
3. 梁廷燦編,《歷代名人生卒年表》,臺灣商務印書館,民國 68 年 11 月。
4. 丁傳靖輯,《宋人軼事彙編》,臺灣商務印書館,民國 71 年 9 月。
5. 中國大百科全書出版社編輯部編,《中國大百科全書》(中國文學),北京中國大百科全書出版社,1988 年 9 月。
6. 《中國美術辭典》,上海辭書出版社,1988 年 12 月。

7. 復旦大學歷史地理研究所編委會編，《中國歷史地名辭典》，江西教育出版社，1989 年 7 月。

8. 許陽柘主編，《中華帝王大辭典》，北京海洋出版社，1990 年 1 月。

八、

（一）

1. 寇養厚，〈中國古代文學觀念的演進〉，《文史哲》，1990 年第四期。

2. 譚帆，〈試析古代文論理論術語的構造特徵〉，《中州學刊》，1985 年第六期。

3. 徐中玉，〈略談古代文論在當代文藝研究的地位與作用〉，《文藝理論研》，1989 年第六期。

4. 曾文昭，〈古代文論與時代〉，《文藝理論研究》，1990 年第一期。

5. 郁沅，〈中國典型理論與形神論〉，《文藝理論研究》，1990 年第一期。

6. 曾維才，〈談古代文論中的品評批評〉，《文藝理論研究》，1990 年第二期。

7. 黃頗，〈略論文藝接受客體〉，《文藝理論研究》，1990 年第五期。

8. 范軍，〈中國古代文論中的地理環境論——中國古代文藝生態學思想研究之一〉，《華中師範大學學報》（哲社版），1990 年第三期。

9. 劉禹軒，〈儒家思想和中國古代文學中的浪漫主義〉，《文史哲》，1990 年第四期。

10. 皮朝綱、李天道，〈「妙在愈小而大」説初探——中國古代文藝美學命題研究之一〉，《西北師大學報》（社科版），1989 年第四期。

11. 周來祥、儀平策，〈論宋代審美文化的雙重模態〉，《文學遺產》，1990 年第二期。

（二）

1. 曹學偉，〈試論蘇軾的文藝思想〉，《四川大學學報叢刊》第六輯，1980 年 10 月。

2. 劉長久，〈蘇軾美學思想管見〉，《四川大學學報叢刊》第六輯，1980 年 10 月。

3. 徐中玉，〈論蘇軾的文藝批評觀〉，《華東師範大學學報》，1980 年第六期。

4. 顧易生，〈蘇軾的文藝思想〉，《文學遺產》，1980 年第二期。

5. 劉乃昌，〈蘇軾的文藝觀〉，《文史哲》，1981 年第三期。

6. 李壯鷹，〈略談蘇軾的創作理論〉，《浙江師範大學學報》，1981 年第一

期。

7. 劉禹昌,〈蘇軾創作藝術論述略〉,《武漢大學學報》,1982 年第六期。

8. 王向峰,〈論蘇軾的美學思想〉,《文學理論研究》,1985 年第四期。

9. 滕咸惠,〈蘇軾文藝思想簡論〉,《山東大學學報》(哲學社會科學版),1987 年第一期。

10. 凌南申,〈論蘇軾的藝術美學思想〉,《文史哲》,1987 年第五期。

11. 吳枝培,〈蘇軾的文藝創新精神〉,《南京大學學報》(哲學・人文・社會科學),1988 年第一期。

12. 王英志,〈論「神化」說的兩層涵義〉,《文學評論》,1989 年。

13. 陳綬祥,〈略論魏晉南北朝時期「傳神論」發展的幾個階段〉(一),《中國畫研究》第二期。

14. 陳綬祥,〈略論魏晉南北朝時期「傳神論」發展的幾個階段〉(二),《中國畫研究》第三期。

15. 馬鴻增,〈「傳神論」新探〉,《中國畫研究》第三期。

16. 溫肇桐,〈顧愷之「以形寫神」論的思想淵源和他的藝術實踐〉,《中國畫研究》第三期。

17. 陳華昌,〈蘇軾不求形似的藝術觀和中國畫的民族傳統〉,《中國畫研究》第四期。

18. 熊莘耕,〈蘇軾的傳神說〉,《古代文學理論研究》第十輯。

19. 艾陀,〈蘇軾傳神論美學思想的幾個特點〉,《東北師大學報》(吉林師大學報),1983 年第五期。

20. 黃鳴奮,〈蘇軾非「形似」論源流考〉,《文史哲》,1987 年第六期。

21. 王國炎,〈蘇軾認識論述評〉,《江西大學學報》(哲學社科學版),1988 年第三期。

22. 金諍,〈蘇軾靈感論初探〉,《江淮論壇》,1984 年第一期。

23. 王士博,〈蘇軾詩論〉,《吉林大學社會科學學報》,1981 年第一期。

24. 顏中其,〈蘇軾論詩歌創作〉,《求是學刊》(黑龍江大學學報),1983 年第六期。

25. 劉國珺,〈讀蘇軾文論札記〉,《南開大學學報》,1984 年第二期。

26. 吳枝培,〈讀蘇軾的題畫詩〉,《古代文學理論研究》第九輯。

27. 鄧喬彬,〈詩畫與虛實——論我國詩畫批評標準的成因〉,《古代文學理論研究》第九輯。

28. 劉文剛,〈試論我國古代詩論的美學特色〉,《古代文學理論研究》第十輯。

29. 張忠全,〈蘇軾的題畫詩〉,《四川師範大學學報》,1984 年第四期。

30. 亞婩，〈蘇軾與文人畫〉，《文史雜誌》，1986 年第二期。

31. 呂永，〈略論蘇軾的「詩畫異同」說〉，《武漢大學學報》（社會科學版），1986 年第三期。

32. 黃鳴奮，〈蘇軾、文同論觀竹、繪竹與寓竹〉，《廈門大學學報》，1987 年第一期。

33. 廖野，〈中國畫與詩〉，《中國畫》，1988 年第四期。

九、

1. 蘇雨，〈三蘇的文學思想〉，《建設月刊》十二卷七期，民國 52 年 12 月。

2. 張健，〈蘇東坡的文學批評〉，《現代學苑》三卷三期，民國 55 年 3 月。

3. 陳宗敏，〈東坡的文學評論〉，《中華文化復興月刊》七卷六期，民國 63 年 6 月。

4. 林禹山，〈蘇東坡與黃山谷詩文論讞析〉，《花蓮師專學報》十三期。

5. 戴麗珠，〈蘇東坡詩論〉，《中華文化復興月刊》十卷四期，民國 64 年 4 月。

6. 潘伯鷹，〈北宋書派的新舊觀〉，收於《藝林叢錄》第二輯，谷風出版社，民國 75 年 9 月。

7. 祝嘉，〈「書貴瘦硬方通神」辨〉，收於《藝林叢錄》第六輯，谷風出版社，民國 75 年 9 月。

8. 達堂，〈關於書體的肥瘦問題〉，收於《藝林叢錄》第六輯，谷風出版社，民國 75 年 9 月。

9. 于大成，〈東坡書法〉，《中國國學》十一期。

10. 汪中，〈書藝與靈境兼論東坡〉，《孔孟月刊》二十一卷十二期。

11. 劉啓華，〈蘇軾之「詩」「書」「畫」〉，《古今談》一一一期，民國 63 年 7 月。

12. 曹樹銘，〈蘇東坡之書畫〉，《大陸雜誌》四十一卷十期。

13. 戴麗珠，〈論東坡詩畫理論及其影響〉，《中華文化復興月刊》十卷三期，民國 66 年 3 月。

14. 石叔明，〈東坡畫論〉，《故宮文物月刊》四卷三期，民國 75 年 6 月。

15. 王伯敏，〈蘇軾與人文畫〉，收於《藝林叢錄》第八輯，谷風出版社，民國 75 年 9 月。

16. 李栖，〈蘇軾與黃庭堅題畫詩之比較研究〉，東吳大學學術研討會論文，民國 78 年。